이미 거기에 존재하므로 작가의 임무란 리얼리티를 창조
해 내는 것이라고 이야기하면서 모순으로 가득한 20세기
후반의 인간 존재 방식을 표현하려 했다.

그는 현대 문명의 병리학적인 잔혹상 —다국적 기업이 주
도하는 소비사회, 미디어 과잉으로 인한 생활의 통제, 음
모론이 판치는 정부 간 이데올로기 담론, 과학기술의 비
인간화 등을 동일한 폭력의 다른 형태로 간주하고, 이러
한 세계에서 살아가는 주인공이 불안과 강박에 시달리다
'에로스'와 '타나토스' 같은 강렬한 이미지에 매료되어 극
단으로 치닫는 모습을 냉정하며 분석적인 시선으로 묘사
했다. 또한 외부 환경과 인간의 내면에 펼쳐지는 의식/무
의식의 상호작용에 초점을 맞추어 SF의 우주 개념을 '내
우주'로 전환시킴으로써 문학성을 꾀했다. 이와 같은 밸
러드만의 문학적 특수성은 형용사 '밸러드풍Ballardian'이
라는 신조어를 탄생시켰고, 사전에 등재되었다.

'나는 나의 작품을 경고로 본다. 나는 길옆에 서서 "속도
를 줄여!"라고 외치는 바로 그 남자다.'

CONCRETE ISLAND

CONCRETE ISLAND

콘크리트의 섬

CONCRETE ISLAND

J. G. 밸러드 소설 | 조호근 옮김

H
현대문학

차례

1 / 가드레일을 넘어서

1973년 4월 22일 오후 3시를 살짝 넘긴 시각, 로버트 메이틀랜드라는 이름의 35세 건축가가 런던 중심부 웨스트웨이 입체교차로의 고속 출구 차선으로 차를 몰고 있었다. 새로 건설된 M4 고속도로의 지선과 만나는 교차로까지 600미터 남은 지점에서, 제한속도인 시속 110킬로미터를 훌쩍 넘겨 달리는 중이던 재규어의 왼쪽 앞바퀴가 파열되어 버렸다. 마치 타이어에서 터진 공기가 콘크리트 난간에 되튕겨 차체를 때린 것처럼, 로버트 메이틀랜드의 머릿속에서도 둔탁한 폭발음이 울렸다. 금속 창문틀에 머리를 부딪친 것이었다. 사고 직전의 몇 초 동안, 그는 몽롱한 상태로 정신없이 흔들리는 운전대를 그저 붙들고 있을 뿐이었다. 차는 텅 빈 차선 위에서 좌우로 흔들리면서 그의 손을 꼭두각시 인형처럼 당기고 밀었다. 찢어진 타이어가 고속도로의 길게 휘어지는 하얀 차선을 비스듬히 가로지르며 검은 궤적을 남겼다. 제어를 잃은 차는 그대로 도로 가장자리에 임시 가드레일로 세워 놓은 소나무 가대 울타리를 뚫고 나갔다. 자동차는 갓길을 넘어 풀이 무성한 도로 경사면을 30미터가량 굴러 내려가서 뒤집혀 있는 택시의 녹슨 차대와 충돌하며 멈추었다. 격렬한 탈선의 궤적이 자신의 목숨을 아슬아슬하게 스치고 지나갔는데도, 로버트 메이틀랜드는 거의 다치지 않은 채 운전대에 엎어져 있었다. 재킷과 바지에 앞 유리 파편이 가득 박혀 빛으로 엮은 정장을 입은 모습으로.

정신을 차리기까지 잠시 동안, 로버트 메이틀랜드의 머릿속에 방금의 사건은 폭발하는 타이어 소리와 교차로의 터널을 빠져나오는 자동차 위에서 방향을 바꾸던 햇빛, 그리고 부서져 나가며 자신의 얼굴을 따갑게 찌르던 앞 유리 정도의 기억만을 남겼다. 마이크로초 단위로 일어난 일련의 충격적인 사건들은 순식간에 지옥의 분출구처럼 열렸다 닫히기를 반복하며 그의 의식 저편으로 사라져 버렸다.

"……세상에……"

입에서 흘러나온 나직한 속삭임이 귓가에 맴돌았다. 금이 간 운전대의 바큇살에 여전히 얹혀 있는 손은, 마치 손가락 사이를 절개한 것처럼 무력하게 벌어져 있었다. 그는 손

가드레일을 넘어서

바닥으로 운전대를 밀면서 똑바로 일어나 앉았다. 자동차는 경사진 땅 위에 멈춰 서 있었고, 창밖으로는 허리께까지 쐐기풀과 잡초가 무성하게 자란 풍경이 보였다.

자동차의 우그러든 라디에이터에서 쿨럭거리는 소리와 함께 증기가 새어 나오면서 녹 섞인 물방울이 사방으로 튀었다. 엔진에서는 기계의 단말마처럼 공회전 소리가 요란했다.

메이틀랜드는 계기판 아래쪽 빈 공간을 멍하니 바라보다가, 자신의 다리가 어색한 자세로 놓여 있다는 사실을 깨달았다. 마치 방금 전의 사고를 꾸민 수수께끼의 폭파 공작반이 서둘러 받쳐 두고 간 것처럼, 페달 사이에 발이 덩그러니 놓여 있었다.

그는 다리를 움직여 보고는, 얌전히 운전대 지지대 양옆의 원래 위치로 돌아가는 모습에 안도의 한숨을 내쉬었다. 발바닥 앞쪽의 볼록한 부분이 페달에 닿자 압력이 느껴졌다. 메이틀랜드는 외부의 잡초와 고속도로를 무시하고 우선 자기 몸 상태부터 체계적으로 점검하기 시작했다. 허벅지와 배를 움직여 보고, 재킷에 널린 앞 유리 조각을 쓸어 낸 다음 갈빗대를 눌러 보고, 골절 부분이 없는지 온몸을 차근차근 살폈다.

다음에는 운전석 위에 달린 거울로 머리를 확인했다. 오른쪽 관자놀이 근처에 삽날처럼 삼각형으로 멍 든 상처가 보였다. 이마는 부서진 앞 유리를 통해 튀어 들어온 진흙과 기름방울로 뒤덮여 있었다. 메이틀랜드는 손으로 얼굴을 누르고 창백한 피부와 근육을 주물러 어떻게든 표정을 되돌리려 했다. 널찍한 턱과 진중한 볼에는 혈색이라고는 조금도 남아 있지 않았다. 거울 속에서 그를 마주 보는 시선은 공허하고 무심하기만 했다. 마치 정신병을 앓는 쌍둥이 동생을 보는 느낌이었다.

왜 그렇게까지 속도를 냈지? 러시아워의 혼잡을 피하기 위해 3시 정각에 매릴러번의 사무실을 떠났으니, 안전하게 주행해도 충분히 시간 내에 도착할 수 있었을 텐데. 웨스트웨이 입체교차로의 중앙분리대에 바짝 닿을 정도로 차를 틀어서 고가도로 아래 터널로 들어가던 기억이 떠올랐다. 콘크리트 가장자리에 긁히던 타이어 소리가, 먼지와 담뱃갑을 휘몰아 올리던 후류後流 소리가 아직도 귓가에 울렸다. 터널을 빠져나오자마자 사월의 햇살이 무지개처럼 앞 유리로 쏟아져 내렸고, 순간적으로 앞을 볼 수 없었다……

평소에도 거의 매지 않는 안전벨트는 그대로 어깨 옆 지지부에 매달려 있었다. 메이틀랜드는 자신이 항상 제한속도 이상으로 차를 몬다는 점을 솔직하게 인정했다. 일단 자동차에 올라타면 어디선가 무법자 유전자가, 무모한 형질이 등장해서, 평소의 신중하고 명철한 자아를 뒤덮어 버린다. 오늘은 사흘의 회의 일정이 끝나는 날이라 이미 지쳐 있었고, 거기다 헬렌 페어팩스와 일주일을 보낸 직후에 아내를 만나야 하는 터라 살짝 곤두서 있기도 했기 때문에, 그런 상황에서 고속도로에서 과속을 했다는 사실이 거의 의도적으로 사고를 계획한 것만 같은 느낌이었다. 일종의 기괴한 자기 합리화를 위해서.

메이틀랜드는 그런 자신에게 고개를 저으며 창틀에 남은 앞 유리 조각을 손으로 떼어 냈다. 눈앞에 재규어가 충돌한 뒤집어진 택시의 녹슨 차대가 보였다. 그 외에도 다른 차량들의 잔해가 근처 쐐기풀 덤불에 반쯤 몸을 감추고 있었다. 타이어와 반짝이는 금속 외장은 사라지고, 녹슨 문이 비스듬히 열려 있는 모습이었다.

메이틀랜드는 재규어에서 내려 허리까지 오는 풀숲으로 나왔다. 뜨겁게 달구어진 셀룰로오스가 자동차 지붕에 기대 선 그의 손을 찔러 댔다. 높다란 도로 경사면에 가로막혀 고인 공기가 오후의 햇살에 달아올라 있었다. 고속도로를 달리는 몇 안 되는 자동차의 지붕이 난간 너머로 보였다. 재규어가 추락한 위치에, 경사면의 다져진 흙을 거대한 메스로 절개한 것처럼 깊은 홈이 새겨져 있었다. 그 홈을 거슬러 올라가면 그가 도로를 벗어났던 30미터 떨어진 고가 터널 입구까지 이어졌다. 고속도로의 이쪽 부분과 입체교차로에서 서쪽으로 나가는 진입로는 개통된 지 두 달밖에 지나지 않았고, 그래서 아직 가드레일도 설치되지 않은 상태였다.

메이틀랜드는 풀숲을 헤치고 자동차 앞으로 나섰다. 딱 봐도 이걸 몰고 인근 도로까지 올라가는 것은 무리였다. 전면은 함몰된 안면처럼 우그러들어 버렸다. 네 개의 전조등 중 세 개가 깨졌고, 장식용 그릴은 라디에이터의 벌집 속으로 파고들어 묻혔다. 충돌한 순간 현가장치가 엔진을 마운팅에서 밀어내며 차체를 뒤틀어 버린 듯했다. 몸을 숙여 바퀴 공간을 살피려 하자, 부동액과 달아오른 금속 냄새가 메이틀랜드의 코를 찔렀다.

폐차할 수밖에 없는 상태였다. 젠장, 좋아하던 차였는데. 그는 풀숲을 뚫고 재규어와 경사면 사이의 널찍한 공간으로 나섰다. 놀랍게도 그를 도우려고 차를 멈춘 사람은 아직 한 명도 없었다. 아무래도 고가도로 아래의 어둠에서 벗어나자마자 오후의 햇살을 정면으로 받으며 우회전해야 하는 터라, 부서진 나무 가대 쪽으로는 신경 쓸 겨를이 없는 모양이었다.

메이틀랜드는 손목시계를 확인했다. 3시 18분이었다. 사고가 난 지 10분이 조금 지났을 뿐이었다. 그는 방금 전에 다중 연쇄 추돌이나 공개 처형 따위의 충격적인 사건을 목격한 사람처럼, 현기증이 날 것 같은 기분으로 풀숲을 뚫고 걸음을 옮겼다…… 여덟 살 난 아들에게 하교 시간에 맞춰 데리러 가겠다고 약속했었다. 메이틀랜드는 그 순간 리치먼드 공원의 군 병원 쪽 출입구에서 얌전히 기다리고 있을 데이

가드레일을 넘어서

비드의 모습을 머릿속에 그렸다. 아버지가 10킬로미터 밖의 고속도로 경사면 아래, 망가진 자동차 곁에서 발이 묶여 있는 줄은 꿈에도 모르고 있을 아들을. 얄궂게도 이런 따뜻한 봄 날씨에는 상이용사 노인들이 휠체어를 끌고 공원 정문 근처까지 나와 있을 것이다. 마치 소년의 아버지가 겪었을 수도 있는 다양한 부상의 실례를 전시해 보이는 것처럼.

메이틀랜드는 손으로 뻣뻣한 잡초를 휘저어 길을 만들며 다시 재규어로 돌아갔다. 아주 조금 움직였을 뿐인데도 벌써부터 얼굴과 가슴이 벌겋게 달아올랐다. 마뜩잖던 땅을 영영 떠나게 된 사람들이 종종 그러듯이, 그는 마지막으로 주변을 찬찬히 둘러보았다. 아직 사고의 충격에서 완전히 벗어나지는 못한 상태였지만 허벅지와 가슴팍의 부상은 인지하고 있었다. 충격으로 인해서 튕겨 나갔다 되돌아오는 펀칭백처럼 운전대에 부딪쳐 버렸던 것이다. 안전 전문가들이 붙인 겸손한 명칭에 따르면 2차 충돌이라 부르는 현상이었다. 그는 마음을 가라앉히면서 재규어의 트렁크에 기대섰다. 하마터면 목숨을 잃을 뻔했던, 잡초와 버려진 자동차로 가득한 이 장소를 마음속에 깊이 새겨 놓고 싶었다.

손으로 햇살을 가리며 주변을 둘러보던 메이틀랜드는 자신이 작은 교통섬에 불시착했다는 사실을 깨달았다. 세 갈래 고속도로가 모이는 교차점의 황무지에 저절로 생겨난, 약 200미터 길이의 얼추 삼각형 형태인 땅 조각이었다. 한쪽 꼭짓점은 그 따스한 빛이 멀리 화이트시티 지역의 텔레비전 방송국 위에 머물러 있는, 서쪽으로 기우는 태양을 가리키고 있었다. 지상에서 족히 20미터는 솟은 남쪽으로 향하는 고가도로가 삼각형의 밑변을 만들었다. 거대한 콘크리트 기둥이 받치고 있는 6차선 도로는 아래쪽 차량을 보호하기 위해 설치해 둔 물결 모양 금속 난간 때문에 아예 시야에 들어오지도 않았다.

메이틀랜드의 뒤편으로는 교통섬의 북쪽 벽을 담당하는, 그가 추락했던 서쪽 방향 고속도로의 경사면이 10미터 높이로 솟아올라 있었다. 정면에는 교통섬의 남쪽 경계를 이루는 3차선 진입로의 가파른 경사면이, 고가도로 아래에서 북서쪽으로 회전하다가 삼각형의 꼭짓점에서 고속도로와 합류했다. 채 100미터도 떨어져 있지 않았지만, 잔디를 깐 지 얼마 되지 않은 이 비탈은 섬의 과열된 햇살 뒤편에, 잡초밭과 버려진 자동차와 건설 장비에 숨겨진 것처럼 보였다. 차들이 진입로를 타고 서쪽으로 달려가고 있었지만, 금속 가드레일이 시야를 가로막고 있으니 운전자들의 눈에 교통섬이 들어오지는 않을 것이다. 갓길에 박혀 있는 콘크리트 토대에서 세 개의 교통 표지판이 높은 돛대처럼 우뚝했다.

고속도로를 따라 공항버스가 달려오자 메이틀랜드는 시선을 그쪽으로 돌렸다. 버스의 2층에, 취리히나 슈투트가르트나 스톡홀름으로 가는 승객들이 한 무리의 마네킹처럼 뻣뻣하게 앉아 있는 모습이 보였다. 그중에서 두 사람이 메이틀랜드를 내려다봐서 잠시 눈이 마주쳤다. 한 명은 흰색 레인코트를 입은 중년 남성이었고, 다른 사람은 작은 머리에 터번을 둘러쓴 젊은 시크교도였다. 메이틀랜드는 그들을 올려다보다 손을 흔들지 않겠다고 결정했다. 여기서 혼자 뭘 하고 있다고 생각하는 걸까? 버스 2층에서는 재규어가 파손된 것으로는 보이지 않을 수도 있으니, 그렇다면 도로 관리 공무원이나 교통 기술자로 치부해 버릴 것이다.

동쪽 끝의 고가도로 아래 공터에는 철조망이 교통섬과 그 너머 지역을 갈라놓고 있었다. 철조망 건너편은 인근 지역의 비공식 쓰레기장으로 쓰이는 모양이었다. 콘크리트 지지대 아래편의 그림자 속에는 이삿짐 트럭 여러 대, 포개 놓은 광고 게시판, 타이어 무더기와 미처리 금속 폐기물이 가득 쌓여 있었다. 고가도로의 동쪽으로 400미터 정도 떨어진 철조망 사이로 근교 쇼핑센터가 보였다. 붉은색 2층 버스가 작은 광장을 순회하며 연쇄점의 울긋불긋한 차양 앞을 지나치고 있었다.

경사면을 올라가지 않으면 이 교통섬을 탈출할 방법이 없다는 것은 명백했다. 메이틀랜드는 자동차 열쇠를 뽑아 재규어의 트렁크를 열었다. 부랑자나 떠돌이 땜장이가 자동차를 발견할 확률은 거의 없었다. 이 섬은 두 변은 높은 경사면으로, 남은 한 변은 철조망 울타리로 세상에서 격리되어 있으니까. 공사 도급업자가 필수 환경 미화 작업을 아직도 수행하지 않았는지, 이 누추한 땅뙈기의 원내용물은 녹슬어가는 차들과 거친 잡초밭까지도 여전히 전혀 손대지 않은 상태였다.

메이틀랜드는 외박용 가죽 여행 가방의 손잡이를 잡고 트렁크에서 꺼내려 시도하다가 순간 의식을 잃을 뻔했다. 마치 지금까지 간신히 혈액순환을 최저 상태로 유지하고 있었다는 듯이 순식간에 머리에서 피가 빠져나간 것이다. 그는 가방을 내려놓고 열린 트렁크 덮개에 힘겹게 기대섰다.

메이틀랜드는 금속성 광택이 반짝이는 뒷바퀴 덮개에 비친 자신의 굴절된 모습을 응시했다. 훤칠한 육체가 뒤틀려 그로테스크한 허수아비처럼 보였고, 흰 피부의 얼굴은 차체의 곡면을 따라 흐느적거리며 늘어졌다. 광인의 웃음 위로 한 뼘은 떨어진 머리 한복판에 귀 한 짝이 돋아나 있었다.

처음 생각한 이상으로 사고의 충격이 심한 모양이었다. 메이틀랜드는 트렁크의 내용물을 내려다보았다. 공구함, 건축 관련 학술지 뭉치, 아내 캐서린에게 가져가던 여섯 병의 부르고뉴 백포도주를 담은 골판지 상자. 작년에 할아버지가 돌아가신 후로, 메이틀랜드의 어머니는 할아버지의 포도주를 조금씩 넘겨주고 있었다.

"메이틀랜드, 지금이야말로 한잔 걸칠 때잖아……" 그는 큰 소리로 혼잣말을 지껄이고, 트렁크를 잠근 다음 차 뒷좌석으로 손을 뻗어 레인코트와 모자와 서류 가방을 챙겼다. 사고 때문에 좌석 아래 처박혀 있던 물건들이 튀어나와 있었다. 반쯤 사용한 선크림 용기, 헬렌 페어팩스 박사와 라그랑드모트에서 휴일을 보냈을 때의 기념품, 그녀가 소아과 학회에서 발표했던 논문의 견본 인쇄물, 캐서린이 담배를 끊게 만들려고 할 때 숨겨 놨던 미니 여송연까지.

왼손에 서류 가방을 들고, 머리에 모자를 쓰고, 오른편 어깨에 레인코트를 걸친 다음, 메이틀랜드는 경사면을 향해 걸음을 옮겼다. 3시 31분이었다. 여전히 사고가 일어나고 30분도 채 지나지 않았다.

그는 마지막으로 교통섬을 돌아보았다. 허리께까지 오는 잡초가 벌써부터 그가 자동차 주변을 미적거리며 헤맨 궤적을 지워 나갔다. 은빛 재규어도 거의 숨어 버렸다. 흐릿한 노란 광선이 섬 위를 가로지르자 풀숲 위로 고약한 아지랑이가 떠오르는 느낌이 들었다. 제대로 아물지 않은 대지의 상처가 곪아 터지는 듯이.

고가도로 아래로 트럭의 디젤엔진이 굉음을 울렸다. 메이틀랜드는 섬을 등지고 경사면에 발을 디디며 완만한 비탈을 올라가기 시작했다. 경사면 위까지 올라가서, 손을 흔들어 지나가는 차를 얻어 타고 떠나면 되는 것이다.

2 / 경사면

그를 둘러싸고 미지근한 흙탕물의 강처럼 토사가 흘러내렸다. 경사면을 절반쯤 거슬러 올라갔을 뿐인데도, 메이틀랜드는 흘러내리는 비탈에 무릎께까지 빠져 있었다. 잔디만 깔 생각으로 표토를 제대로 다져 놓지 않은 데다가, 지금 깔린 약한 뿌리는 도저히 토양을 지탱할 수 없었다. 메이틀랜드는 서류 가방을 노처럼 저으면서, 발 디딜 곳을 찾아 비틀대며 힘겹게 비탈을 올랐다. 둑을 오르느라 힘을 소진해 탈진할 지경인데도 억지로 전진했다.

입안에 피 맛이 느껴지자 그는 걸음을 멈추고 앉았다. 부스러져 떨어지는 비탈에 쪼그려 앉은 채로, 그는 주머니에서 손수건을 꺼내 혀와 입술을 두드렸다. 떨리는 입 모양으로 남은 붉은 얼룩이 마치 부정한 키스처럼 보였다. 메이틀 랜드는 오른쪽 관자놀이와 광대뼈의 연약한 피부를 만져 보았다. 상처가 귀에서 오른쪽 콧구멍까지 뻗어 있었다. 인중 아래로 손가락을 넣어 보니 부비강과 잇몸이 터지고 송곳니 하나가 흔들리는 것이 느껴졌다.

호흡을 고르면서, 메이틀랜드는 머리 위에서 오가는 차량 들의 소리에 귀를 기울였다. 엔진 소리가 고가도로 터널을 두드리며 끊임없이 울렸다. 교통섬 반대쪽의 진입로는 이제 통행량이 늘어난 모양이었고, 메이틀랜드는 지나치는 차들 을 향해 레인코트를 높이 들고 흔들었다. 그러나 운전자들 은 머리 위 교통 표지판과 고속도로의 주요 교차로에만 주 의를 기울이고 있었다.

멀리 사무 지구의 높다란 건물들이 오후의 하늘을 뚫고 솟아오른 모습이 보였다. 따스한 아지랑이 너머의 매릴러번 을 살피던 메이틀랜드는 자신의 건물을 거의 알아볼 수 있 을 것만 같았다. 유리로 뒤덮인 17층 건물의 벽면 뒤 어딘가 에서 그의 비서가 다음 주 재정위원회의 의제 목록을 타자 기로 치고 있을 것이다. 자신의 상사가 입에 피를 머금고 고 속도로 경사면에 쭈그려 앉아 있을 것이라고는 상상조차 못 한 채로.

어깨가 떨리기 시작하며 격렬한 진동이 횡격막을 자극했 다. 메이틀랜드는 애써 경련을 다스렸다. 그리고 끓어오르는 가래를 삼키고는 재규어를 내려다보며 사고에 대해 다시 떠올려 보았다. 제한속도를 어긴 것은 어리석은 행동이었다. 캐서린을 다시 만나고, 차갑고 장중한 집의 널찍한 순백색 방으로 돌아가 쉬고 싶어서 그토록 서두른 것일까. 헬렌 페어팩스의 따스하고 안락한 아파트에서, 그 사려 깊은 여의사와 사흘을 보낸 후라 그런지, 거의 질식할 지경이기는 했었다.

메이틀랜드는 자리에서 일어나서 게걸음으로 비탈을 가로질렀다. 3미터 위에 고속도로의 갓길과 나무 가대 울타리가 있었다. 메이틀랜드는 서류 가방을 비탈 위쪽으로 던졌다. 그리고 발과 팔뚝을 이용해 게처럼 움직여서 흙이 적은 부분을 기어오른 다음, 양손으로 콘크리트 갓길 포석을 붙들고 몸을 끌어 도로 위로 올라갔다.

기어오르느라 탈진한 메이틀랜드는 비척거리며 나무 가대에 걸터앉았다. 그리고 손에 묻은 흙을 바지에 문질렀다. 서류 가방과 레인코트는 떠돌이 부랑자의 짐처럼 더러워진 꾸러미가 되어 발치에 놓여 있었다. 재킷 안의 셔츠는 땀으로 범벅되어 직물 아래로 젖은 자국이 번졌다. 입안에 다시 피가 고였지만, 그는 조금도 망설이지 않고 그대로 목으로 넘겼다.

그는 자리에서 일어나 다가오는 차들을 마주 보고 섰다. 차선 세 개 분량의 자동차들이 그를 향해 속도를 높여 달려왔다. 모두 고가도로 아래 터널을 나와 급커브를 트는 중이었다. 러시아워가 시작되었다. 고가도로의 천장과 벽에 부딪혀 증폭된 소음이 메이틀랜드 주변의 콘크리트 도로에 되튕겨 그의 첫 고함을 묻어 버렸다. 가끔씩 속도를 내는 차들 사이로 15미터 정도 간격이 보이기도 했지만, 메이틀랜드가 여기 올라와 서서 레인코트와 서류 가방을 흔드는 동안에도 운전자를 집으로 데려다주는 수백 대의 차들은 갈수록 빽빽하게, 거의 범퍼가 서로 닿을 지경으로 간격을 좁히고 있었다.

메이틀랜드는 서류 가방을 내리고 자신을 지나쳐 가는 차들을 지켜보았다. 적송으로 만든 가대는 속도를 올리는 자동차들에 밀려나 간신히 한 줄을 유지하고 있는 정도였다. 이제 서쪽 하늘에 걸린 태양의 강렬한 빛이, 고가도로 아래를 나와 고속 우회전 도로에 들어서는 운전자들의 눈을 직격하고 있었다.

메이틀랜드는 자신의 모습을 내려다보았다. 재킷과 바지는 땀과 진흙과 엔진 윤활유로 범벅이 되어 있었다. 그의 존재를 알아챈다 해도, 기꺼이 차에 태워 줄 사람은 그리 많지 않을 것이다. 게다가 여기서 속도를 줄여 멈추는 일은 불가능에 가까웠다. 뒤따라오는 차량들이, 러시아워마다 항상 막히는 웨스트웨이 입체교차로를 빠져나와 자유를 찾은 차들이 압박하듯 계속 밀려들고 있었기 때문이다.

조금 더 눈에 잘 띄는 위치를 잡으려 생각하며, 메이틀랜드는 좁은 갓길을 따라 약간씩 움직였다. 이쪽의 급커브에는 보행로나 긴급 주차 구역이 마련되어 있지 않아서, 차들은 그로부터 겨우 1~2미터 떨어진 곳을 시속 100킬로미터로 달리고 있었다. 그는 여전히 레인코트와 서류 가방을 든 채로 일렬로 늘어선 가대 사이로 걸음을 옮겼다. 그리고 배기가스로 가득한 공중으로 모자를 높이 들고 엔진 소리를 이기려 온 힘을 다해 소리쳤다.

"사고요⋯⋯! 멈춰⋯⋯! 이쪽 좀 봐요⋯⋯!"

지나가던 트럭이 한쪽으로 밀어붙인 가대 두 개가 그의 앞길을 막았다. 줄지어 달려오는 차들이 방향 표지판 아래에서 방향을 틀어 교차로를 향해 쏜살같이 사라졌다. 정차 등이 깜빡였고, 앞 유리에 반사되어 반짝이는 햇빛이 전기 꼬챙이처럼 눈을 파고들었다.

가대를 돌아 넘어가는 메이틀랜드 뒤편에서 사나운 경적이 들렸다. 자동차 한 대가 그의 오른쪽 옆구리에서 몇 센티미터 떨어진 곳을 지나갔고, 성난 승객이 차창 안에서 거칠게 돌아보았다. 뒤로 물러서던 메이틀랜드의 눈에 반대편 차선을 지나가는 경찰차의 하얀 차체가 들어왔다. 꾸준히 시속 80킬로미터로, 앞 차량의 범퍼에서 몇 미터 거리를 유지하며 달리는 중이었다. 그러나 운전자는 어깨 너머로 메이틀랜드를 힐끗거리기만 했다.

"속도 좀 줄이라고……! 거기 경찰……!"

메이틀랜드는 양손으로 모자와 서류 가방을 흔들었지만, 경찰차는 차량의 혼잡을 따라 흘러가 버렸다. 걸어서 경찰차를 따라가려던 메이틀랜드는 지나가던 택시에 거의 치일 뻔했다. 검은색 리무진이 터널을 나와 그를 향해 달려오다가, 제복 차림의 운전기사가 아슬아슬하게 메이틀랜드를 발견하고 운전대를 틀었다.

이대로 가면 가대에 충돌해 짓눌리고 말 것임을 깨달은 메이틀랜드는 거리를 벌렸다. 슬쩍 스친 정도로도 오른손이 쓰라렸다. 날카로운 앞 유리나 사이드미러에 부딪쳤는지 피부가 쓸려 있었다. 그는 피 묻은 손수건으로 상처를 싸맸다.

300미터 정도 떨어진 고가도로의 동쪽 출입구에 비상용 전화박스가 보였지만, 걸어서 터널을 통과하는 행동이 자살 행위라는 사실은 그도 잘 알고 있었다. 메이틀랜드는 갓길을 따라 걸음을 옮기다 재규어가 도로를 이탈한 지점에서 자리를 잡았다. 그리고 레인코트를 걸치고 꼼꼼하게 단추를 채우고 모자를 제대로 쓴 다음, 지나가는 차들을 향해 차분하게 손을 흔들기 시작했다.

땅거미가 깔리기 시작할 때까지도 그는 여전히 그렇게 서 있었다. 우회전하는 차들의 전조등이 그의 얼굴을 따갑게 때렸다. 후미등을 번쩍이며 교차로를 향해 달려가는 세

차선의 자동차들이 끊임없이 경적을 울려 댔다. 러시아워
는 최고조에 달해 있었다. 길가에 무력하게 서서 힘없이 손
을 흔드는 메이틀랜드의 눈에는, 런던에 있는 모든 자동차
가 그를 지나치고 돌아와 또 지나치기를 열 번도 넘게 반복
하고 있는 것만 같았다. 그 모든 운전자와 승객들이 동시에
진행되는 거대한 음모의 일부가 되어 의도적으로 그를 무시
하고 있는 것이다. 이미 누구도 자신을 위해서 차를 멈추지
않으리라는 사실을 잘 알고 있었다. 적어도 8시가 넘어 러시
아워가 끝나기 전까지는. 그다음에는 운이 좋으면 드문드문
지나가는 운전자의 관심을 끌 수도 있을 것이다.

메이틀랜드는 지나가는 전조등의 불빛 속으로 손목시계
를 들어 올렸다. 이제 7시 45분이었다. 아들은 한참 전에 홀
로 집에 도착했을 것이다. 캐서린은 그가 헬렌 페어팩스와
함께 런던에 머물기로 했다고 여기고 외출했거나 혼자 먹을
저녁을 짓고 있을 것이다.

헬렌을, 그녀의 하얀 가운의 가슴 주머니에 든 검안경을,
진료실에 찾아온 꼬마의 눈을 날카롭게 들여다보는 모습을
떠올리며, 메이틀랜드는 손의 상처를 내려다보았다. 사고가
일어난 이래 가장 지친 상태였다. 배기가스로 가득한 공기
는 아직 따스한데도 몸이 주체할 수 없이 떨리고 있었다. 보
이지 않는 나이프가 온몸의 신경계를 긁어 대는 것만 같았
다. 신경으로 나이프 날을 휘감고 있는 느낌이었다. 셔츠는

젖은 에이프런처럼 가슴팍에 들러붙었다. 그러나 동시에 차가운 희열이 그를 뒤덮어 왔다. 몽롱한 기분이 일산화탄소 중독의 초기 증상이라는 생각이 들었다. 어둠 속에서 바로 옆을 질주해 지나가는 차들을 향해 손을 흔들면서, 그는 취한 사람처럼 앞뒤로 비틀거렸다.

연결식 유조차가 외곽 차선을 타고 그를 향해 달려 내려왔다. 거대한 노란색 차체가 고가도로 아래 터널을 거의 메우다시피 할 정도였다. 운전사는 힘겹게 커브를 틀다가 전조등 사이에서 비틀거리는 메이틀랜드를 알아차렸다. 공기 제동기가 김 빠지는 소리를 내며 거칠게 움직였다. 메이틀랜드는 태연하게 유조차의 경로를 피한 다음, 모자를 벗어서 거대한 뒷바퀴 아래로 던져 넣었다. 그리고 큰 소리로 웃으며 모자가 사라지는 모습을 바라보았다.

"이봐……!" 그는 서류 가방으로 그쪽을 가리키며 소리쳤다. "내 모자! 당신 내 모자를 가져갔다고……!"

사방에서 경적이 울렸다. 택시 한 대가 거의 급정거를 하면서 펜더가 메이틀랜드의 다리를 쓸고 지나갔다. 기사는 메이틀랜드를 내려다보며 자기 이마를 두드려 보이고는 속도를 올려 멀어져 갔다. 메이틀랜드는 그를 향해 당당하게 손을 흔들어 보였다. 스스로의 행동을 제어할 수 없을 정도로 탈진해 있다는 건 이미 알았다. 한 가지 남은 희망이 있다면 그가 지나치게 정신이 나가 버려서, 자기 차에 피해를 입히지 못하게 하려고 사람들이 멈춰 줄 수도 있다는 것이었다. 그는 입에서 흘러나온 피가 손등에 묻는 것을 물끄러미 살폈지만, 이내 손을 흔들며 지나가는 차들 쪽을 향했다. 밤 하늘을 조명으로 훤히 밝힌 콘크리트 둑길의 미로를 올려다보던 그는, 문득 자신이 모든 운전자와 차량들을 지독하게 혐오하고 있음을 깨달았다.

"멈춰……!"

그는 수상쩍다는 듯이 운전대 너머로 자신을 바라보는 나이 지긋한 여성을 향해 피로 칠갑이 된 주먹을 흔들어 보였다.

"그래, 당신……! 당신은 가도 좋아! 그 빌어먹을 자동차를 당장 치우라고! 아니—멈춰!"

그는 나무 가대 하나를 도로 쪽으로 걷어찼고, 지나가는 트럭이 그걸 다시 밀어내 그의 왼쪽 무릎에 맞히자 큰 소리로 웃음을 터트렸다. 그리고 다른 가대를 도로로 밀어냈다.

차츰 커져 가는 그의 목소리는 이윽고 거칠게 자동차의 소음을 뚫고 울리는 원초적인, 고통에 찬 비명이 되었다.

"캐서린……! 캐서린……!"

차가운 분노가 달아오르는 것을 느끼며, 그는 자동차들을 향해 아내의 이름을 외쳤다. 아이처럼, 방향을 꺾는 전조등을 향해서. 그는 다시 차도로 나서며 외곽 차선을 막고 정신 나간 경주로 관리 직원처럼 서류 가방을 흔들어 댔다. 놀랍게도 차량들은 그에게 반응을 보이며 피해 가기 시작했다. 끝없이 이어지던 차량의 행렬에 처음으로 간격이 등장했고, 그의 시야에 터널 맞은편의 웨스트웨이 입체교차로가 들어왔다.

도로 건너편에 중앙분리대 지역이 있었다. 가드레일 사이에 정비용 통로가 있는 1.2미터 너비의 좁은 교통섬이었다. 메이틀랜드는 가대에 기대어 남은 자제력을 최대한 끌어 올렸다. 마음의 절반은 이 정신 나간 발작을 즐기고 있다는 사실을 그도 인지하고 있었지만, 어찌 됐든 온 힘을 다해 마음을 다잡는 데 성공했다. 도로를 건너기만 하면 웨스트웨이 입체교차로까지 걸어가서 비상 전화를 사용할 수 있을 것이다.

그는 지금껏 낭비한 시간을 생각하며 몸을 쭉 폈다. 그리고 정신을 가다듬으면서 교통의 흐름에 틈이 생기는 순간을 기다렸다. 열 대 정도의 차들이 줄지어 그에게 다가왔다. 두 번째 무리가 뒤를 이었고, 그 끄트머리에는 공항버스가 달리고 있었다. 견인차 한 대가 파손된 밴을 끌고 굉음을 울리며 메이틀랜드 곁을 지나갔고, 그로 인해 시야가 막힌 그는 어둠 속으로 몸을 젖히며 터널에서 다가오는 전조등의 그림자놀이를 감상했다.

2단 자동차 수송차를 제외하면 도로는 텅 비어 버렸다. 운전사가 태워 줄 준비라도 된 듯이 메이틀랜드에게 손짓했다. 메이틀랜드는 그를 무시하고 우르릉거리며 지나가는 수송차의 긴 후미 부분이 눈앞에서 사라지기를 기다렸다. 도로는 텅 비고, 다음 전조등까지는 거리가 충분했다. 그는 서류 가방을 움켜쥐고 도로로 뛰쳐나갔다.

도로를 절반쯤 건넜을 때 찢어지는 경적이 울렸다. 어깨 너머를 돌아본 순간 흰색 스포츠카의 낮은 동체가 시야에 들어왔다. 전조등을 켜지 않아 거의 알아보기도 힘들었다. 메이틀랜드는 걸음을 멈추고 몸을 돌렸으나 자동차는 이미 미끄러지며 그를 덮치고 있었고, 젊은 운전자는 차를 제어하지 못한 채 운전대를 뒤틀고 있었다. 자동차가 바람을 가르며 자신에게 달려드는 것이 느껴졌다. 그가 미처 소리치기도 전에, 스포츠카는 메이틀랜드가 아까 차도로 차 넣은 나무 가대를 들이받았다. 소나무 막대가 그를 향해 날아왔다. 다리에 둔탁한 충격이 느껴졌고, 그는 어둠을 가르며 뒤로 날아갔다.

3 / 부상과 탈진

"······캐서린······캐서린······"

아내의 이름을 부르는 소리가 고요한 풀밭을 타고 퍼져 나갔다. 고속도로 경사면 아래에 누운 채로, 메이틀랜드는 머릿속에 울리는 그 음절의 메아리에 귀를 기울였다. 그 소리에 천천히 정신이 들던 메이틀랜드는 이내 자신이 그 이름을 읊조리고 있음을 깨달았다. 어둠 속에서는 그렇게 나직한 소리도 잘 울렸다. 자동차의 소음은 사라져 버렸고, 머리 위쪽의 경사면은 고요하기만 했다. 멀리 웨스트웨이 입체교차로의 중앙 교각 너머에서 야간 트럭 운전사가 북쪽으로 차를 모는 모습이 보였다. 엔진이 힘겹게 울리는 소리가 났다.

메이틀랜드는 경사면의 완만한 비탈에 머리를 기대고 어둠 속에서 긴장을 풀었다. 다리는 높이 자란 풀 속에 파묻힌 채였다. 100미터 떨어진 곳의 3차선 진입로는 텅 비어 있었다. 균일한 노란빛으로 도로를 밝히는 나트륨등 위로, 높이 선 교통 표지판이 그를 굽어보았다. 메이틀랜드는 아내의 이름을 떠올리며 무의식적으로 서쪽을 돌아보았다. 밤을 맞은 도시의 광휘를 배경으로, 고층 아파트의 실루엣이 직사각형의 행성들처럼 밤하늘에 늘어서 있었다.

사고를 겪은 후 처음으로 머리가 맑아지는 느낌이 들었다. 관자놀이와 위턱의 상처는 다리와 복부의 부상과 마찬가지로 특정 부위에 국한된 통증이었기 때문에 정신에는 영향을 미치지 못했다. 오른 다리에 심한 부상을 입었다는 건 이미 알았다. 엄청난 타박상의 통증이 엉덩이에서 시작되어 허벅지의 피부를 타고 내려갔다. 그는 찢어진 바짓단 사이로 상처 입은 피부를 만지다가 손에 묻어나는 끈끈한 액체를 느꼈다. 고관절이 골반에 맞물려 버린 모양이었고, 어긋나서 제자리로 돌아가려 애쓰는 신경과 혈관이 쿵쿵대는 느낌이 찢어진 근육을 통해 전달되어 왔다.

메이틀랜드는 양손으로 허벅지의 부상을 점검했다. 시간은 오전 1시 45분이었다. 20미터 떨어진 곳에서, 재규어의 은빛 지붕이 멀리 고속도로의 불빛을 받아 반짝이고 있었다. 그는 일어나 앉으며 절로 새어 나오는 비명을 억누르려고 주먹을 꾹 쥐었다. 문득 자신의 남은 기력에 한도가 있으며, 아마도 힘든 일을 30분 정도 지속하면 소진되어 버릴 것이라는 느낌이 들었다. 그는 옆으로 몸을 돌려, 왼쪽 다리를 풀숲에서 빼내어 무릎 꿇는 자세로 몸을 일으켰다.

그는 밤공기 속에서 허덕였다. 더 이상 자신을 억누르려 애쓸 생각은 없었다. 그는 손을 차가운 흙에 깊이 파묻으며 무력하게 경사면에 기대 누웠다. 벌써부터 찢겨 나간 양복 위에 이슬이 맺혀 피부의 체온을 낮추기 시작했다. 그는 가파른 경사를 바라보면서 잠시 큰 소리로 자신을 비웃었다.

"대체 저걸 어떻게 올라간다······? 나한테는 에베레스트 산이나 다름없는데."

거기에 쭈그리고 앉아 부상당한 둔부의 고통을 가라앉히고 있자니, 자신의 상황이 더 이상 제어할 도리가 없는 고약한 장난질처럼 여겨졌다. 타이어에 결함이 생기고 머리를 한 대 얻어맞은 것만으로 갑자기 현실에서 벗어나게 된 셈이었다. 자기 아파트에서 잠들어 있을 헬렌 페어팩스가 떠올랐다. 언제나 그렇듯이 작은 침실을 가득 채운 더블베드의 왼쪽 절반에 몸을 누인 채, 머리는 오른쪽 베개에 올리고 있을 것이다. 마치 자기 육체의 여러 부분을 이용해 자신과 메이틀랜드 양쪽을 대행하려는 것처럼. 흥미롭게도 이 유능하고 차분한 여의사는 밤새 꿈에 시달리는 쪽이었다. 그에 비해 캐서린은 자신의 순백색 침실에서, 하얀 목덜미에 달빛의 굴레를 두른 채 고요히 잠들어 있을 것이다. 사실 도시 전체가 잠들어 있을 것이다. 의식을 잃은 거대한 유럽의 일부로서. 반면 그는 잠든 대륙의 악몽을 모아 만들어 낸 것만 같은 아무도 모를 교통섬에서 홀로 나뒹구는 중이었다.

고가도로 터널 지붕에 전조등 불빛이 비쳤다. 적막한 도로를 따라 자동차가 부드럽게 달려가는 소리가 들렸다.

"도와줘…… 멈춰……"

메이틀랜드는 무심코 한쪽 손을 흔들었다. 그리고 편안히 자리에 앉은 운전자를 태운 채 멀어져 가는 자동차의 소리에 귀를 기울였다. 집 열쇠를 주머니에 단단히 넣고, 교외의 따스한 잠자리를 찾아가는 사람들의 소리를.

"좋아…… 다시 시도해 볼까……"

그는 다친 다리를 질질 끌고 반 미터 정도 비탈을 오르다 부드러운 흙 위로 무너져 내렸다. 아주 조금 힘을 썼을 뿐인데도 고관절의 통증이 몇 배로 불어났다. 도저히 움직일 수 없게 된 메이틀랜드는 푸석한 흙 위에 얼굴을 대고 무릎을 꿇었다. 차가운 흙이 볼에 닿았다. 다시는 경사면을 오를 수 없으리라는 것을 이미 알았지만, 그는 억지로 몸을 일으켜 비탈을 따라 끌었다. 길을 막는 부드러운 흙을 한 움큼씩 파내면서, 상처 입은 뱀처럼 무너지는 지표면을 타고 올라가려 애썼다.

"캐서린……"

메이틀랜드는 마지막으로 아내의 이름을 중얼거렸다. 이유는 알 수 없지만 자신의 곤경도, 다친 다리의 고통도, 축축한 장막처럼 자신의 몸을 뒤덮는 차가운 밤공기까지도 전부 그녀의 탓 같았다. 잠시 일어났던 자신감의 자리를 지독한 우울증이 대체했다. 캐서린은 그가 헬렌 페어팩스와 함께 있다고 생각할 뿐 아니라, 그 사실을 딱히 고깝게 여기지도 않을 것이다. 그러나 이런 상황을 거의 의도적으로 만들다시피 한 것은 결국 그 자신이었다. 마치 사고가 일어나도록 착실히 준비해 온 것만 같았다······

복잡하게 얽힌 고속도로 위로 밤과 침묵이 내려앉았다. 멀리 고가도로에는 나트륨등의 불빛이 반짝여서, 오랫동안 사용하지 않은 천상의 뒷문처럼 허공으로 승천하는 듯 보였다. 메이틀랜드는 왼쪽 다리로 몸을 지탱하며 자리에서 일어나서, 양손으로 경사면의 비탈을 짚고 몸의 균형을 잡았다. 오른쪽 다리는 허리끈에 매달린 짐승 시체처럼 앞으로 늘어져 있었다. 높이 자란 잡초가 밤바람 속에 흔들리며, 그가 오늘 오후에 밟고 지나간 뭉개진 통로를 드러내 보였다. 그는 양팔로 부상당한 허벅지를 붙든 채로, 경중거리며 외발로 뛰어 풀숲을 건넜다.

허름한 잔해 사이로 자신의 자동차의 은빛 동체가 모습을 드러냈다. 잡초에 반쯤 가려서 녹슬어 가는 차체는 거의 보이지도 않을 지경이었다. 메이틀랜드는 뒷좌석 문을 열었다. 기력을 소진해 탈진한 채로, 그대로 몸을 끌고 뒷좌석으로 들어가려다 문득 포도주 상자가 떠올랐다.

그는 비척대며 자동차 뒤로 돌아가 트렁크를 열었다. 그리고 부르고뉴 백포도주 병 하나를 꺼내 뚜껑의 포장을 뜯으려 애썼다. 결국 그는 공구함을 열고 멍키 스패너를 꺼냈다. 두 방에 병목이 떨어져 나갔다. 투명한 액체가 차가운 공기를 뚫고 그의 발치로 쏟아졌다.

비틀거리며 재규어의 뒷좌석으로 들어간 메이틀랜드는 미지근한 부르고뉴를 한 모금 넘기고는, 찢어진 구강과 잇몸에 알코올이 닿는 순간 얼굴을 찌푸렸다. 순식간에 포도주가 가슴팍을 씻어 내렸고, 다친 허벅지에서 맥이 뛰는 것이 느껴졌다. 시트 위로 다리를 쭉 편 채로, 메이틀랜드는 일정한 간격을 두고 홀짝이며 병을 비워 나갔다. 점차 둔부의 고통이 흐릿해지는 것이 느껴졌다. 오래지 않아 그는 손목시계조차 읽을 수 없을 정도로 취해서, 시간 감각 따위는 아예 포기해 버렸다. 밤바람이 수풀을 휘저어 자동차 창문으로 바짝 몰아댔고, 그 때문에 고속도로 경사면도 보이지 않게 되었다. 메이틀랜드는 손에 술병을 든 채로, 머리는 창문틀에 기대고 누웠다. 마치 밤하늘의 별자리처럼 그의 가슴과 다리를 뒤덮은 고통스러운 지점들이 하나씩 사라지기 시작했고, 고통을 표시하는 지도로 변한 그의 육신은 빛이 사라진 밤하늘처럼 먹먹하게 잦아들었다.

그는 자기 연민을 억누르며 다시 캐서린과 아들을 떠올렸다. 고속도로 위에서 휘청거리며, 지나가는 자동차들에 대고 아내의 이름을 외치면서 느꼈던 서늘한 희열이 기억났다. 어쩌면 그를 여기 버려두고 갔다는 점에 감사를 표해야 할지도 모른다. 그의 인생에서 가장 행복한 순간은 항상 홀로 있을 때 찾아왔다. 학창 시절 이탈리아와 그리스를 여행했을 때나, 자격증을 딴 직후 차를 몰고 3개월 동안 미합중국을 돌아다녔을 때처럼. 지금까지 몇 년 동안 그는 자신의 어린 시절을 신화 속 이야기처럼 꾸며 내고 있었다. 높다란 울타리에 둘러싸인 길쭉한 교외 정원에서 끝없이 혼자 놀고 있는 어린 소년의 모습을 떠올리면 묘하게 평온한 기분이 들었다. 사무실 책상 서랍의 액자 속 일곱 살 소년의 정체가 그의 아들이 아니라 그 자신이라는 사실은, 단지 허영심 때문이라고 치부할 수만은 없는 일이었다. 어쩌면 다른 사람의 기준으로는 실패라고밖에 할 수 없는 캐서린과의 결혼 생활도, 바로 그 상상 속의 텅 빈 정원을 재창조하는 과정이라 생각하면 성공으로 간주할 수 있을지도 모른다.

깨진 병을 홀짝여 고통을 달래다가, 그는 동이 트기 세 시간 전에 잠들었다.

4 / 식수원

그는 날이 훤해진 다음에야 잠에서 깨어났다. 잡초가 머리맡의 창문을 쓸며 사각거리고, 풀잎이 빠른 미뉴에트 곡조에 맞춰 춤을 추고 있었다. 마치 한동안 그를 깨우려 애쓰고 있었던 것만 같았다. 따스한 햇살이 그의 몸을 덮어 주고 있었다. 몇 초 동안 꿈쩍도 못 하던 그는 이내 기름이 스민 손목시계 문자반을 문질러 닦았다. 오전 8시 25분이었다. 자동차 뒷좌석에 누워 있던 몸이 뻣뻣했다. 고속도로 경사면은 여기서 보이지 않았지만, 위협적이되 어쩐지 안도감을 불러오는, 친숙한 악몽의 배경음악처럼 꾸준히 쿵쿵거리는 소리가 자신이 어디 있는지를 되새기게 해 주었다.

아침 러시아워가 한창이었다. 수천 대의 차들이 런던 중심부로 밀려들어 가고 있었다. 디젤엔진의 가래 끓는 소음을 뚫고 경적이 들렸고, 고가도로 터널을 지나가는 차들의 소리가 끊이지 않고 울렸다.

포도주 병은 오른팔 아래 놓여 있었다. 깨진 병목이 팔꿈치를 후벼 놓은 모양이었다. 메이틀랜드는 자리에 일어나 앉으며 포도주가 선사한 마취 상태를 떠올렸다. 순간적으로 터져 나왔던 자기 연민도 마음속 깊은 곳에 묻어 놓은 퇴색된 추억처럼 확실히 떠올릴 수 있었다.

메이틀랜드는 자신의 모습을 내려다보았다. 자동차 뒷좌석에 널브러져 있는 부랑자 같은 몰골은 도저히 자신처럼 보이지 않았다. 재킷과 바지는 기름과 피로 범벅되어 있었다. 엔진 윤활유가 손목 바로 위의 볼록한 부분을 뒤덮고 있었다. 자동차가 치고 지나간 부위였다. 오른쪽 허벅지와 엉덩이는 심하게 부어올라서 튀어나와 보였고, 대퇴골 상부는 아예 골절된 고관절과 하나로 엉겨 붙은 것만 같았다. 메이틀랜드는 앞 좌석 쪽으로 수그렸다. 몸 곳곳을 뒤덮은 상처와 통점이, 마치 낡아 빠진 악기 통을 때려 음률을 뽑아내려는 것처럼 계속해서 고통을 주고 있었다.

"메이틀랜드, 이런 얘기는 아무도 안 믿을 거야……"스스로를 다잡으려고 일부러 크게 말했지만, 그런 행동은 그저 입안의 상처를 선명하게 인지하도록 만들 뿐이었다. 상처 입은 잇몸을 문지르면서, 그는 지친 웃음을 머금고 운전석 거울에 자기 얼굴을 비춰 보았다. 선명한 상처가 오른쪽 얼굴을 대각선으로 가로지르는 모습이, 마치 긴 콧수염을 과장해서 절반만 그려 놓은 것 같았다.

슬슬 이곳을 떠날 때였다…… 그는 고속도로 경사면 쪽으로 시선을 돌렸다. 동쪽으로 가는 차도를 따라 공항버스와 차고가 높은 트럭들의 지붕이 움직이는 모습이 보였다. 서쪽 방향은 거의 비어 있었다. 속도를 올려 교외로 나가는 배달 차량 한 대와 여객 버스 두 대뿐이었다. 일단 경사면 위로 올라서기만 하면 손쉽게 차를 얻어 탈 수 있을 것이다.

"우선 공중전화를 찾아서, 해머스미스 병원에 전화하고, 캐서린과 사무실에도 연락을 하고……" 해야 할 일의 목록을 만들면서, 메이틀랜드는 문을 열고 햇살 속으로 나갔다. 그는 오른쪽 다리를 고깃덩이처럼 양손으로 붙들어 땅 위로 내려놓은 다음, 비틀대며 문에 기댔다. 이 정도 움직인 것만으로도 벌써부터 기력이 소진되는 느낌이었다. 골반에서 시작된 깊은 격통이 사타구니와 둔부 전체로 퍼져 나갔다. 가만히 서 있어도 간신히 다친 다리에 무게를 싣고 균형을 잡을 수 있을 정도였다. 그는 자동차 지붕의 빗물받이를 붙들고 고속도로를 따라 달려가는 자동차들을 바라보았다. 다들 아침 햇살로부터 눈을 보호하기 위해 햇빛 가리개를 내리고 있었다. 폐차 사이에 홀로 서 있는 추레한 남자를 알아챌 사람은 한 명도 없을 것이다.

차가운 공기가 메이틀랜드의 가슴팍을 두드려 댔다. 희뿌연 햇살을 잔뜩 받는 중인데도 춥고 지친 느낌이 들었다. 사고와 고속도로에서 입은 부상을 간신히 버텨 낸 것은 건장한 육체 덕분이었다. 도난 차량일 것이 뻔한 스포츠카에 전조등도 켜고 있지 않았고, 운전면허도 없을 테니, 그 젊은이가 메이틀랜드를 치고 지나간 사실을 경찰에 알리지 않았을 확률이 족히 9할은 될 것이다.

그는 다친 다리를 들어서 눈앞의 풀밭에 올렸다. 재규어의 트렁크에 있는 포도주에 생각이 미쳤지만, 지금 부르고뉴를 마시면 그대로 머리로 올라올 것이 뻔했다. 포도주는 잊어버리자고 그는 자신에게 다짐했다. 높이 자란 풀숲에 뻗어 있으면 아무도 그를 발견하지 못할 것이다. 그대로 자리에 누운 채 죽음을 맞이하게 될 것이다.

그는 팔을 크게 휘두르며 다친 다리를 딛고 앞으로 몸을 훌쩍 움직였다. 그리고 높이 자란 잡초를 붙들며 균형을 잡으려 했다.

"메이틀랜드, 이대론 한나절은 족히 걸리겠어……"

그는 두 번째 걸음을 내디뎠다. 숨을 헐떡이는 그의 눈에 고속도로를 따라 서쪽으로 달려가는 공항버스의 모습이 보였다. 교통섬을 내려다보는 승객은 한 명도 없었다. 메이틀랜드는 정신을 가다듬고 세 걸음을 더 움직여서 옆으로 누운 푸른색 세단의 차체에 거의 도달했다. 녹슨 섀시에 손을 뻗는 순간, 다친 쪽 다리가 굴러다니는 타이어에 걸려 버렸다. 왼쪽 무릎이 후들거리며 풀숲 속으로 넘어지고 말았다.

메이틀랜드는 한동안 축축한 그늘 아래 꼼짝도 않고 누워 있었다. 그리고 숨을 고르면서 상처 난 입으로 풀잎에 맺힌 습기를 핥았다. 아직 경사면까지는 족히 6미터는 떨어져 있었다. 게다가 거기까지 가 닿는다고 해도 가파르고 부스러지는 비탈을 절대 오를 수 없을 것이 분명했다.

그는 풀숲을 손으로 짚고 몸을 일으켜서 앉았다. 세단의 녹슨 차축이 머리 위로 솟아올라 있었다. 타이어와 엔진은 보이지 않았고, 머플러에 배기 파이프가 느슨하게 걸려 있었다. 메이틀랜드는 손을 뻗어 파이프를 쥐고 흔들기 시작했다. 이윽고 1.8미터 길이의 녹슨 파이프가 고정쇠에서 빠지더니, 후방 차대 뒤편으로 그대로 뽑혀 나왔다. 그는 굳센 팔로 그 한쪽을 구부려 손잡이를 만들었다.

"좋아……! 이제 뭔가 좀 되어 가는군……" 벌써 자신감이 돌아오는 것이 느껴졌다. 메이틀랜드는 즉석 목발을 붙들고 자리에서 일어나서 걸음을 옮겼다. 이제 다친 다리로 땅을 디딜 필요가 없어진 것이다.

그는 경사면 아래편까지 가서 한쪽 팔을 흔들며 서쪽으로 움직이는 차들을 향해 힘껏 소리쳐 보았다. 운전자들이 그의 모습을 알아챌 리 없었다. 바싹 마른 목에서 나오는 목쉰 소리야 두말할 나위도 없을 것이다. 메이틀랜드는 힘을 아

40   식수원

끼기로 마음먹고 소리 지르는 일을 멈췄다. 그리고 경사면을 올라가려 시도했지만, 몇 발짝도 못 가서 진흙투성이 비탈에 주저앉아 버리고 말았다.

그는 몸을 돌려 고속도로를 등지고 처음으로 교통섬을 찬찬히 살펴보기 시작했다.

"메이틀랜드, 이 불쌍한 놈, 로빈슨 크루소처럼 홀로 남았구나…… 조심하지 않으면 영원히 여기 발이 묶인 신세가 될 거야……"

그가 방금 입에 올린 말은 단어 하나까지 모두 진실이었다. 세 갈래 고속도로가 만나는 교차 지점에 생겨난 버려진 땅뙈기는 말 그대로 무인도나 다름없었다. 자신에게 분노가 치솟은 메이틀랜드는 목발을 들어 죄 없는 땅바닥을 후려쳤다.

그는 절뚝이며 자기 자동차로 돌아갔다. 쓰레기장에서 서쪽으로 20미터 떨어진 곳에 작은 둔덕이 솟아 있었다. 그는 여기서 잠시 멈춰서 섬의 영역을 둘러보며, 혹시라도 정비용 계단이나 토굴 따위가 있는지를 살폈다. 고가도로 아래로 뻗은 철조망은 한쪽 콘크리트 경사면에서 반대편 경사면까지 한 번도 끊어지지 않고 쭉 연결되어 있었다. 진입로까지 닿는 비탈은 높이가 족히 9미터는 되어 보였는데, 고속도로 쪽 경사면보다도 가팔랐다. 두 도로가 만나는 서쪽 꼭짓점은 흙무더기에서 바로 수직 콘크리트 벽이 이어졌다.

메이틀랜드는 몸을 돌려 자동차로 돌아왔다. 몇 발짝마다 걸음을 멈추고 앞길을 막는 잡초를 때려눕혀 길을 열어야 했다. 자동차에 도착한 그는 트렁크를 열고 부르고뉴 다섯 병을 차분히 헤아려 보았다. 마치 그 귀중한 액체가 그에게 남은 현실성의 상징이라도 되는 것처럼, 하나씩 소중히 상자에서 들어 보기까지 하면서.

그는 묵직한 스패너를 향해 손을 뻗으며 속으로 이렇게 중얼거렸다. 그래, 메이틀랜드, 한잔 걸치기엔 조금 이른 시간이기는 하지만, 술집이 문을 열었는데 어쩌겠어. 하지만 잠깐, 기다려 봐. 생각을 해. 물이 필요하잖아.

아침 햇살이 조금씩 강해지며 식은 몸을 녹여 가자, 그는 이렇게 배 속이 텅 빈 상태에서 포도주를 몇 모금이라도 마시면 술에 취해 인사불성이 될 것이라고 다시 한번 마음을 다잡았다. 분명 이 폐차 더미 어딘가에 물이 존재할 것이다.

그래, 라디에이터가 있지. 메이틀랜드는 트렁크 덮개를 쾅 닫고는 목발을 들어 힘겹게 자동차 앞쪽으로 이동했다. 펜더에 몸을 기대고 다친 쪽 손으로 브레이크 라인과 서스펜션 사이를 훑으며 라디에이터의 아래쪽 모서리를 찾았다. 그리고 찾아낸 마개를 돌려 연 다음 솟구쳐 나오는 액체를 손으로 받았다.

글리콜이잖아! 그는 쓴맛이 나는 액체를 뱉어 낸 다음 손에 묻은 녹색 얼룩을 바라보았다. 살짝 섞인 녹물의 맛에 목이 아려 왔다.

벌써부터 몸의 반응이 빨라지는 것이 느껴졌다. 그는 운전석 쪽으로 몸을 내밀어 보닛 걸쇠를 열었다. 그리고 몸을 똑바로 세우고 묵직한 보닛을 열어 기관부를 찾았다. 마침내 그의 손이 앞 유리 세척용 물탱크에 닿았다. 그는 목발 끝으로 금속 지지대를 비틀어 버린 다음, 플라스틱 용기의 뚜껑을 뜯어냈다.

거의 가득 찬 용기에는 족히 반 리터는 되는 물이 있었다. 메이틀랜드는 자동차에 기대서서 시원한 액체를 홀짝이며 고속도로를 따라 달리는 자동차들을 향해 목발을 흔들었다. 하잘것없는 성취기는 해도 물을 발견한 것만으로 자신감과 결단력이 돌아온 느낌이 들었다. 섬에 도착한 지 얼마 안 되었을 때는 지나치게 가벼운 마음으로 자연스레 도움이 찾아올 것이라는 가정을 해 버렸다. 지나가는 자동차를 향해 손을 흔드는 정도만으로도 즉각 구조를 받을 수 있을 것이라고.

그는 물을 절반쯤 머금고 조심스레 다친 입안을 헹궈 냈다. 경쾌하게 멍한 기분이 들었고, 신경과 혈관에 전기충격 같은 자극이 느껴졌다. 그는 절뚝이며 자동차 주변을 한 바퀴 돌고 흡사 아이처럼 즐겁게 자동차 지붕을 두드렸다. 그리고 트렁크에 올라앉아서, 울퉁불퉁한 땅바닥 너머, 교통섬 건너편의 철조망을 바라보았다. 재규어의 공구함에 든 렌치 정도면 충분히 저 철조망에 구멍을 뚫을 수 있을 것이다.

나지막이 혼자 웃음을 터트리며, 메이틀랜드는 재규어의 뒤쪽 창문에 기대 누웠다. 이유 모를 묵직한 안도감이 순식간에 그를 뒤덮었다. 그는 허공으로 물 용기를 높이 들어 올려 투명한 액체를 흔들었다. 이제 탈출할 수 있으리라는 확신이 들었다. 부상을 당하고 자동차도 망가지기는 했지만, 이 섬에 영원히 발이 묶여 있으리라는 두려움은 이제 거의 피해망상처럼 느껴졌다.

몇 분 후에 지붕 없는 자동차를 타고 서쪽으로 달려가던 운전자 한 명이 속도를 줄였을 때까지도, 그는 여전히 웃고 있었다. 운전대를 잡은 군복 차림의 미군 병사는 호의적인 미소를 띠고 메이틀랜드를 내려다보았다. 하루의 첫 알코올을 즐기는 부랑자나 노숙자로 여기는 것이 분명했다. 그는 메이틀랜드를 향해 엄지손가락을 올리며 차에 타겠느냐는 손짓을 했다. 메이틀랜드가 정신을 차리고 그 미군 병사가 사고 이후 그를 위해 차를 세운 유일한 사람이라는 사실을 깨닫기도 전에, 그는 깍듯이 손을 흔들어 작별 인사를 하고는 속도를 올려 달려가 버렸다.

5 / 경계 철선

지친 훈련 교관처럼 애써 감정을 자제하며, 메이틀랜드는 재규어의 트렁크에서 기어 내려왔다. 그는 허벅지의 고통을 무시하고 자동차에 힘겹게 기대서서 목발을 흔들어 사라진 운전자를 다시 부르려 시도했다. 이제 제정신이 든 메이틀랜드는 역겨움에 사로잡힌 채 다친 다리와 누더기가 된 옷을 보며 아이처럼 히스테리에 빠져들었던 자신에게 분통을 터트렸다. 사고로 망가진 것이 자동차만은 아닌 듯했다. 그의 두뇌를 묶어 둔 계류용 밧줄까지 끊어져 헐겁게 떠다니게 된 것 같았다.

메이틀랜드는 오른쪽 겨드랑이에 금속 목발을 대고 기대섰다. 자신의 육신이 아주 단순한 물리적 행위조차 수행하기 힘든 상태라는 자각이 거세게 몰아쳤다. 트렁크 덮개에 비치는 지저분하고 불구인 남자의 왜곡된 모습은 콘크리트 둑길 사이의 섬에 홀로 버려진 그의 상태를 정확하게 요약해 보여 주는 것만 같았다. 제대로 된 기술도, 사용할 수 있는 자원도 없이.

반면 정신적으로는 적어도 뭔가 할 수는 있을지 모른다고, 메이틀랜드는 반추했다. 요즘은 두뇌 속에 비상사태에 대처할 매뉴얼을 넣어 두고 살아야 하는 시대다. 추가로 실제든 가상이든 재앙에서 생존하기 위한 훈련도 받아야 하고.

"렌치, 박스 스패너, 나사 죔쇠……" 메이틀랜드는 체계적으로 공구함 안을 훑었다. 계속해서 큰 소리로 혼잣말을 지껄이면서. 자신을 향한 짜증을 해소하기 위해서 미숙한 종업원을 질책하는 것처럼.

공구를 재킷 주머니에 챙겨 넣은 다음, 그는 목발을 고쳐 잡고 고속도로를 달리는 자동차들은 무시한 채로 고가도로 쪽으로 이동했다. 오전 9시가 살짝 넘은 시각이었고, 아침 러시아워가 끝나 통행량은 조금 줄어들어 있었다. 벌써부터 따스한 햇살이 젖은 풀숲을 비추며 어제 오후에 목격한 흐릿한 노란색 아지랑이를 이끌어 내고 있었다. 주변을 둘러싼 벽이 일렁이는 것처럼 보였다.

목발을 딛고 전진하던 메이틀랜드는 문득 그날 아침 캐서린이 일제 차량 유통업체에서 새 차를 받아 오기로 했다는 사실을 떠올렸다. 헬렌 페어팩스는 가이가街의 소아 진료소에서 바쁘게 일하고 있을 것이다. 아이러니한 일이지만 양쪽 모두 그가 상대방과 함께 밤을 보냈을 것이라 여기고 그에게 전화해 볼 생각조차 하지 않을 것이다. 게다가 사무실 사람들도 그가 없다고 딱히 당황하지는 않을 것이다. 아프거나 다른 긴급한 업무 때문에 자리를 비웠을 거라고만 생각할 테니까. 메이틀랜드는 자신이 있든 없든 질문을 던지지 않도록 직원들을 훈련시켰다. 일부러 귀국 때까지 사무실에 알리지 않고 미국 출장을 다녀온 적도 몇 번이나 있었다. 일주일 내내 자리를 비우더라도 비서는 캐서린이나 헬렌에게 전화 한 통 해 볼 만큼도 신경 쓰지 않을 것이다.

그는 고통을 참고 울퉁불퉁한 땅 위로 목발을 휘두르면서 철조망을 향해 절뚝이며 걸어갔다. 잡초 아래로 건물 토대의 흔적이 보였다. 에드워드풍 테라스 건물의 평면도 같았다. 이어서 2차 대전 당시의 방공호 입구가 지나갔다. 고속도로 경사면을 쌓으려고 가져온 토사와 자갈에 반쯤 파묻혀 있었다.

고가도로의 그림자 속에 있는 철조망에 도착했을 즈음에는, 메이틀랜드는 탈진해 있었다. 그는 철조망에 목발을 기대 세워 놓고 검은 흙 위에 주저앉았다. 그리고 걸어오는 내내 주머니에서 그의 어깨를 내리 끌며 가슴과 배의 상처에 부딪쳤던 묵직한 금속 공구들을, 렌치와 박스 스패너와 펜치를 꺼냈다.

고가도로 아래에는 풀도 자라지 않았다. 축축한 흙은 철조망 건너편의 폐기물과 망가진 금속 드럼통에서 새어 나온 폐유로 검게 물들어 있었다. 100미터에 걸친 철조망이 트럭타이어며 빈 깡통이며 망가진 사무실 가구며 굳어 버린 시멘트 포대 무더기 따위를 막아서고 있었다. 건축용 자재며 녹슨 철사 꾸리며 떼어낸 엔진 부속 따위가 너무 높게 쌓여있어서, 철조망을 뚫고 나가도 저 폐기물의 정글을 통과할 수 있을지 걱정이 될 지경이었다.

그는 여전히 앉은 채로 철조망 쪽으로 몸을 틀었다. 머리위에는 청명한 사월 하늘과 거의 닿을 듯이 콘크리트 고가도로가 높이 솟아 있었다. 널찍한 하판이 그 위를 지나가는 차량의 압력에 맞춰 희미하게 진동했다. 그는 펜치를 양손으로 쥐고 시험 삼아 금속 고리를 끊어 내려 시도해 보았다. 어둑한 그림자 속에서도 아주 살짝 자국이 났을 뿐이라는 정도는 확인할 수 있었다. 메이틀랜드는 싸늘한 공기 속에서 몸을 떨었다. 그리고 렌치와 박스 스패너를 질질 끌면서 9미터 떨어진 강철 기둥 쪽으로 향했다. 양쪽 철망의 가장자리를 기둥에 고정하고 강철 플랜지 볼트와 철판을 덧댄 다음 자동 조임 너트로 연결해 놓은 곳이었다.

메이틀랜드는 스패너를 조절한 다음 너트 하나를 풀어 보

경계 철선

려 시도했다. 그러나 이제 그는 힘을 주는 것은 고사하고 죔쇠를 제대로 붙들기도 힘들 만큼 쇠약해져 있었다. 그는 높이 솟은 철조망의 벽을 올려다보았다. 10년 전이라면, 어쩌면 열흘 전까지도, 맨손으로 저 정도 철망은 타 넘을 힘이 남아 있었을지도 모른다는 생각이 들었다.

그는 스패너를 내던지고 렌치로 축축한 땅을 긁어 댔다. 폐유 때문에 미끄러운 검은 흙은 젖은 가죽처럼 꿈쩍도 하지 않았다. 철망 아래로 통로를 파려면 이 단단한 땅을 거의 1세제곱미터는 파내야 할 것이다. 그런 다음에는 9미터 높이로 쌓인, 한 개의 무게가 족히 50킬로그램은 나가는 트럭 타이어를 헤치고 나가야 했다.

어둑한 공기가 상처 입은 허파를 쓰리게 파고들었다. 눅눅한 옷 밑에서 몸을 떨면서, 메이틀랜드는 다시 주머니에 공구를 챙겨 넣었다. 햇살 속으로 나오자 높이 솟은 잡초는 마치 온기를 조금이라도 전달해 주려는 것처럼 그의 허벅지께서 살랑거렸다. 메이틀랜드는 비틀거리며 멀리 고속도로 경사면을 바라보았다. 이제 24시간 가까이 아무것도 먹지 못한 상태였고, 사고의 충격 때문에 뒷전으로 밀려 있던 격렬한 허기가 처음으로 그를 습격해서 머리를 핑 돌게 만들었다. 그는 풀숲 때문에 거의 보이지도 않을 지경인 재규어의 지붕에 간신히 시선을 고정했다. 아무 소득 없이 철조망까지 걸어온 그 짧은 시간 동안에, 풀숲이 몇 센티미터는 더 자란 것처럼 보였다.

그는 기력을 그러모아 섬의 남쪽 경계로 걸음을 옮기기 시작했다. 열 발짝마다 한 번씩 멈춰서 무성한 쐐기풀을 목발로 훑어 길을 터야 했다. 그는 낮은 담벼락에 도착해서, 정원 터를 지나 허공에서 끊어지는 계단을 올라갔다. 한때 이곳에 존재했던 회칠한 빅토리아풍 가옥에서 남은 부분은 이 폐허가 전부였다.

섬의 지표는 놀라울 정도로 고르지 못했다. 그 모든 것을 뒤덮으며 자라는 잡초가 마치 거친 난바다의 파도처럼 보였다. 섬의 가운데를 가로지르는 널찍한 골짜기는 한때 이곳의 주 대로였을 것으로 짐작되었다. 양편으로 석축과 난간을 타고 올라가는 잡초들이 전체 공간을 장악하고 있었다.

메이틀랜드는 가운데 골짜기를 건너 남쪽 비탈에 도착해, 사방에서 밀려드는 쐐기풀 틈에서 고생하는 작은 딱총나무들 사이로 난 오솔길을 따라 올라갔다. 발밑의 금속 물체에 목발이 닿아 쇠 울리는 소리를 냈다. 쓰러진 묘비에 달린 금속판이었다. 지금 서 있는 곳은 과거 교회 안뜰이었던 모양이었다. 한쪽에는 표면이 닳아 없어진 묘비들이 쌓여 있고, 무덤 사이로 얕은 도랑이 이어졌다. 메이틀랜드는 유골은 전부 파내 납골당으로 옮겼을 것이라 추측했다.

그의 위로 진입로의 높다란 경사면이 솟아올랐다. 머리 위로 9미터 떨어진 곳을 달리는 차들은 가드레일 때문에 전

경계 철선

혀 보이지 않았다. 엔진 소리는 멀리 아침을 맞은 도시의 소음과 뒤섞여 버렸다.

메이틀랜드는 경사면의 하단을 따라 흔들거리며 나아갔다. 땅에는 담뱃갑과 꽁초, 과자 포장, 사용한 콘돔과 종이성냥 껍데기 따위가 잔뜩 널려 있었다. 50미터 앞에는 경사면 위로 튀어나온 교통 표지판의 콘크리트 토대가 보였다.

메이틀랜드는 부드러운 흙을 가로질러 획획 움직이면서 걸음을 서둘렀다. 예상한 대로 토대 아래로 배수로가 보였다. 비에 쓰레기가 전부 씻겨 내려간 비좁은 도랑이 콘크리트 벽을 둘러 배수구로 이어졌다. 주철 창살 뒤쪽으로 배수관이 경사면 안으로 들어갔다가 30미터쯤 떨어진 곳에서 나오고 있었다.

메이틀랜드는 창살을 목발로 툭툭 쳐 보았다. 그리고 이 육중한 금속 건조물을 떼어낼 가능성이 없다는 사실을 즉각 받아들였다. 그는 손을 집어넣을 수 있을 정도로 사이가 넓은지 별 이유도 없이 궁금해져서 창살을 바라보았다. 그러고 나서 몸을 돌려 절뚝이며 쓰레기 더미 사이로 걸어갔다. 목발로 담뱃갑을 밀어내면서.

그렇게 고개를 숙이고 걸어가던 와중에, 고요하고 냉정한 분노가 그를 휩쓸어, 머리 위의 보이지 않는 자동차들을 향해 혼잣말로 절규하게 만들었다.

"멈춰……! 제발, 이 정도면 충분하잖아……!"

아무 대답도 들리지 않자 그는 차분히 가던 길을 이어 갔다. 산들바람이 사탕 포장지 하나를 그의 다친 다리 주변으로 나부껴 날렸다. 섬을 가로지르는 그의 뒤편에서 수풀이 고개를 흔들고 휘저으며 끝없이 계속되는 파도를 만들었다. 경계심 가득한 커다란 짐승을 녹색 보호구역에 맞아들이는 것처럼, 수풀의 회랑이 잠시 열렸다가 다물렸다.

6 / 폭풍우

따스한 한낮 동안 메이틀랜드는 차 안에서 수면을 취했다. 그가 누워 있는 뒷좌석의 옆자리에는 물이 든 용기와 새로 가져온 부르고뉴 병이 놓여 있었다. 2시 즈음, 그는 고가도로를 건너던 덤프트럭이 연달아 공기제동기를 껐다 켰다 하며 규칙적인 폭음을 내는 바람에 잠에서 깨어났다. 섬을 가로지르느라 무리한 탓에 다친 다리의 통증이 다시 타올랐지만, 대신 머리는 맑아진 느낌이었다. 복부에서 밀려오는 날카로운 허기가 강철 손아귀처럼 그의 목구멍을 옭죄었으나, 그는 가만히 뒷좌석에 앉아 이른 오후 내내 휴식을 취하며 자신의 상태를 점검했다.

다른 무엇보다 이 섬에 도착한 이래 줄곧 반복해 온 가정,

즉 머지않아 지나가던 운전자나 경찰이 사고가 난 그의 자동차를 발견할 것이고, 교외의 양방향 도로 가운데의 보호 구역에 추락한 사람을 구할 때처럼 순식간에 구조대가 도착할 것이라는 가정이 완벽한 거짓이라는 점이 명확해졌다. 지금까지 계속 유지해 오던 편리한 희망 체계의 일부였기 때문에 더욱 괴로웠다. 이 섬의 독특한 지형, 높이 자란 잡초와 무성한 덤불, 주변에 널린 폐차들을 고려해 보면, 누군가 그의 존재를 알아차리리라 확신할 수조차 없는 상황이었다. 게다가 그의 공적 또는 사적인 생활 면에서도, 한때 너무 편리하게 이용했던 아내와 헬렌 페어팩스 박사 사이의 이중생활로 인해, 누군가 의심을 품고 경찰에 전화를 하는 데만도 족히 일주일은 걸릴 것이 분명했다. 그뿐만 아니라 사무실을 떠난 이후 메이틀랜드의 경로를 추적하는 형사가 아무리 유능하더라도, 이곳 잡초의 바다에 잠긴 그의 차를 알아보기는 쉽지 않을 것이다.

메이틀랜드는 바지 단추를 풀어 다친 허벅지를 확인했다. 관절은 뻣뻣하게 굳어 버렸고, 심한 멍과 터진 핏줄이 기름과 진흙이 엉겨 붙은 틈새에서 번들거렸다.

그는 터진 입안을 달래며 앞 유리 와이퍼 아래에서 꺼내 온 진득거리는 물을 마저 마셨다. 그리고 아지랑이 너머로 보이는 런던 중심부의 사무 지구를 훑었다. 그가 참석할 예정이던 회의는 이제 점심시간이 끝나 다시 모이고 있을 것이다. 그곳의 위원 중에서 그에게 무슨 일이 벌어졌는지 짐작하는 사람이 한 명도 없단 말인가? 이제 와서 구출된다고 해도 일터로 돌아가려면 최소한 며칠, 길면 몇 주가 필요할 것이다. 그는 줄줄이 이어지는 참석하지 못할 일정을, 취소될 고객 면담을, 바람맞힐 위원회들을 떠올렸다. 그 모든 실수를 꾸짖는 듯이 다리가 욱신거리기 시작했다.

"좋아…… 그럼 뭐가 있나 한번 볼까……" 메이틀랜드는 내내 잠든 채로 보내고 싶은 충동을 다스리고 자리에서 일어났다. 그리고 자동차 뒤편으로 몸을 움직여 갔다. 고속도로를 따라 달리는 자동차 소리가 들렸지만 이번에는 무시했다. 손을 흔들어 멈추게 만들려고 해 봤자 기운만 빠질 뿐임을 알고 있기 때문이었다.

그는 트렁크 덮개를 올리고 외박용 가방을 열었다. 애프터셰이브의 선명한 냄새가 주변을 가득 메웠다. 그는 가방에서 에나멜가죽 구두와 정찬용 정장을 꺼냈다. 외박용 가방은 말 그대로 타임캡슐이나 다름없었다. 향기와 감촉만으로도 과거의 세계를 재구축할 수 있으니까.

그는 면도기 날을 풀어서 파란색 수건을 가늘게 잘라 냈다. 그리고 그 한 조각을 애프터셰이브에 적셨다. 자극적인 콜로뉴 때문에 다친 손이 따끔거렸다. 수십 군데의 베이고 쓸린 상처를 쏘아 대는 느낌이었다. 메이틀랜드는 손목 아래쪽부터 엄지 뿌리까지 이어지는 콩팥 모양 상처에 엉겨 붙은 흙과 기름을 닦아 냈다. 남은 긴 수건 조각으로 손을 싸맨 다음, 트렁크를 다시 닫고 경중거리며 풀밭을 건너 버려진 차들 쪽으로 향했다.

재규어 주변으로 폐차장처럼 자동차 다섯 대가 반원을 그리며 주저앉아 있었다. 뒤집힌 택시의 텅 빈 기관부에서, 녹슨 차체 사이로 잡초가 고개를 내밀고 있는 모습이 눈에 띄었다. 우그러든 범퍼, 홈이 전부 닳아 버린 타이어, 보닛 후드 하나가 쐐기풀 사이에서 나뒹굴고 있었다. 메이틀랜드는 그쪽으로 이동하며 때때로 경사면 쪽을 올려다보았다. 마치 경사로를 만들려면 어떤 재료가 필요할지 가늠하는 것처럼.

메이틀랜드의 목덜미에 빗방울이 떨어졌다. 그는 서둘러 재규어로 돌아갔다. 검게 변하는 구름이 태양을 가리고 있었다. 런던 중심부에는 이미 세찬 비가 내리는 모양이었다. 그가 차에 오르는 순간 구름이 뻗어 나와 섬 전체를 뒤덮었다. 빗방울로 가득한 강풍이 소용돌이치는 수풀 위를 휩쓸었다. 고속도로의 자동차들은 빗방울의 채찍질을 받으면서, 끈적한 어둠 속에서 전조등을 번쩍이며 달려가고 있었다.

메이틀랜드는 뒷좌석에 앉아 얼굴에서 몇 센티미터 떨어진 창문을 때리는 빗방울을 바라보고 있었다. 무력하게 폭풍우를 지켜보며, 망가진 자동차라는 최소한의 피난처라도 남아 있다는 사실에 감사하면서. 보닛 위로 내리는 빗방울이 깨져 나간 앞쪽 창문을 통해 튕겨 춤을 추며 그의 얼굴에 물보라를 뿌렸다.

"해 보자고!" 메이틀랜드는 일부러 다친 쪽 다리를 두드리면서 차 뒷문을 열었다. 어둑한 빗방울이 그의 머리를 휘갈겼고, 그가 다리를 차 밖으로 뻗으며 목발을 가지고 쩔쩔매다가 두 번이나 땅에 떨어트리는 동안 찢어진 옷은 흠뻑 젖어 버렸다. 목발을 짚고 폐차들 사이를 지나가노라니 소용돌이치는 빗방울이 재킷과 바지의 얇은 직물을 뚫고 총알처럼 파고들었다. 메이틀랜드는 고개를 돌리고 빗방울을 따라 비척거리면서 입을 벌려 받았다.

그는 매끈해진 타이어에 걸려 넘어져 무릎을 꿇었다가, 조금 전에 보았던 떨어져 나온 보닛 후드를 붙들고 힘겹게 일어섰다. 차갑게 식은 피부를 쏘아 대는 빗방울과 흠뻑 젖은 오른손의 붕대를 무시한 채로, 그는 후드를 끌고 재규어 쪽으로 건너가서, 그대로 보닛 위로 들어 유리가 사라진 전면 창문 위로 거꾸로 박았다.

첫 물줄기가 기름기로 미끄러운 금속을 타고 재규어의 계기판 위로 흘러내리는 모습을, 그는 한 발짝 물러서서 지켜보았다. 메이틀랜드는 목발에 기댄 채로 의기양양한 광인처럼 소리 없는 고함을 질렀다. 젖은 옷이 짐승의 사체처럼 그의 육신에 매달려 엉겨 붙었다. 그는 자동차에 올라타 급수 용기를 들고 앞 좌석으로 기어 나가서, 거꾸로 박은 후드를 타고 흘러내리는 물줄기의 방향을 이리저리 돌렸다. 거품이는 물이 4분의 1리터 정도 모였을 때 빗줄기가 잠시 가늘어졌지만, 5분도 지나지 않아 다시 세게 퍼붓기 시작했다.

30분이 지나 폭우가 멎을 즈음에는 용기에 물이 가득 찼다. 그러는 동안 메이틀랜드는 흠뻑 젖은 채 쭈그려 앉아서 다친 손을 앞 좌석 너머로 뻗고 옴찔거리며 큰 소리로 혼잣말을 지껄이고 있었다. 독백에 캐서린과 헬렌 페어팩스 양쪽을 끌어들이며, 때론 그들의 목소리를 흉내 내어 자신의 무능력을 조롱하고 있다는 사실마저 어렴풋이 인지하면서. 잠들지 않기 위해서 그는 일부러 다친 다리에 힘을 주면서, 머릿속에 떠오른 두 여인의 모습과 다리의 고통을 하나로 엮었다.

"좋아…… 거의 가득 찼군. 이 빌어먹을 플라스틱에 입을 다치지 않게 조심해야지. 나쁘지 않아. 물 1리터면 하루 이틀 정도는 버틸 수 있겠지. 캐서린은 별로 대단하다고 여기지 않을 테지만 말이야…… 이 모든 상황을 도를 넘은 농담 정도로만 여길 테니까. '여보, 당신은 항상 차를 너무 빨리 몬다고요……' 솔직히 말하자면 그 여자를 여기다 던져놓고 얼마나 오래 버틸 수 있는지 구경하고 싶은데……? 흥미로운 실험이 될 거야. 잠깐 기다려, 메이틀랜드. **그 여자**가 있으면 사람들이 멈춰 서 줄 것 아니야. 고속도로에 30초만 서 있어도 웨스트웨이까지 차들이 바싹 붙어 늘어설걸. 지금 내가 뭔 소리를 하는 거야? 그치들 탓이 아니잖아, 메이틀랜드? 비가 멎는 모양이군…… 체력이 떨어지기 전에 이 섬을 벗어나야 하는데. 머리가 아프군. 뇌진탕일 수도 있겠어…… 여긴 추운 데다 이 망할 다리는……"

다시 해가 떠올라 햇살이 투명한 빗처럼 엉망으로 엉킨 잡초를 쓸고 지나가는 모습을 보며, 메이틀랜드는 흠뻑 젖은 옷 밑에서 몸을 떨었다. 그는 용기 안의 물을 아끼면서 조금씩 홀짝였다. 빗물에는 기포가 섞여 있었지만 전혀 아무 맛도 나지 않았고, 메이틀랜드는 뇌에 충격을 받아서 미각이 둔해진 것은 아닐지 걱정이 되었다. 인지할 수 있을 정도로 자신의 육체 능력이 쇠락하고 있다는 건 그도 잘 알았다. 힘들여 모아들인 물에 대한 관심이 사라지며, 그는 차에서 내려 트렁크를 열었다.

메이틀랜드는 재킷과 셔츠를 벗었다. 흠뻑 젖은 누더기가 그의 손에서 미끄러져 발치에 고인 흙탕물 웅덩이로 떨어졌다. 사고가 일어난 지 고작해야 24시간이 조금 지난 정도였지만, 그의 팔과 가슴은 상처가 가득 피어난, 화사한 색의 부어오른 자국과 흉터로 만발한 정원처럼 보였다. 메이틀랜드는 여벌 정장 셔츠를 걸치고 정찬용 정장의 단추를 채운 다음 옷깃을 세웠다. 그리고 지갑을 트렁크에 던져 넣고 덮개를 잠갔다.

햇살 속에서도 몸이 얼어붙는 것 같았다. 그는 몸을 덥히기 위한 노력의 일환으로, 코르크를 병 안으로 밀어 넣고 부르고뉴를 홀짝였다. 이후 한 시간 동안 그는 목발을 짚고 폐차들과 경사면 사이를 오가며 눈에 띄는 타이어와 범퍼를 전부 모아들였다. 이내 폐차들 주변은 진창이 되어 버렸고, 그는 진흙투성이 정장을 입은 허수아비 같은 모습으로 미끄러져 다녔다.

주변의 높은 풀숲에 오늘의 마지막 남은 햇볕이 내리쬐며 그 줄기를 허공으로 더욱 높이 들어 올렸다. 급속도로 무성해지는 풀숲은 메이틀랜드에게는 거의 일부러 자신을 도우려 하는 것처럼 보였다. 그는 경사면의 비탈에 타이어를 기대 놓고 열심히 목발로 흙을 파냈다. 비에 씻겨 녹아내린 흙이 주변으로 작은 산사태를 일으키며 흘러내렸다. 범퍼들이 지표 아래로 내려앉았다. 저녁 러시아워의 첫 소리가 들리기 시작할 무렵까지, 메이틀랜드는 간신히 경사면을 절반쯤 올라갔다. 죽어 가는 동료를 나르는 암벽 등반가처럼 부상당한 다리를 질질 끌면서.

차량의 소음이 머리 위로 6미터도 안 되는 곳에서 들려왔다. 경적과 엔진 소리가 끊임없이 이어졌다. 공항버스가 속도를 내서 지나갈 때마다 창문 저편의 승객들이 눈에 들어왔다. 메이틀랜드는 계속 흘러내리는 진흙 속에서 그들을 향해 손을 흔들었다.

꼭대기까지 3미터를 남기고 탈진해서 더 이상 움직일 수 없는 지경이 되었을 때, 그는 문득 누군가 나무 가대 울타리를 다시 세우고 덧대어 놓았다는 사실을 알아차렸다. 머리 위 몇 발짝 되는 지점에, 교통섬에서 올라가는 비탈이 꺾이는 곳에, 강철을 댄 작업용 장화 발자국이 찍혀 있었다. 저물어 가는 햇빛 속에 징 박힌 발자국이 선명했다. 메이틀랜드는 다른 발자국을 다섯 개 더 발견했다. 고속도로 정비 직원들이 부서진 가대를 교체하러 왔던 것일까? 직원들이 부상당한 운전자나 행인을 찾아서 비탈 아래로 여기까지 내려왔던 것이 분명했다. 아마도 그가 목발을 짚고 섬 반대편까지 다녀오는 동안 벌어진 일일 것이다.

화이트시티의 아파트 건물 너머로 태양이 저물었다. 메이틀랜드는 일단 포기하기로 마음먹고 자동차로 돌아왔다. 뒷좌석에 오르자 처음으로 열이 오르는 느낌이 들었다. 그는 진흙이 묻은 정찬용 정장을 입고 수그린 채로, 포도주 병을 붙들고 몸을 덥히려 애썼다. 황혼을 뚫고 달려가는 자동차들의 전조등이 도로 표지판 아래에서 번득였다. 경찰차 사이렌이 황혼을 뚫고 울렸다. 메이틀랜드는 그 소리가 멈추기를, 경찰들이 들것을 가지고 경사면 아래로 내려오기를 기다렸다. 지끈거리는 머릿속에서 조난한 자신을 둘러싼 콘크리트 고가도로와 복잡하게 꼬인 고속도로들이 훨씬 위협적인 크기로 부풀기 시작했다. 불빛이 휘황한 교통 표지판이 머리 위에서 빙글빙글 돌면서 의미 없는 목적지를, 캐서린과 어머니와 아들의 이름을 표시했다.

9시쯤 되자 열이 가라앉았다. 러시아워의 소음이 줄어들자 메이틀랜드는 포도주 몇 모금으로 몸에 활기를 되돌렸다. 그리고 앞 좌석으로 몸을 뻗어서 빗방울이 가득 튀긴 계기판을 바라보며, 남은 모든 지력과 기력을 끌어 올려 집중했다. 그럭저럭 이 섬을 탈출할 다른 계획을 꾸밀 수 있었다. 서쪽으로 1킬로미터쯤 떨어진 아파트 건물에서는 수많은 불빛이 반짝였다. 수백 가구의 사람들이 저녁 식사를 끝내고 있을 것이다. 불길이나 섬광이 일면 한 사람 정도는 눈치를 챌 것이다.

메이틀랜드는 지나가는 자동차에서 던진 담배꽁초가 붉은 원호를 그리며 떨어지는 모습을 지켜보았다. 불현듯 자신이 섬 전체를 통째로 불태울 수도 있을 만큼의 연료 더미를 깔고 앉아 있다는 깨달음이 찾아왔다.

7 / 불타는 자동차

메이틀랜드는 흥분을 억누르려 애쓰며 둥그스름한 연료통 윗면을 내려다보았다. 그는 외박용 가방과 공구함을 한쪽으로 밀어 놓고 멍키 스패너의 쇠 부분으로 연료통 가운데를 때리기 시작했다. 페인트 조각이 손을 스치고 날아가면서 이내 어둠 속에서 금속의 광택이 드러났다. 충격 방호용 골조 내부의 두꺼운 강철 용기는 구멍을 뚫기에는 너무 튼튼했다. 메이틀랜드는 스패너를 발치의 진흙탕 속에 떨궜다. 자동차 한 대가 고가도로 아래 터널을 빠져나와 다가왔다. 전조등은 그의 머리 위로 6미터 떨어진 곳을 비추고 있었다. 메이틀랜드는 땅바닥에 주저앉아 후방 범퍼 아래로 머리와 어깨를 밀어 넣었다. 그리고 용기 아래쪽에 있을 멈춤 꼭지를 찾았다.

자동차에 불을 지르려면 어떻게 해야 할지 그는 자문했다. 영화나 텔레비전 드라마라면 충분히 상투적이라 할 수 있는 장면이다. 얼마 남지 않은 햇빛 속에서 트렁크에 몸을 기대고 앉은 채로, 그는 과정을 자세하게 서술한 에피소드를 하나라도 기억해 내려 애를 썼다. 멈춤 꼭지를 열어 버리면 연료가 비에 젖은 땅으로 쏟아져 내려서, 순식간에 물과 뒤섞이고 증발해 버릴 것이다. 게다가 성냥도 없었다. 뭐든 점화를 할 도구가 필요했다. 메이틀랜드는 어깨 너머로 거무칙칙한 자동차 동체를 넘겨다보았다. 그리고 자동차의 전기 시스템을 체계적으로 떠올려 보았다. 고전압 코일, 새 배터리, 차단기가 달린 배전기…… 자동차에는 전기를 뽑아낼 수 있는 지점들이 가득하다. 전조등과 후미등의 회로가 전부 나간 상태에서도.

전기식 라이터! 메이틀랜드는 기어 일어나서 운전석 쪽으로 몸을 돌렸다. 시동을 켜고 계기판의 조명이 어둠 속에서 빛나는 모습을 확인했다. 라이터를 눌렀다. 10초 후 라이터가 그의 손바닥 위로 되튕겨 나왔다. 벌건 불빛이 태양의 파편처럼 그의 상처 가득한 손에 온기를 가져다주었다. 라이터의 빛이 사그라지는 잠깐의 시간 동안 그는 잠이 들었다.

"캐서린…… 캐서린……"그는 잠을 쫓기 위해 일부러 아내의 이름을 크게 중얼거렸다. 남아 있는 죄책감이나 적개심이나 애정을 전부 일깨우려 들면서. 그리고 렌치를 들고 차에서 기어 나왔다. 그는 물받이용 후드를 한쪽에 던져 버리고, 재규어의 보닛을 들어 올려 기관부를 들여다보았다.

"연료펌프…… 이거야." 메이틀랜드는 렌치로 펌프의 유리 원뿔을 때렸다. 포기하기 직전 다섯 번째로 때렸을 때 유리에 금이 갔다. 메이틀랜드가 남은 조각을 부수는 동안 휘발유가 엔진 위로 쏟아져 나와 땅으로 흘러내렸다. 연료의 독한 냄새에 취한 메이틀랜드는 안도와 탈진 때문에 고개가 흔들리는 것을 느끼며 엔진 위로 몸을 기댔다. 그는 진정하려 안간힘을 썼다. 조금만 있으면 구출될 것이다. 몇 분 후면 병원으로 향하고 있을 것이다……

메이틀랜드는 다시 운전석으로 기어올라 열쇠를 돌렸다. 계기판에서 비추는 흐릿한 조명이 진흙투성이가 된 정찬용 정장의 옷깃에 반사되어 반짝였다. 그는 조수석 수납칸에서 런던 시내의 도로 지도를 꺼낸 다음, 그걸 접어서 60센티미터 길이의 심지를 만들었다. 만족한 그는 열쇠를 돌려 차에 시동을 걸었다. 제어장치가 신음하며 엔진을 돌렸고, 이내 차체가 양옆으로 흔들렸다. 기화기 플로트실에 남은 연료가 흘러들자 엔진이 쿨럭거리며 간신히 살아나 움직였다. 열쇠에서 손을 떼자 펌프가 연료 탱크의 연료를 퍼올려 깨진 유리 뚜껑 위로 쏟아 내면서 벌써부터 냄새가 퍼지기 시작했다. 메이틀랜드의 귀에 연료가 자동차 아래 땅으로 쏟아지는 소리가 들렸다. 그는 30초 동안 시동 장치를 돌려서 차 안에 냄새가 가득 찰 때까지 기다렸다.

"이제 조심해야지…… 전기장치가 잔뜩 있으니까…… 이 안에서 바삭하게 튀겨질 수도 있다고……"

그는 점화장치를 켜고 전기식 라이터를 누른 다음, 문을 통해 다리를 바닥으로 향하게 했다. 그리고 라이터가 튀어나오자 바로 계기판에서 뽑아낸 다음 운전석에서 몸을 돌려 심지에 불을 붙였다. 그는 라이터를 버려두고는 바닥을 디뎌 나갔다. 왼손에는 목발을 들고, 타오르는 심지를 머리 위 높이 든 채로.

자동차에서 2미터 정도 거리를 벌린 후, 그는 축축한 풀 위에 누웠다. 흠뻑 젖은 엔진에서 연료가 흘러나와 바퀴 사이로 고였다. 그는 한쪽 팔로 얼굴을 가린 다음, 타고 있는 지도를 차 아래로 던졌다.

격렬한 불꽃이 어둠 속에서 원형으로 치솟으며, 폐차들이 반원형으로 늘어서 있는 풀밭을 밝혔다. 엔진이 뜨겁게 타오르고, 불붙은 연료가 달아오른 옆면에서 흘러나왔다. 점점이 흩어진 연료 웅덩이가 차 주변에서 활활 타 버리고 있었다. 불꽃으로 인해 높이 솟아오른 풀숲의 장벽이, 흥분한 관객처럼 불길 방향으로 풀잎을 기울이는 광경이 눈에 들어왔다.

휘발유가 불타며 생겨난 묵직하고 시꺼먼 연기가 재규어의 엔진에서 솟아 열려 있는 보닛 위로 피어올랐다. 이미 고가도로 터널을 나오는 차들이 속도를 줄이고 있었다. 운전자 두 명이 선명한 불꽃에 넋을 잃은 듯 고속도로를 따라 똑같이 천천히 차를 몰고 있었다. 메이틀랜드는 목발에 의지해 일어나서 그쪽을 향해 온몸을 흔들어 댔다. 두 번이나 넘어졌지만 매번 다시 일어섰다.

"멈춰……! 속도를 줄여……! 조금만 기다려 줘요……!"

항공기 한 대가 머리 위로 날아갔다. 표지등이 먹구름으로 가득한 하늘에서 번쩍였다. 조종사는 런던 공항에 착륙하는 마지막 진입 경로에 들어서 있었고, 네 개의 거대한 터보팬의 소음이 메이틀랜드의 가냘픈 목소리를 잠재워 버렸다. 메이틀랜드는 생명을 얻은 허수아비처럼 경중경중 뛰면서 멀어져 가는 자동차들을 바라다보았다. 벌써 마지막 남은 연료가 타들어 가며 불길이 줄어들고 있었다. 그는 불타는 자동차가 오래가는 대화재가 되기를 바랐지만, 엔진에서 타오르는 불은 이미 커다란 난로나 고철상이 사용하는 대형 화로와 비슷해지고 있었다. 경사면 위쪽에서 보이는 것이라고는 뒤집힌 폐차들의 동체에 반사되는 밝은 조명 정도가 전부일 것이다.

목이 쉬고 지쳐 버린 메이틀랜드는 목발을 짚고 경중거리며 달려서 경사면에 도달한 다음, 그 관성으로 비탈을 몇 발짝 기어올랐다. 그리고 비틀거리며 바닥으로 다시 내려오는 순간, 커다란 미제 세단 한 대가 속도를 늦추더니 그의 머리 거의 바로 위에서 멈췄다. 운전석에 앉은 금발을 어깨까지 기른 젊은이는 샌드위치를 먹고 있었다. 재규어에서 마지막 화염이 솟아오르는 순간 그는 메이틀랜드를 물끄러미 내려다보았다. 더 이상 소리를 지를 수 없게 된 메이틀랜드가 애원하듯 손을 흔들자, 젊은이는 마주 손을 흔들고는 샌드위치를 아래로 던지고 액셀을 세게 밟으며 커다란 차를 어둠 속으로 몰고 사라졌다.

메이틀랜드는 녹초가 되어 경사면에 주저앉았다. 젊은이는 불타는 자동차가 부랑자의 영문 모를 축하 의식이거나, 저녁 식사를 준비하기 위해 피운 모닥불이라고 여긴 것이 분명했다. 심지어 그가 주저앉은 위치에서도 불타는 것이 자동차라는 사실을 확인하는 일은 거의 불가능했다.

10시가 되었고, 높이 솟은 고층 아파트의 조명이 하나씩 꺼져 갔다. 지쳐서 더 이상 움직일 수 없게 된 메이틀랜드는 어디서 밤을 보낼지를 생각하다 문득 시선을 낮췄다. 3미터 떨어진 곳에 하얀 삼각형이 보였다. 버려진 샌드위치였다. 메이틀랜드는 다친 다리의 통증도 잊은 채 그걸 멍하니 바라보았다.

생각보다 앞서 몸이 그쪽으로 기어갔다. 36시간 동안 아무것도 먹지 못한 상태여서 제대로 정신을 집중할 수조차 없었다. 그는 속에 든 닭고기와 샐러드 크림으로 한데 붙어 있는 두 장의 빵을, 그리고 그 위에 반원형으로 찍힌 젊은이의 잇자국을 내려다보았다.

메이틀랜드는 샌드위치를 집어 게걸스럽게 먹었다. 동물성 지방과 버터 바른 빵의 촉촉한 식감에 중독된 그는 흙 알갱이를 털어 내려는 생각조차 하지 않았다. 샌드위치를 전부 먹어 치운 그는 지저분한 손가락에 묻은 마지막 남은 샐러드 크림까지 빨아 먹은 다음, 혹시라도 떨어져 나간 닭고기 조각이 있을까 비탈을 훑어보았다.

그는 목발을 짚고 재규어로 돌아갔다. 불길은 잦아들었고, 엔진에서 생겨난 마지막 연기가 어둑한 하늘로 올라가고 있었다. 내리기 시작한 가랑비가 쉿쉿 소리를 내며 실린더 꼭대기를 식혔다.

자동차 앞부분은 완전히 날아가 있었다. 메이틀랜드는 뒷좌석으로 올라갔다. 계속 부르고뉴 병을 홀짝이며, 그는 불타 버린 계기판과 운전대를, 그리고 스프링이 보일 정도로 완전히 타들어 간 앞 좌석을 바라보았다.

차에 불을 지른 시도는 실패했지만, 메이틀랜드는 버린 샌드위치를 찾아낸 일에 잔잔한 만족을 느꼈다. 작은 한 걸음이기는 해도, 그의 마음속에는 조난 이후 거둔 또 하나의 성공으로 남았다. 이대로 가면 머지않아 이 섬을 대등한 입장에서 마주할 수 있게 될 것이다.

그는 동틀 무렵까지 푹 잠들었다.

8 / 조난신호

아침 햇살이 자동차의 계기판을 가로질러 검게 그을린 전선 더미 사이로 슬금슬금 다가왔다. 연기가 줄무늬를 새긴 창문 주변으로 높이 자란 풀이 따스한 공기 속에서 나부꼈다. 메이틀랜드는 깨어나자마자 뒷좌석에 기대앉은 채로 더러워진 창문 저편의 고속도로 경사면을 바라보았다. 그리고 정찬용 정장의 옷깃에 엉긴 진흙을 떨어냈다. 오전 8시 10분이었다. 그는 주변이 완벽하게 조용하다는 사실에, 어제 아침에 자신을 깨웠던 끊임없이 이어지는 러시아워 차량의 소음이 묘하게도 사라졌다는 사실에 내심 놀랐다. 마치 이 섬에 조난하는 환상을 담당한 기술자가 게으름을 피워서, 음향효과의 스위치를 올리는 일을 잊은 것만 같았다.

메이틀랜드는 움츠리고 있던 몸을 뒤척여 보았다. 옆에 나란히 놓인 부어오른 다리는 몸의 일부가 투명한 다른 사람의 사지 같았다. 그와는 대조적으로 한때 건장했던 육신의 나머지 부분은 밤새 졸아들어 버렸다. 어깨와 가슴팍에는 타박상을 입은 피부 아래로 뼈가 드러나 보였다. 마치 스스로 주변 근육을 떨치려는 듯한 모습이었다. 메이틀랜드는 엉망으로 뜯긴 손톱으로 얼굴을 뒤덮기 시작하는 수염을 쓸어 보았다. 벌써부터 잠들기 전에 먹었던 닭고기 샌드위치 생각이 났다. 담백한 동물성 지방과 샐러드 크림의 맛이 아직도 입안에 남아 있었다.

메이틀랜드는 앞 좌석으로 몸을 빼서 그을린 가죽을 뚫고 삐져나온 스프링을 내려다보았다. 육체적으로는 상당히 약해진 상태였지만, 정신은 명료하고 기민한 느낌이었다. 섬에서 빠져나가기 위해 무슨 시도를 하든, 절대 탈진하면 안 된다는 사실만은 확실히 깨닫고 있었다. 그는 자신의 부상당한 육체를 향해 느끼던 적개심을, 그리고 계속 움직이기 위해 계산적으로 스스로를 학대했던 일을 떠올렸다. 이제부터는 조금 긴장을 풀고 자존심을 아껴 써야 한다. 탈출할 방법을 떠올리려면 몇 시간이, 어쩌면 하루가 추가로 걸릴 수도 있으니까.

기본적으로 필요한 물품, 즉 식수와 식량, 주거지, 신호를 보낼 수 있는 물건 중에서 일부는 확보할 수 있었다. 다른 사람의 도움이 없으면 절대 혼자서는 이 섬을 빠져나가지 못할 것이다. 경사면은 너무 가팔랐고, 어떻게든 올라간다 하더라도 난간을 넘을 즈음에는 거의 의식이 없을 것이다. 비틀거리며 도로로 들어서다 지나가는 트럭에 치여 목숨을 잃을 게 분명했다.

메이틀랜드는 문을 밀어 열고 목발을 손에 들었다. 이런 단순한 행동만으로도 머리가 빙빙 돌았다. 그는 열린 문을 통해 안쪽을 기웃거리며 그의 다리로 손을 뻗는 짓밟힌 풀잎들 사이에서 좌석에 기댔다. 이 강인한 잡초야말로 행동과 생존의 모범으로 삼을 만한 존재였다.

메이틀랜드는 문에 기댄 채 헛구역질을 하며, 은빛 점액이 방울져 자동차 바닥에 떨어지는 모습을 지켜보았다. 그는 비틀거리며 목발을 짚고 일어나 차에 기댄 채로, 자신이 오래 서 있기나 할 수 있을지를 생각해 보았다. 진흙이 묻은 정찬용 정장이 산들바람에 그를 감싼 채 펄럭였다. 앙상해진 그의 어깨에 몇 사이즈는 더 커 보였다.

그는 목발을 짚고 앞으로 돌아가 재규어의 피해 상황을 점검했다. 자동차 주변의 풀밭에는 군데군데 불탄 자국이 생겨서, 그을린 땅바닥이 드러나 있었다. 불길이 배터리와 엔진 배선을 파괴하고, 앞 좌석의 계기판 벌크헤드까지 태우며 들어온 모습이 보였다.

"빌어먹게 조용하군……" 메이틀랜드는 큰 소리로 혼잣

말을 중얼거렸다. 고속도로에는 자동차도 공항버스도 보이지 않았다. 멀리 공중에 아른거리는 아파트 건물의 발코니도 햇빛 속에서 적막하기만 했다.

젠장, 왜 아무도 없는 거야? 신이시여…… 정신병이 생기는 게 분명해. 메이틀랜드는 초조한 기분으로 목발을 짚고 몸을 돌렸다. 그리고 그을린 땅 위를 경중거리며 이 버려진 땅뙈기의 입주자를 하나라도 찾으려 했다. 하룻밤 사이 세계대전이라도 발발한 걸까? 어쩌면 런던 중심가 어딘가에서 악성 전염병이 발생한 것일지도 모른다. 그가 불탄 자동차 안에서 잠들어 있는 동안 고요한 탈출 행렬이 이어져 적막한 도시에 그만 홀로 남기고 사라진 것이다.

섬의 꼭짓점에서 서쪽으로 300미터 떨어진 고속도로와 진입로가 만나는 부분에, 사람 하나가 모습을 드러냈다. 노인 한 사람이 동쪽으로 가는 차선을 따라 소형 오토바이를 끌고 섬으로 다가오고 있었다. 섬 가운데의 수풀에 어느 정도는 가려 있었지만, 밝은 햇살 때문에 메이틀랜드는 그의 이마에서 어깨까지 내리덮는 긴 백발을 알아볼 수 있었다.

노인이 조용히 오토바이를 끌고 가는 모습을 보면서, 메이틀랜드는 문득 온갖 허기와 탈진을 잊게 만드는 강렬한 공포에 사로잡혔다. 이해할 수 없는 악몽 속의 논리에 의해, 그는 노인이 자신을 잡으려 다가오고 있다고, 지금 당장은 아니더라도 고속도로의 미궁을 빙 돌다 보면 결국은 도착할 거라고, 메이틀랜드를 처음에 떨어져 내린 바로 그 장소로 호출할 것이라고 확신했다. 게다가 메이틀랜드는 그가 끌고 있는 기계가 소형 오토바이가 아니라 끝없이 세계를 떠도는 노인이 항상 지니고 다니는 끔찍한 고문 도구라고, 체인으로 움직이는 바퀴가 이미 망가진 메이틀랜드의 육신에 끔찍한 시련을 선사하리라 확신하고 있었다.

번쩍 정신이 든 메이틀랜드는 둥그렇게 불에 탄 풀밭 위에서 비틀거리며 정신없이 폐차 사이를 뛰어다녔다. 동쪽 차선에는 아직도 노인의 허연 머리가 보였다. 눈은 앞길의 커브에 고정되어 있었다. 허름한 옷과 낡은 오토바이가 햇살 속에서 반짝였다.

메이틀랜드는 풀숲에 엎드린 채로, 높이 자란 풀숲 덕분에 다가오는 사람으로부터 몸을 숨길 수 있다는 데 감사했다. 문득 손목시계를 바라본 메이틀랜드는 날짜 눈금에 시선이 멎었다. 동시에 텅 빈 차량 수송차가 디젤엔진을 우르릉거리며 고가도로의 터널을 빠져나왔다.

4월 24일······

토요일이잖아! 주말이 시작된 것이다. 목요일 오후에 사고를 당했고, 이제 이틀 밤을 섬에서 보낸 참이었다. 토요일 아침이다. 그렇다면 이런 정적과 교통량의 부재도 설명할 수 있었다.

안도감에 멍해진 상태로, 메이틀랜드는 절뚝거리면서 재규어로 돌아왔다. 그리고 마음을 진정시키려고 물을 조금 홀짝였다. 오토바이를 끌던 노인은 이미 고가도로 너머 어딘가로 모습을 감췄다. 메이틀랜드는 자기 팔뚝과 가슴을 주무르며 떨림을 진정시키려 애썼다. 그 고독한 노인은 어쩌면 유아적인 죄책감을 숨기기 위해 만들어 낸 허상이 아니었을까?

그는 섬의 경계를 이루는 경사면을 둘러보며 혹시라도 밤새 떨어져 내린 음식이 없는지 살펴보았다. 신문지 꾸러미나 반짝이는 과자 봉지 따위를…… 어떻게든 먹을 것을 찾아야 했다. 남은 네 병의 부르고뉴는 긴급 상황에서 몸을 움직이게 해 줄 것이고, 이 섬 어딘가에 먹을 수 있는 열매가 자라고 있을지도 모른다. 어쩌면 감자가 제멋대로 자라고 있는 버려진 주말농장이 있을 수도 있었다.

진입로 교통 표지판 아래의 드러나 있는 토대가 그의 눈을 사로잡았다. 비에 씻긴 콘크리트 덩어리가 텅 빈 게시판처럼 햇빛에 반짝이고 있었다. 그 위에 1미터 크기로 글자를 써넣으면 고속도로의 운전자들이 읽을 수 있을지도 모른다……

메이틀랜드는 목발을 짚고 자동차를 한 바퀴 돌았다. 뭐든 좋으니 글자를 쓸 수 있는 물건이 필요했다. 아니면 콘크리트를 긁어서 진흙을 채울 수 있을 정도로 날카로운 물건이라도 있어야 했다.

기관부에는 불탄 고무와 기름 냄새가 가득했다. 메이틀랜드는 배전기에 걸려 있는 꺼멓게 탄 전선을 내려다보았다. 이내 그는 점화플러그의 꼭지를 하나씩 뽑아서 타 버린 절연 고무를 주머니에 채워 나갔다.

30분 후 그는 섬을 건너와 하얀 콘크리트 토대 아래 앉아 있었다. 다리는 누더기를 걸친 장대처럼 앞으로 쭉 뻗은 채였다. 높이 자란 잡초를 헤치고 움직이는 것만으로도 메이틀랜드는 금방 탈진하고 말았다. 가운데 골짜기에는 군데군데 어깨까지 풀이 자란 곳도 있었다. 몇 번이나 풀숲 아래 숨은 돌벽이나 벽돌 무더기에 발이 걸려 넘어졌지만, 그는 자리에서 일어나 끈질기게 전진했다. 이제는 찢어진 바지를 뚫고 다리를 쏘아 대는 쐐기풀도 무시할 수 있었다. 자신의 피로를 받아들인 것처럼, 벌겋게 부어오르는 상처 또한 받아들이면 그만이었다. 눈앞의 과제에, 다음 쐐기풀 덤불을 헤치고 나아가거나 기울어진 포석에 발을 디디는 위태로운 행동 따위에 집중하려면 그럴 수밖에 없었다. 어떻게 보면 이렇게 집중력을 발휘할 수 있다는 사실이야말로 그가 섬을 다스릴 수 있다는 증거나 다름없었다.

그는 정찬용 정장 주머니에서 엔진에서 빼낸 플러그 꼭지와 절연 고무를 꺼냈다. 그리고 손장난하는 아이처럼, 검게 탄 고무 조각을 눈앞에 2열로 늘어놓았다.

일어서기에는 너무 지쳐 있었지만, 앉은 채로도 사람 가슴께까지는 손이 닿았다. 그는 조심스레 50센티미터 크기로 떨리는 글자를 하나씩 적기 시작했다.

운전자 부상 구조 경찰 신고

차가운 콘크리트에 기댄 채로, 메이틀랜드는 자신의 작품을 감상했다. 그러고는 부자가 버린 옷을 걸친 죽어 가는 길거리 예술가처럼, 헐렁하게 어깨에 두른 축축한 정찬용 정장을 당겼다. 그러나 허기에 달뜬 시선은 이내 경사면 아래쪽에 널려 있는 담뱃갑이며 너덜너덜한 신문이며 쓰레기 쪽으로 돌아갔다.

3미터 떨어진 곳에 기름기 묻은 신문 뭉치가 보였다. 어젯밤 진입로를 타고 올라가던 승용차나 트럭에서 던진 물건일 터였다. 조리용 기름이 구겨진 신문 사이로 배어 나왔다. 메이틀랜드는 정신을 추스르고 신문지를 향해 기어가서, 목발 손잡이로 신문 뭉치를 자기 쪽으로 끌어왔다. 그리고 기름이 번진 망판 인쇄 삽화에서 나는 튀긴 생선 냄새에 압도당한 채, 굶주려 떨리는 손으로 신문을 찢어 열었다. 아마 웨스트웨이 입체교차로의 남측 입구 근처에 모여 있는 24시간 식당 중 하나에서 구입한 물건일 것이다.

생선튀김은 하나도 없었다. 그러나 메이틀랜드가 원래 꾸러미의 깔끔한 포장에서 예상한 대로, 아직 스무 개가량의 감자튀김이 안에 들어 있었다.

검댕이 잔뜩 묻은 손으로 기름 가득한 길쭉한 감자를 먹어 치우는 동안, 오늘의 첫 빗방울이 다리 근처의 흙 위에 떨어졌다. 메이틀랜드는 너털웃음을 터트리며 신문지를 정찬용 정장 주머니에 쑤셔 넣었다. 그리고 자리에서 일어나 깊은 풀숲을 뚫고 움직였다. 섬 주변의 도로들은 다시 텅 비어 버렸다. 상쾌한 북동풍이 실어 온 먹구름의 함대가 머리 위를 휩쓸었다. 콘크리트 풍경 속에 홀로 남은 메이틀랜드는 은신처인 자동차에 가 닿으려 애쓰면서 비틀거리며 걸음을 옮겼다. 토대에 끼적여 놓은 글자들 쪽으로 아주 잠깐 고개를 돌렸으나, 수풀에 가려 거의 보이지도 않았다.

가운데 골짜기에 도착하기도 전에 비바람이 휘몰아치며 앞길을 가로막았고, 그는 잠시 걸음을 멈추고는 목발을 붙들고 버틸 수밖에 없었다. 메이틀랜드는 정신없이 흔들리고 있는, 눈앞에 몰아치는 비바람 속에서 의미 없는 수신호 깃발처럼 펄럭이는 자신의 손을 내려다보았다. 자신이 단순히 탈진한 것이 아니라 전반적으로 괴팍하게, 마치 자신이 누군지 잊은 것처럼 행동하고 있다는 사실은 그도 잘 알고 있었다. 정신의 일부가 의식의 중심에서 떨어져 나가는 것만 같았다.

그는 걸음을 멈추고 몸을 피할 곳을 찾았다. 주변의 잡초가 그를 휘감고 끓어오르는 모습이, 주변 황야의 부분 부분이 서로 대화를 나누고 있는 것만 같았다. 메이틀랜드는 얼굴을 때려 대는 빗줄기를 그대로 맞으며 고개를 돌려 입으로 빗방울을 받으려 시도했다. 폭우에 둘러싸여 영원히 서 있고 싶은 유혹에 시달렸지만, 그는 마지못해 몸을 전진시켰다.

길을 잃은 메이틀랜드는 어떤 무너진 집의 벽을 따라 돋아난 쐐기풀 덤불로 둘러싸여 있는, 방 하나 크기의 공간을 찾아냈다. 그는 미로의 막다른 한가운데 들어온 것처럼 돌투성이 정원에 멀거니 서서 자신을 추스르려 애썼다. 짙은 먹구름이 그와 고속도로 사이에 두터운 커튼처럼 드리워 있었다. 정찬용 정장 상의에 엉겨 있던 진흙은 그대로 녹아서 누더기가 된 바지를 타고 흘러내렸다. 피에 젖은 오른쪽 허벅지의 둔부가 드러났다. 한동안 혼란에 빠져 서 있던 메이틀랜드는 손목과 팔꿈치를 주무르면서 자신의 존재를 잊지 않으려 애썼다.

"메이틀랜드······!" 그는 크게 소리쳤다. "로버트 메이틀랜드······!"

그는 금속 목발을 붙들고 경중거리며 정원을 나왔다. 왼쪽으로 6미터 정도 떨어진 함석판 무더기 뒤편에, 반쯤 무너진 지하실로 들어가는 문이 있었다. 메이틀랜드는 퍼붓는 빗속에서 토악질을 했다. 그리고 입가의 가래를 닦아 내고는 돌이 깔린 바닥으로 휘청거리며 움직였다. 닳아 빠진 계단이 문까지 이어지고, 허공에 기울어진 채 홀로 남은 가로대 아래로 비좁은 입구가 보였다.

메이틀랜드는 함석판을 계단 쪽으로 끌어왔다. 조심스레 계단 맨 위의 단과 가로대에 함석판을 걸쳐 조잡한 지붕을 만들고, 함석판을 이리저리 당겨 경사를 타고 퍼붓는 비가 흘러내리게 만들었다. 그는 계단 아래로 목발을 던지고 새 은신처의 지붕 아래에서 휴식을 취했다.

머리 위 금속 지붕을 두드리는 빗소리를 들으며 계단에 앉아서, 메이틀랜드는 정장 상의를 벗어 다친 손으로 축축한 옷을 짰다. 흙물이 손가락 사이로 빠져나가는 광경이 마치 어린아이의 축구복을 짜는 것 같았다. 그는 상의를 계단 위에 널어놓고 어깨를 주무르며 손의 압력으로부터 약간이라도 온기를 얻으려 했다. 엉덩이의 염증 때문인지 다시 열이 나는 느낌이 들었다. 그래도 이 조잡한 거처를 지은 덕분에 그는 활력을 되찾았고, 아직 꺾이지 않은 생존을 향한 열망에도 다시 불이 붙었다. 그도 이미 잘 알고 있다시피, 이제 탈출보다도 생존하고자 하는 의지, 이 섬을 정복하고 제한된 자원을 활용하고자 하는 의지가 보다 중요한 목표가 되어 버렸다.

메이틀랜드는 함석판을 때리는 빗소리에 귀를 기울였다.

부모님과 마지막으로 함께 여름을 지낸 카마르그에 빌렸던 별장이 떠올랐다. 그가 휴가의 대부분 시간을 즐겁게 보냈던, 침실 창문 아래 차고 지붕에 삼각주 지대의 폭우가 쏟아졌었다. 헬렌 페어팩스를 처음으로 남프랑스로 데려갔을 때 망설이지 않고 그곳에서 몇 킬로미터 떨어진 라그랑드모트의 근미래풍 복합 리조트를 목적지로 잡은 것은 우연이 아니었다. 헬렌은 콘크리트 표면을 세련되게 장식한 무심하고 딱딱한 건물들을 혐오했고, 메이틀랜드의 낙천적인 유머에 초조함만 느꼈다. 당시 그는 캐서린과 함께 왔더라면 좋았을 것이라 생각했다. 그녀라면 지구라트 형상의 호텔과 아파트를, 그리고 관광객들이 차를 끌고 도착하기 한참 전에 설계사들이 지은 널찍하고 텅 빈 주차장을 좋아했을 테니까. 존재하기도 전에 이미 버려진 도시와도 같은 그 풍경을.

열려 있는 문간을 통해 메이틀랜드는 1층이 통째로 무너진 위로 잡초가 무성하게 자란 지하실에 물이 고인 모습을 바라다보았다. 한때 이곳에는 작은 인쇄소가 있었던 모양이었고, 구리판을 댄 활판 인쇄용 볼록판이 발치에 흩어져 있었다. 메이틀랜드는 그중 하나를 들고 검은 양복의 남성과 백발 여성이 찍힌 흐릿한 사진을 살폈다. 빗소리에 귀를 기울이며 그는 부모님의 이혼을 떠올렸다. 앞일이 불투명하던 여덟 살 무렵의 경험이 이곳 인쇄판의 음각 사진 속에, 모르는 남녀가 흑백이 뒤바뀐 채 새겨져 있는 구리판 위에 깃들인 것만 같았다.

한 시간이 지나 비가 그치자, 그는 은신처에서 기어 나왔다. 그는 목발을 꼭 붙든 채로 다시 남쪽 경사면으로 돌아갔다. 계속 열이 오르는 와중에, 멍한 눈으로 텅 빈 고속도로 둑길을 올려다보았다.

경사면에 도착해서 하얀 콘크리트 덩어리의 측면에 적어 놓은 글자를 찾던 메이틀랜드는, 글자가 전부 지워져 버린 것을 발견했다.

9 / 고열

마지막 빗줄기가 메이틀랜드의 얼굴을 타고 흘러내렸다. 그는 축축한 콘크리트에 적었던 조난신호의 잔재를 멍하니 바라보았다. 글자들은 전부 검은 자국으로, 발치의 땅으로 흘러내리는 뭉그러진 고무 얼룩으로 좋아들어 버렸다.

메이틀랜드는 집중하려 애쓰며 고무 조각을 찾아 발밑을 훑었다. 누가 와서 글자를 쏠어 지워 버린 것일까? 논리적으로 생각을 할 수 있을지조차 확신하지 못하는 채로, 그는 비틀거리며 금속 목발에 기댔다. 가슴팍과 허파로부터 열기가 솟아오르고 있었다. 그는 둥글게 번진 자국이 앞 유리 와이퍼 자국과 똑같이 생겼다는 사실을 깨달았다. 그는 넓게 시선을 돌려 섬과 그 너머의 텅 빈 고속도로 경사면을 바라보왔다. 아직 차 안에 갇혀 있는 것은 아닐까? 이 섬 전체가 재규어의 확장일 뿐이고, 정면 창문과 유리가 환각 속에서 눈앞의 경사면으로 변한 것은 아닐까? 어쩌면 고장 난 앞 유리 와이퍼가, 박살 난 가슴을 부여잡고 운전대 위에 엎어져 있는 그의 머리 위를 끝없이 오락가락하는 것뿐일지도 모른다. 그는 뿌옇게 김이 서린 유리창에 알아볼 수 없는 글자를 끄적이려 애쓰는 중이고……

섬의 동쪽에서 하얀 겹구름을 뚫고 햇빛이 비추면서, 마치 무대에 조명이 들어온 것처럼 높다란 경사면 위를 밝혔다. 트럭 한 대가 진입로를 따라 힘겹게 올라가고 있었다. 네모난 가구 운반차를 난간 너머로 알아볼 수 있었다.

메이틀랜드는 차들을 등지고 앉았다. 조난신호나 지워진 글자 따위에 대한 흥미는 갑작스레 전부 사라져 버렸다. 그는 허리까지 오는 잡초 속에서 격하게 몸을 흔들며 비에 젖은 풀숲에 바지와 정장 상의의 찢어진 직물을 문질러 흠뻑 적셨다. 섬과 콘크리트 고속도로 위로 내리쬐는 과도하게 밝은 햇살이 부상당한 온몸을 타고 뒤흔드는 격렬한 진동처럼 느껴졌다. 전기 불빛이 수풀 위로 번쩍이며 그의 허벅지와 종아리 주변을 맴돌았다. 젖은 풀잎이 그를 놓아주고 싶지 않다는 듯 피부를 휘감았다. 메이틀랜드는 무너진 벽돌 담 위로 다친 다리를 흔들었다. 아직 움직일 힘이 남은 동안에 어떻게든 기운을 북돋을 필요가 있었다.

이제 자동차로 돌아가 봤자 아무 의미도 없다고, 그는 자신에게 다짐했다.

주변 풀숲이 산들바람을 타고 수선거리며 그의 의견에 동의를 표했다.

"지금은 섬을 탐험해야지. 포도주는 나중에 마셔도 되니까."

풀잎이 흥분한 듯 바스락거리며 둥글게 퍼져 나가는 파도처럼 갈라졌다. 그리고 소용돌이의 가운데로 들어오라고 그를 유혹했다.

그 모습에 매혹된 메이틀랜드는 일렁이는 움직임을 좇으며, 반복되는 무늬에서 그를 지키고 인도하고자 하는 거대한 녹색 생명체의 목소리를 읽어 냈다. 소용돌이의 곡선이 열에 달뜬 허공을 따라 휘어지면서 간질 발작의 시각 영상을 만들어 냈다. 그의 머리가 문제일지도. 열에 달떠서 대뇌 피질에 손상이 생겼다면……

"사다리를 찾아야—?"

풀숲이 그의 발을 때렸다. 메이틀랜드가 아직도 녹색의 품을 벗어나려 한다는 데 분노한 듯이. 잡초들을 향해 크게 웃으며, 메이틀랜드는 비어 있는 쪽 손으로 수풀을 다독여 안심시키고는, 그의 허리를 어루만지는 풀 줄기를 뚫고 절뚝이며 걸음을 옮겼다.

메이틀랜드는 수풀에 떠밀리다시피 해서 버려진 방공호

지붕으로 올라갔다. 그는 그곳에서 휴식을 취하며 섬을 보다 자세히 둘러보았다. 고속도로 시스템과 섬을 비교해 보던 그는 이윽고 이 섬이 주변 지형보다 훨씬 오래되었다는 걸 깨달았다. 이 삼각형 황무지는 놀라운 지혜와 인내심을 발휘해 지금껏 살아남는 데 성공했으며, 앞으로도 시야에서 벗어난 채로 생존할 것만 같았다. 고속도로가 모두 주저앉아 먼지가 되어 버린 후까지도.

섬의 일부는 2차 대전 훨씬 이전으로 거슬러 올라갔다. 교회 안뜰과 에드워드풍 테라스 주택의 터가 남아 있는, 고가도로 아래 동쪽 끝부분이 가장 오래되어 보였다. 폐차가 늘어선 사이로 여전히 거리와 골목의 형상을 알아볼 수 있었다.

섬의 가운데 부분에는 지금 그가 앉아 있는 곳을 포함하여 방공호들이 늘어서 있었다. 훗날 더해진 듯한 민방위 초소의 흔적은 15년이 조금 넘은 정도로 보였다. 메이틀랜드는 방공호에서 기어 내려갔다. 주변에서 물결치는 풀잎이 마치 열성적인 간병인 무리처럼 몸을 받쳐 주는 속에서, 그는 섬 중앙을 향해 서쪽으로 걸음을 옮겼다. 그는 타이어와 강철 케이블 무더기 아래 반쯤 파묻힌 채로 드문드문 드러나는 낮은 담벼락을 넘어갔다.

매표소의 잔해 너머로 전후에 지은 영화관 건물 터를 알아볼 수 있었다. 시멘트 블록과 함석판으로 이루어진 비좁은 단층 싸구려 영화관이었다. 3미터 떨어진 곳에는 쐐기풀 덤불에 반쯤 가려진, 지하실로 통하는 계단이 보였다.

문 닫은 매표소를 바라보던 메이틀랜드는 어릴 적 동네 영화관에 갔을 때의 흐릿한 기억을, 끝없이 이어지는 흡혈귀와 공포 영화들의 목록을 떠올렸다. 이 섬은 갈수록 그의 머릿속을 완벽하게 구현한 모형이 되어 가고 있었다. 모두가 잊은 이 풍경을 헤치고 나가는 일은, 단순히 이 섬의 과거를 찾는 것만이 아니라 자신의 과거를 탐사하는 여행이기도 한 것이었다. 캐서린의 이름을 큰 소리로 부르게 만든 유아적인 분노에서는 어릴 적에 옆방에서 여동생을 돌보던 어머니를 지치지도 않고 소리쳐 불렀던 때가 떠올랐다. 그가 항상 생각하기를 기피해 온 아직도 모를 이유 때문에, 어머니는 결국 그를 달래러 오지 않았다. 그저 분노와 경악에 목이 잔뜩 쉰 채로 홀로 욕실에서 기어 나오도록 방치했을 뿐이었다.

더 이상 전진하기에는 너무 지쳐 버린 메이틀랜드는 돌담 위에 걸터앉았다. 주변에는 쐐기풀 덤불이 나란히 붙은 깔쭉깔쭉한 잎을 고딕 대성당의 종탑처럼, 또는 외계 행성 광물질 숲의 다공성 바위처럼 태양을 향해 높이 들고 있었다. 허기를 느낀 위장이 갑자기 수축하며 무릎을 꿇고 구토를 하게 만들었다. 그는 시큼한 토사물을 씻어 내고 다시 절뚝이면서 남쪽 경사면으로 이어지는 벽돌 담벼락을 타 넘었다.

띄엄띄엄 의식이 끊기는 것을 느끼면서, 그는 시야의 초점을 잃고 목발의 뭉툭한 끄트머리가 닿는 곳을 따라 이리저리 비척거렸다.

이렇게 비틀거리는 동안, 메이틀랜드는 육신에 대한, 그리고 염증에 부어오른 다리의 고통에 대한 관심이 흐릿해져 감을 깨달았다. 그는 육체를 부분으로 나누어 벗어 던지기 시작했다. 우선 부상당한 고관절을, 다음에는 양다리를, 이어 다친 가슴과 횡격막에 대한 모든 지각을 지워 냈다. 차가운 바람에서 힘을 얻어 풀숲을 뚫고 전진하며, 지난 며칠 동안 너무도 익숙해진 섬의 모습을 차분하게 살폈다. 섬을 그 자신이라 여기게 된 그는 폐차 무더기 쪽의 자신의 자동차를, 철조망 울타리를, 그리고 뒤편에 있는 콘크리트 덩어리를 바라보았다. 고통과 시련을 겪은 장소들과 자신의 육신의 각 부분이 혼동되기 시작했다. 그는 이런 장소를 향해 손짓하며 섬의 회로를 그리고, 자신의 육체의 각 부분을 원래 속했어야 하는 곳에 놓아둘 방법을 궁리했다. 오른 다리는 사고가 일어난 지점에 놔두고, 다친 손은 강철 철조망에 꽂아 두어야 한다. 가슴은 콘크리트 벽에 기대앉았던 곳에 둘 것이다. 각 지점마다 간소한 의식을 치러 모든 책무를 자신에게서 이 섬으로 이양할 것이다.

그는 자신의 육신을 성체성사에 봉헌하는 성직자처럼 큰

소리로 선언했다.

"나는 섬이로다."

허공에서 빛살이 드리웠다.

10 / 방공호

머리 위에서 자동차 지나가는 소리가 울렸다. 그의 얼굴에서 얼마 떨어지지 않은 풀밭에 떨어진 꽁초에서 연기가 피어올랐다. 메이틀랜드는 높이 솟은 풀숲을 휘감고 올라가다가, 이윽고 늦은 오후의 햇살 속에 흔들리며 자신을 자리에서 일으키려는 것처럼 다가오는 연기를 지켜보았다. 그는 일어나 앉아 정신을 가다듬으려 애썼다. 열기가 온몸을 흠뻑 적시고 수염 아래의 맨피부를 태웠다.

섬의 사방에서 고속도로를 따라 자동차들이 움직이고 있었다. 그는 몸을 가누며 멀리 보이는 자동차 쪽에 시선을 고정하고는, 도살장 갈고리의 죽은 동물처럼 목발에 매달려 일어섰다. 머리 위 높은 곳에는 도로 표지판의 반짝이는 표면이 어둑한 허공에서 내려치는 불타는 칼처럼 빛나고 있었다.

메이틀랜드는 상의 주머니에서 마지막 남은 고무 조각을 꺼냈다. 그리고 말라 가는 콘크리트에 이렇게 끼적였다.

캐서린 도와줘 너무 빨라

경사를 따라 글자가 밀려 올라갔다 내려오기를 반복했다. 메이틀랜드는 그 나름대로 철자법에 주의를 기울였지만, 10분 후 재규어로 가려다 포기하고 돌아와 보니, 글자는 만족하지 못한 채점자가 문질러 버린 것처럼 지워져 있었다.

엄마 때리지 마요 경찰

그는 경사면 옆의 높이 자란 풀숲에 숨어 기다렸지만, 눈이 감겨 왔다. 다시 눈을 떠 보니 글자는 사라져 있었다.

더 이상 자신의 글씨도 읽을 수 없게 된 그는 결국 포기하고 말았다. 수풀은 그런 그를 위로하려는 듯, 열에 달뜬 허수아비를 자신의 안쪽으로 손짓해 부르며 살랑거렸다. 풀잎이 주변을 휘돌며 열 개가 넘는 통로를 만들어 냈다. 각기 나름의 숲속 천국으로 데려다주겠다고 말하는 것처럼 보였다. 재규어에 도착하지 않으면 살아서 밤을 넘길 수 없으리라는 사실을 잘 알고 있는 메이틀랜드는 폐차들이 늘어선 쪽으로 방향을 잡았지만, 몇 분 후에는 다시 수동적으로 풀숲의 인도를 받으며, 주변에 그려진 나선 문양을 따라가고 있었다.

놀랍게도 그렇게 따라가니 보다 가파르고 걷기 힘든 비탈, 즉 가장 큰 방공호의 지붕으로 올라가게 되었다. 메이틀랜드는 발밑에서 부산을 떠는 잡초의 소리에 귀를 기울이며 힘겹게 앞으로 나아갔다. 돌투성이 언덕이 방공호의 서쪽 벽 역할을 했다. 지붕의 곡면이 언덕 양쪽으로 내려가다, 구덩이 바닥에서 솟아오른 빽빽한 수풀 속으로 모습을 감추었다.

이제 풀숲의 소리도 잠잠해졌다. 메이틀랜드가 뭔가 중대한 행동을 실행에 옮기기를 기다리는 것처럼. 어쩌다 자신이 방공호 위에 올라온 것인지를 궁금하게 여기던 메이틀랜드는 문득 폐차 무더기에서 뒤집힌 택시를 발견했다. 그는 마지막 힘을 모아 재규어 쪽으로 방향을 틀었다. 그리고 미처 깨닫기도 전에 비에 젖은 지붕에서 미끄러졌다. 그는 그대로 고꾸라지며, 완만한 곡선을 그리는 경사를 미끄러져 잡초와 쐐기풀 속으로 떨어졌다. 마치 지하 동굴의 심연으로 사라지는 잠수부처럼 그 속으로 빠져 버렸다.

녹색 구덩이에 빠진 메이틀랜드는 잠시 짓이긴 쐐기풀로 만든 해먹에 누워 있었다. 무성한 수풀과 왜소한 딱총나무의 잎새가 늦은 오후의 햇빛을 거의 가려 흐릿한 잔광만 남겼다. 자신이 고요하고 평화로운 해저에 누워 있다는 생각이 들 정도였다. 때로 한 줌 정도의 희미한 빛살이 바다의 평온을 꿰뚫고 들어오기는 했지만. 주변에 깔린 정적과, 마음을 편하게 만드는 식물이 부패하는 자연의 냄새가 그의 열기를 달래 주었다.

뾰족한 발톱을 가진 작은 생물이 그의 왼쪽 다리를 가로질러 움직였다. 발톱이 바지의 닳아 해진 직물을 붙드는 것이 느껴졌다. 놈은 몸을 까불거리며 허벅지를 지나 사타구니에 이르렀다. 메이틀랜드는 눈을 뜨고 흐릿한 빛 속에서 갈색 들쥐의 긴 주둥이와 불안에 움직이는 눈동자를 알아보았다. 엉덩이에서 흐르는 피 냄새에 이끌린 모양이었다. 머리에 두개골이 드러나 보일 정도의 심한 상처를 입어 상당히 끔찍한 몰골이었다. 최근에 쥐덫에서 간신히 도망친 것 같았다.

"썩 꺼져— 크악!" 메이틀랜드는 머리 위 딱총나무 가지에 걸린 금속 목발을 움켜쥐며 앞으로 펄쩍 뛰어 일어났다. 그리고 나뭇잎을 향해 정신없이 목발을 휘두르며 녹색 감방의 벽을 때려 헤쳤다.

들쥐는 모습을 감췄다. 메이틀랜드는 왼쪽 다리를 나뭇가지 사이로 빼내 아래 땅에 내려놓고 저물어 가는 저녁 햇살 속으로 나왔다. 그는 방공호의 서쪽 벽을 따라 달리는 움푹 팬 통로에 서 있었다. 여기서 풀숲이 끝나고 둔덕을 따라 방공호 입구까지 울퉁불퉁한 비탈이 이어졌다.

"도구가 있으면……!"

메이틀랜드는 흥분해서 목발을 허우적거리며, 열도 다리의 부상도 잊은 채로 통로를 따라 뛰어갔다. 문에 도착한 그는 얼굴과 이마를 흠뻑 적신 땀을 훔쳐 냈다. 문은 크롬제 자물쇠와 사슬로 잠겨 있었다. 메이틀랜드는 사슬 사이로 목발을 밀어 넣고 힘껏 눌러서 자물쇠를 떼어 냈다.

메이틀랜드는 문을 발로 차고 들어가서 겅중거리며 방공호 안을 돌아다녔다. 달콤하지만 거북하지는 않은 냄새가 그를 맞이했다. 마치 온순한 큰 짐승의 둥우리에 들어온 것 같았다. 저무는 빛 속에서, 그는 이 방공호가 노숙자의 오두막으로 사용되다 버려졌다는 사실을 깨달았다. 색 바랜 직물이 천장에서부터 늘어져 벽과 바닥을 덮고 있었다. 한쪽에는 담요를 쌓아 만든 작은 침대가 보였고, 제대로 가구라 부를 만한 것은 나무 의자 하나와 탁자뿐이었다. 의자 등받이에는 낡은 레오타드가 걸쳐져 있었다. 전쟁 전에 서커스 곡예사가 입었을 법한 색이 바랜 낡아 빠진 의상이었다.

메이틀랜드는 벽의 곡면에 몸을 기대고 이 버려진 둥지에서 밤을 보내야겠다고 결정했다. 나무 탁자에는 여러 가지 금속 물체들이 제단을 장식하듯 원형으로 늘어서 있었다. 모두 자동차 차체에서 떼어 온 물건들이었다. 사이드미러,

금속제 창틀, 부서진 전조등 조각.

"재규어잖아……?" 메이틀랜드는 재규어의 메달을 알아보았다. 자신의 차의 것과 동일한 형태였다.

그 메달을 들고 살펴보느라, 그는 문가에서 자신을 지켜보는 널찍한 가슴과 우람한 체구의, 들썩이는 어깨 사이로 황소처럼 머리를 낮추고 있는 사람의 존재를 알아차리지 못했다.

메이틀랜드가 메달을 들어 빛에 비춰 보려 한 순간, 육중한 주먹이 메달을 그의 손에서 낚아챘다. 이어 빼앗긴 목발이 공중으로 날아갔다. 억센 손이 그의 팔을 붙들어 문 쪽으로 내동댕이쳤다. 바닥에 나뒹굴던 메이틀랜드는, 황소 같은 사람이 그를 끌고 황혼의 마지막 햇살 속에서 경사를 오르고 있다는 정도밖에는 알아차릴 수 없었다. 멀리 자동차들이 거의 꿈속 광경처럼 차분하게 움직이는 가운데, 눈앞에서 남자의 얼굴이 헐떡이며 시큼한 포도주 냄새가 섞인 뜨거운 숨결을 내뱉었다. 그는 주먹으로 메이틀랜드의 따귀를 갈긴 다음 축축한 땅 위에 눕히고 앞뒤로 굴렸다. 혼잣말로 끙끙거리는 모습이 마치 메이틀랜드의 부상당한 육신에 숨겨진 비밀을 밝혀내려 애쓰는 것만 같았다.

의식을 잃기 직전, 메이틀랜드는 마지막으로 고속도로를 지나는 자동차 행렬 쪽을 바라보았다. 자신을 공격하는 남자가 두 팔을 휘두르는 사이로, 야전 위장복 상의를 걸친 붉은 머리의 젊은 여성이 튼튼한 팔로 금속 목발을 높이 쳐들고 그들을 향해 달려오는 모습이 눈에 들어왔다.

11 / 구출

"쉬어요. 움직이려 들지 말고. 도움을 청하러 보냈어요."

젊은 여인의 나직한 목소리가 메이틀랜드를 진정시켰다. 여인의 손이 면직 탐폰으로 그의 얼굴을 닦아 주고 있었다. 그는 뜨거운 물에 닿아 다친 피부가 따끔거리는 것을 의식하며 그대로 누워 있었다. 고열이 뼛속까지 달구는 것이 느껴졌다. 젊은 여인이 그가 고개를 들도록 해 주자 수염을 타고 물이 흘러내렸다. 그는 뜨거운 물방울을 받아먹으려고 부어오른 입을 열었다.

"마실 걸 줄게요. 분명 목이 마를 테니."

그녀는 팔꿈치로 침대 옆 포장용 상자에 놓인 플라스틱 머그컵을 가리켰지만, 그걸 메이틀랜드의 손에 전해 주지는 않았다. 그녀의 단호한 손길은 그의 목을 지나 가슴팍에 이르렀다. 정찬용 상의는 지금은 걸치고 있지 않았고, 축축한 정장 셔츠에는 검은 기름이 스며 있었다.

문가 바닥에 파라핀 등잔 하나가 서 있었다. 전등갓이 없어 밝게 타오르는 빛이 젊은 여인의 얼굴을 확인하려 하는 그의 눈을 따갑게 쏘았다. 다리의 통증에 짜증 섞인 동작으로 몸을 뒤척이자, 여인은 붉은 담요를 그의 어깨에 둘러 주었다.

"진정해요, 메이틀랜드 씨. 도움을 청했어요. 캐서린은— 아내분 이름이겠죠?"

메이틀랜드는 힘겹게 고개를 끄덕였다. 구조되었다는 안도감에 먹먹한 느낌만 들었다. 여인이 왼팔로 그의 머리를 받치고 머그컵을 입가에 대 주자 따스하고 튼튼한 육체의 냄새가 코끝을 간지럽혔다. 향기와 체취가 노랫가락처럼 얽혀 그의 마음을 뒤흔들었다.

가로세로 모두 3미터를 조금 넘을 정도의 작은 방이었다. 지금 누워 있는 금속제 더블베드와 매트리스만으로 거의 꽉 차는 크기였다. 천장 한가운데에 막아 놓은 환기통이 솟아 있기는 했지만, 창문은 하나도 보이지 않았다. 열린 문 너머로는 위층으로 이어지는 반원형 층계가 보였다. 색 바랜 영화 포스터가 침대 발치의 벽에 걸려 있었다. 진저 로저스와 프레드 어스테어의 뮤지컬 홍보 포스터였다. 양쪽 벽에는 지하 출판 잡지에서 찢어 낸 비교적 근래의 인쇄물이 붙어 있었다. 비어즐리풍의 사이키델릭 계열 포스터, 체 게바라의 시체를 화소가 보일 정도로 확대한 사진, '흑인의 힘' 선언문, 광기 어린 눈이 대머리 아래 눈두덩에서 앞을 노려보고 있는 재판정의 찰스 맨슨 사진까지. 침대 옆의 포장용 상자를 제외하면 이 방에 있는 가구라곤 화장품과 향수병, 마스카라 스틱과 구겨진 티슈로 가득한 카드놀이용 탁자뿐이었다. 비싸 보이는 가죽 여행 가방이 벽에 기대서 있었다. 여행 가방 뚜껑에 달린 옷걸이에는 스커트와 스웨터 각각 한 벌씩과 다양한 종류의 속옷들이 걸려 있었다.

메이틀랜드는 정신을 추슬렀다. 열이 가시기 시작했다. 방공호에서 격렬한 공격을 받고 저녁 하늘로 끌려 나왔던 기억이 났다. 그러나 젊은 여인의 목소리를 듣자마자 그 타격의 고통은 말끔히 녹아 사라졌다. 그가 섬에서 겪은 시련과 비교하면 이 허름한 방조차도—그는 이곳이 고속도로 근처의 낙후된 거주지라 생각했다—사부아의 강변 스위트룸만큼이나 풍취와 안락함을 갖춘 곳으로 보였다. 젊은 여인이 침대 곁에 자리를 잡고 앉자, 그는 여인의 손을 붙들고 감사를 표하려 시도했다.

"우리가……" 그는 상처 가득한 입을 열고 말하기 시작했다. "우리가 그 섬 근처에 있는 겁니까?" 그리고 그녀가 미처 알아차리지 못했을 수도 있다고 생각하고 덧붙였다. "내 차

가 사고를 당했습니다…… 재규어인데…… 고속도로에서
떨어져 버렸습니다."

젊은 여인은 생각에 잠긴 채 껌을 씹으며 날카로운 눈으
로 메이틀랜드를 지켜보고 있었다.

"그렇죠. 우리도 알아요. 아직 살아 있는 게 행운이네요."
그녀는 강인한 손을 그의 이마에 올려 체온을 확인했다. "사
고 전부터 아팠나요? 열이 상당히 심한 것 같은데요."

메이틀랜드는 그녀의 시원한 손의 압력이 기분 좋다고 느
끼며 고개를 저었다. "아뇨…… 사고 후에 시작됐습니다. 아
마 어제인 것 같습니다. 다리도…… 부러져 버렸고요."

"좋아요. 그럴 거라 생각했어요. 불쌍한 사람. 먹을 걸 좀
줄게요."

메이틀랜드는 기다렸고, 그녀는 핸드백 안으로 손을 넣어
밀크 초콜릿 하나를 꺼냈다. 그녀는 은박지를 벗긴 다음 사
각형 조각을 몇 개 잘라 내서 그중 하나를 메이틀랜드의 입
술 사이에 물렸다.

입안에서 미지근한 초콜릿이 녹아내리는 동안, 메이틀
랜드는 처음으로 젊은 여인의 얼굴을 똑바로 바라볼 수 있
었다. 그녀는 자리에서 일어나더니 벽에 걸린 휴대용 거울
에 비친 자신의 모습을 유심히 보았다. 그리고 한 손에 초콜
릿을 든 채로 비좁은 방 안에서 이리저리 걸음을 옮겼다. 뒤
쪽 파라핀 등잔의 빛을 받은 붉은 머리카락이 허름한 방 안

에서 강렬한 태양처럼 빛났다. 손수 말아 고정한 머리카락을 뚫고 들어온 빛살이 그녀의 높은 이마 위에서 반짝였다. 20세 정도 되어 보이는, 명석한 느낌의 각진 얼굴과 튼튼한 턱이 눈에 들어왔다. 거의 일부러 조잡해 보이려는 방향으로 괜찮은 외모였다. 정사각형 조각마다 엄지손가락 지문이 찍힌, 말랑말랑해진 초콜릿을 먹여 주는 그녀의 태도는 무뚝뚝했지만 동시에 예의가 깃들어 있었다. 어쩌면 자신의 변변찮은 방에 유복한 남자를 데려와서 돌봐 주어야 한다는 사실 때문에, 그가 머지않아 훨씬 더 편안한 곳으로 떠날 것임을 잘 알고 있기 때문에 혐오를 느끼는 것일지도 모른다. 그러나 그녀의 어조에서, 목소리에 깃든 자부심 넘치는 억양에서, 메이틀랜드는 그녀가 다른 부류의 배경을 가지고 있으리라는 추측을 했다. 물 빠진 청바지와 야전복 상의, 주변을 둘러싸고 있는 맨슨이나 흑인의 힘 포스터는 그녀를 모범적인 은둔자에 가깝게 보이게 했지만, 수많은 싸구려 화장품이나 매춘부 같은 머리 모양이나 여행 가방 뚜껑에 걸린 화려한 옷 따위의, 흔히 거리의 여인에게 어울린다고 여겨지는 장비는 모순된 느낌을 주었다.

물과 초콜릿으로 다시 활력을 얻은 메이틀랜드는 한 손으로 입가를 주물렀다. 얼마 안 있어 구급차와 구급 요원들이 도착할 테고, 그러면 해머스미스의 병원 침대로 이송될 것이다.

"구급차를 부른 거지요? 금방 도착할 겁니다. 감사를 드리고 싶습니다만, 성함이……?"

"제인— 제인 셰퍼드예요. 딱히 한 일도 없지만요."

"음식을 먹는 법을 거의 잊을 지경이었습니다. 전화를 해 주셨으면 하는 곳이 한 군데 더 있습니다만. 헬렌 페어팩스 박사라는 분인데…… 괜찮을까요?"

"물론이죠. 하지만 당장 전화를 하지는 않을 거예요. 일단 긴장을 좀 풀어요. 당신 탈진한 게 분명하니까요."

그녀는 침대에 걸터앉아 단호한 손놀림으로 그의 오른쪽 엉덩이를 훑었다. 그리고 찢겨 나간 바지 사이로 드러난 염증이 심한 상처를 보고 얼굴을 찌푸렸다. "많이 안 좋아 보이네요. 어디 한번 내가 닦아 볼까요."

바지를 벗기려는 그녀의 손길이 그의 엉덩이와 사타구니 주변으로 움직였다. 위장 속에서 녹아내리는 초콜릿 때문에 메이틀랜드는 몽롱한 기분에 사로잡혔다. "괜찮습니다. 병원에 가면 알아서 처치해 주겠지요."

그는 젊은 여인에게 자신의 사고에 대해 털어놓기 시작했다. 사라지기 전에 다른 사람의 마음속에 자신이 겪은 수난을 새겨 놓으려는 것처럼.

"그곳에 사흘이나 붙들려 있었습니다. 이제 와서 생각하면 믿기조차 힘들군요. 자동차가 도로 가장자리를 넘어갔지요. 처음에는 다친 줄도 몰랐습니다. 하지만 떠날 수가 없더군요. 아무도 차를 세우지 않는 겁니다! 정말 대단한 경험이었어요. 교통섬 따위에 갇혀 굶어 죽을 지경이 되다니. 당신이 오지 않았더라면 그대로 거기서 죽었을 겁니다……"

메이틀랜드는 말을 멈췄다. 제인 셰퍼드는 등을 돌린 채, 엉덩이로 그의 오른쪽 팔꿈치를 누르며 앉아 있었다. 손으로는 솜씨 좋게 바지를 제거하는 중이었다. 찢어진 부분을 따라 허리까지 바지를 잘라 냈지만, 그녀가 들고 있는 손톱용 가위로는 허리의 신축성 있는 섬유를 잘라 내기에 역부족이었다. 그녀는 그의 오른쪽 엉덩이를 들어 뒷주머니의 선을 따라 자르기 시작했다.

메이틀랜드는 그녀가 주머니에서 자기 자동차 열쇠를 꺼내는 모습을 지켜보았다. 그녀는 열쇠를 쏘아보며 세 개의 열쇠를 하나씩 넘기다가, 그와 눈이 마주쳤다. 그녀는 살짝 웃으며 열쇠를 포장용 상자 위에 올려놓았다.

"불편해 보여서요……" 자신의 설명에 신빙성을 더하려는 듯, 그녀는 그의 엉덩이에 손을 대고 타박상 입은 살갗을 잠시 주물렀다.

"그러니까 아무도 멈추지 않았다는 거지요? 그래서 놀란 모양이네요. 요즘은 겪는 쪽에 서 보지 않으면 서로 얼마나 이기적으로 사는지 아무도 깨닫지 못하는 것 같아요."

메이틀랜드는 고개를 돌려 그녀와 시선을 마주했다. 그리고 열쇠를 집으려다 문득 멈추었다. 안도와 환희의 감정이 천천히 사그라지고 있었다. 그는 방 안을 둘러보며 눈앞의 현실을 확인하려 했다. 그의 정신의 일부는 여전히 빗속에 누워서 눈에 보이지 않는, 차량 행렬이 끊임없이 울리는 소리를 듣고 있었다. 아주 잠시 동안, 그는 이 방과 그 젊은 주인이 생이 끝나는 순간 찾아오는 환각으로 여겨져 두려움에 사로잡혔다.

"이렇게 돌봐 주다니 정말 친절하십니다. 구급차는 부른 거겠지요?"

"도움을 주선해 놨어요, 맞아요. 친구가 갔지요. 당신은 이제 괜찮을 거예요."

"여기가 정확하게 어디인 겁니까—섬 근처인가요?"

"그 '섬'이라는 건—그곳을 그렇게 부르는 건가요?"

"교통섬이니까요. 고속도로 아래의 버려진 땅 아닙니까. 거기서 가까운 겁니까?"

"고속도로 근처에 있어요, 맞아요. 당신은 이제 안전해요, 메이틀랜드 씨."

메이틀랜드는 멀리서 울리는 자동차 소리에 귀를 기울였다. 손목시계가 없어진 걸 알아챘지만, 대충 자정이 가까울 것이라는 생각이 들었다. 지금까지의 경험에 근거해 런던 중심가에서 서쪽으로 떠나는 마지막 차량 행렬임을 짐작할 수 있었기 때문이었다.

"손목시계를 어디 떨어트린 모양이로군요. 내 이름은 어떻게 아시는 겁니까?"

"자동차 근처의 서류 가방에서 서류를 몇 장 찾았어요. 게다가 내내 혼잣말을 하시더군요." 그녀는 잠시 말을 멈추고 책망하는 눈빛으로 그를 바라보았다. "왠지 몰라도 자신에게 상당히 분노하고 있으신 모양이던데요. 그렇죠?"

메이틀랜드는 이 말을 무시했다. "차를 보셨습니까? 은색 재규어를요?"

"아뇨—그러니까, 네, 봤어요. 그 섬에 대해 말할 때는 항상 헷갈리네요." 그리고 반쯤 분개하여, 메이틀랜드에게 그가 빚을 졌다는 것을 상기시키려는 듯이, 이렇게 덧붙였다. "내가 당신을 여기까지 끌고 왔어요. 엄청나게 무겁더군요. 덩치 큰 남자치고도요."

"여기가 어딘 겁니까. 차 소리가⋯⋯" 부쩍 경계심이 든 메이틀랜드는 일어나 앉으려 시도했다. 젊은 여인은 침대 발치에서, 파라핀 등불에 붉은 머리카락이 타오르는 모습으로 서 있었다. 여인이 메이틀랜드를 내려다보는 눈길은, 마치 헷갈린 연금술로 지나치게 거대한 제물을 자기 소굴로 소환해 버리고는, 그 시체를 어떤 식으로 유용하는 게 최선일지 고심하는 마녀처럼 보였다.

그녀의 차분한 시선에 불안해진 메이틀랜드는 방 안을 슬쩍 둘러보았다. 한쪽 구석에 젖은 속옷이 가득 든 금속 대야를 받치고 있는, 필름 꾸러미 크기의 원형 금속 용기 세 개가

구출

있었다.

여인의 머리 뒤쪽 벽에서 길게 뻗어 나와 있는 것은 뭔가를 감기 위한 물건처럼 보였다. 메이틀랜드는 통풍관 기둥을, 그리고 어스테어와 로저스 홍보 포스터를 올려다보았다.

제인 셰퍼드는 나직하게 말했다. "말해 봐요. 왜 그러는 거죠? 분명 뭔가 눈치챈 모양인데요."

"영화관……" 메이틀랜드는 천장을 가리켰다. "당연한 소리군. 무너진 영화관 지하실이었어." 그는 퀴퀴한 냄새를 풍기는 베개에 머리를 묻었다. "세상에, 아직 그 섬에 있는 거야……"

"섬 이야기는 이제 그만해요! 원하면 언제든 떠날 수 있잖아요. 딱히 여기 붙들어 둘 생각도 없어요. 당신에게는 형편없는 곳일지도 모르지만, 나는 힘닿는 데까지 노력해 왔다고요. 내가 없었더라면 살아서 불평을 늘어놓지도 못했을 주제에!"

메이틀랜드는 손을 얼굴에 가져다 대고 피부에서 솟아오르는 진땀을 느꼈다. "아, 세상에…… 이봐요. 난 의사가 필요하단 말입니다."

"우리가 의사를 불러 줄 거예요. 일단 지금은 쉬어야 해요. 며칠 동안 지나치게 흥분해서 움직였잖아요. 내 생각에는 일부러 그런 것 같은데."

"제인, 돈이라면 주겠습니다. 도로까지 올라가서 차를 멈추게 도와줘요. 얼마나 원하는 겁니까?"

제인은 방 안을 오락가락하던 발걸음을 멈췄다. 그리고 교활한 표정으로 메이틀랜드를 돌아보았다. "돈이 있나요?"

메이틀랜드는 힘겹게 고개를 끄덕였다. 이 영리하지만 거짓으로 가득한 여자는 가장 단순한 정보를 얻는 일조차도 대가를 치르게 만들고 있었다. 분명 주변의 모든 것을 의심하는 사람일 것이다.

"그래요…… 재력은 있습니다…… 건축 사무소의 대표이사거든요. 아무것도 묻지 않고 원하는 액수를 즉시 지급하겠습니다. 그럼 이제 도움을 청하러 사람을 보냈는지 말해줄 수 있습니까?"

제인은 그의 말을 무시했다. "지금 가지고 있는 돈은 없나요? 그러니까, 한 5파운드라도?"

"지갑에 있습니다. 내 차에, 트렁크 안에요. 30파운드 정도 있을 겁니다. 10파운드를 드리죠."

"트렁크 안에……" 제인은 그 말을 곱씹어 보고, 재빨리 손을 놀려 열쇠를 낚아챘다. "이건 내가 보관하고 있는 편이 낫겠네요."

움직이기에는 너무 지친 메이틀랜드는 찰스 맨슨의 포스터를 올려다볼 뿐이었다. 생존하려는 의지가 다시 사라지는 것이 느껴졌다. 싸구려 향수 냄새가 나는 따뜻한 침대에서,

지하 깊은 곳의 창문도 없는 방에서 잠들어야 하는 것이다. 멀리 위쪽에서 밤바람을 맞아 수풀이 일렁이는 소리가 들려왔다.

묵직한 장화 소리가 계단을 따라 내려오면서 그의 잠을 방해했다. 제인이 거칠게 문 앞으로 나섰다. 방문자는 그녀에게 복종하듯 문밖에 서서, 흉터로 가득한 손을 작은 눈 위로 들어 파라핀 등잔의 빛을 막았다. 건장한 덩치가 힘겹게 계단을 내려와 헐떡이는 소리에 귀를 기울이던 메이틀랜드는 그것이 자신을 공격한 남자의 거칠고 가래 끓는 숨소리라는 사실을 알아챘다.

남자는 쉰 살 정도에 명백하게 정신이 온전치 못해 보이는 사람이었다. 불확실성으로 점철된 삶이 좁은 이마를 수도 없이 때리고 지나간 모양이었다. 선천적으로 부족한 지성이 청소년기 이후로 전혀 발달하지 않은 것처럼, 잔주름이 가득한 얼굴이 당황한 어린아이의 표정으로 고정되어 있었다. 고된 삶의 모든 압박이 모여서 이 나이 든 저능아를, 거칠고 무심하지만 세상이 단순한 곳이라는 순진한 믿음에 여전히 매달려 있는 성인을 형성한 것이었다.

뺨과 눈썹에서 시작된 움푹 파인 은빛 흉터가 내려앉은 콧잔등 위에서 아슬아슬하게 맞닿아 있었다. 코는 흐느적거려서 계속 주의를 기울여야 하는 연골 덩어리 같았다. 그는 큼직한 손으로 코를 훔치고는 묻어 나온 콧물을 파라핀 불빛에 대고 살폈다. 몸놀림이 어색하기는 해도 그 육체에서는 아직 상당한 근력과 운동선수의 유연함이 느껴졌다. 남자가 작은 발에 체중을 싣고 몸을 좌우로 흔드는 모습을 살피던 메이틀랜드는, 그 움직임에 심한 충격을 받은 곡예사나 펀치드렁크를 겪은 스파링 파트너처럼 망가진 우아함이 깃들어 있음을 깨달았다. 남자는 날카로운 펀치의 충격에 몸을 움찔거리는 권투 선수처럼 계속 자기 얼굴을 만졌다.

"그래, 프록터, 그것들은 찾았어?" 제인이 물었다.

남자는 고개를 저었다. 너무 바빠서 화장실에 못 가는 어린아이처럼 양발을 돌아가며 동동거리면서.

"잠겼다." 그는 퉁명스러운 목소리로 대답했다. "프록터한테는 너무 튼튼하다."

"정말 놀랍네. 너라면 뭐든 망가트릴 수 있을 줄 알았는데. 내일 해가 뜨면 다시 살펴보자."

"그래. 프록터가 내일 찾는다." 그는 그녀의 어깨 너머로 메이틀랜드를 슬쩍 보았고, 그녀는 머뭇거리며 뒤로 한 발짝 물러섰다.

"프록터, 저 사람은 거의 잠들었어. 깨우지 마. 아니면 우리가 시체를 치우게 될 거야."

"안 깨운다. 제인 씨."

프록터는 과장되게 주의하는 동작을 취하며 앞으로 걸어나왔다. 메이틀랜드는 그가 자신의 정찬용 상의를 걸치고 있다는 걸 알아차리고 고개를 돌렸다. 몸에 꽉 끼는 통에 실크 옷깃이 바깥으로 찌글찌글해져서 번들거렸다.

제인도 그 옷을 알아본 모양이었다.

"그건 대체 왜 입고 있는 거야?" 그녀는 날카롭게 물었다. "파티에라도 갈 생각인 거야, 아니면 그냥 저녁 식사를 즐기려는 거야?"

프록터는 이 말에 낄낄 웃었다. 그리고 그 나름의 위엄이 깃든 동작으로 자신의 몰골을 내려다보았다. "파티에 간다. 그래…… 프록터하고 제인 씨가!"

"이런 세상에…… 됐어, 그거 벗어."

프록터는 믿을 수 없다는 듯, 망가진 얼굴에 애원과 혐오가 뒤섞인 표정을 띠고 그녀를 바라보았다. 마치 날아가 버릴까 두렵기라도 한 듯이 옷깃 끄트머리를 꼭 잡고 있었다.

"프록터! 모습을 들키고 싶은 거야? 그런 예쁘장한 옷을 입고 있으면 몇 킬로미터 밖에서도 바로 들킬 거라고!"

프록터는 문간에서 머뭇거렸다. 그녀의 논리는 받아들였지만 여전히 상의를 벗기에는 아쉬운 모양이었다.

"밤에만. 밤에는 아무도 프록터 옷 못 본다."

"좋아, 밤에만 입어. 하지만 그렇게 죽어라 집착하지는 말고." 그녀는 축축한 베개 위에서 반쯤 잠들어 있는 메이틀랜드를 가리키며 말을 이었다. "나는 나가야 하니까, 네가 이 남자를 지키고 있어. 그냥 혼자 놔두면 돼. 가지고 놀거나 다시 때리거나 하지는 말아 줘. 그리고 이 방에는 안 들어왔으면 좋겠어. 계단 맨 위에 앉아 있어."

프록터는 고분고분하게 고개를 끄덕였다. 열의 넘치는 공모자처럼 그는 뒷걸음질로 문을 나가 계단을 올라갔다. 나무 계단이 삐걱대는 소리에 잠이 깬 메이틀랜드는 고속도로 경사면에서 보았던 작업용 장화의 발자국을 떠올렸다. 그리고 펀치드렁크 상태인 섬의 원주민과 단둘이 남게 되는 것이 두려워 정신을 차리려 애썼다. 그는 이제 저 부랑자가 진흙투성이 비탈을 올라가 가대를 고쳐 놓았다고, 그가 사고를 당한 모든 흔적을 지우려 했다고 생각하게 되었다.

젊은 여인을 향해 중얼거리는 그의 곁에 그녀가 앉았다. 달콤하고 행복에 도취시키는 흐릿한 연기가 방 안을 가득 메우며 그녀의 얼굴 주변을 감돌았다. 그녀는 뜻밖의 부드러운 손길로 메이틀랜드의 얼굴을 감싸 안았다.

그녀는 5분 동안 메이틀랜드의 머리를 가볍게 흔들며 상냥한 말을 속삭여 안심시켰다.

"아무 문제 없을 거예요, 내 사랑. 잠들려 해 봐요. 깨어나면 훨씬 기분이 좋아져 있을 테니까. 내가 돌봐 줄게요. 졸릴 거예요. 그렇죠, 우리 아가? 불쌍한 사람. 정말로 잠이 필요하잖아요. 이제 푹 자요, 우리 아가. 내 사랑스러운 아가……."

그녀가 자리를 뜬 이후, 열에 달뜬 메이틀랜드는 반쯤 잠든 채로도 정찬용 상의를 걸친 부랑자가 문간에서 자신을 지켜보고 있음을 의식했다. 프록터는 밤새 그 주변을 맴돌며, 마치 자신의 손길을 피한 부적을 찾아내려는 듯이 두툼한 손가락으로 메이틀랜드의 몸을 훑었다. 가끔씩 상한 포도주 냄새가 섞인 뜨거운 숨결이 입안에 느껴졌고, 그럴 때마다 눈을 뜨면 프록터의 망가진 얼굴이 자신을 내려다보고 있었다. 파라핀 등잔의 불빛 속에서 흉터 가득한 얼굴은 석재를 갈아서 만든 것처럼 보였다.

해가 뜨기 몇 시간 전에 제인 셰퍼드가 돌아왔다. 섬을 가로지르며 멀리서 소리치는 그녀의 목소리가 메이틀랜드에게 들려왔다. 그녀는 프록터를 밖으로 내보냈고, 프록터는 일렁이는 수풀 속으로 소리 없이 모습을 감췄다.

하이힐이 달각거리며 계단을 내려오는 소리가 들렸다. 메이틀랜드는 휘청거리며 침대 옆으로 다가오는 제인을 멍하니 지켜보았다. 살짝 취한 채로, 그녀는 메이틀랜드를 알아보지 못하는 것처럼 침대를 내려다보았다.

"세상에, 당신 아직도 여기 있었어? 가 버렸을 거라고 생각했는데. 정말 빌어먹게 끝내주는 밤이네."

그녀는 노래를 흥얼거리면서 스틸레토 힐을 차 던졌다. 지금까지 어디에 있었는지는 그녀의 복장으로 추측할 수 있을 따름이었다. 허벅지와 스타킹 윗부분이 드러나는 슬릿이 들어간 스커트를 입고 네온색 블라우스 아래 젖가슴이 뾰족하게 솟은 모습이 1940년대 소도시 매춘부의 캐리커처처럼 보였다.

그녀는 비틀대며 침대 반대편으로 가더니 옷을 벗어서 전부 여행 가방에 던져 넣었다. 그리고 알몸이 된 채로 닳아 해진 담요 아래로 기어 들어와서, 로저스와 어스테어의 포스터를 올려다보며 메이틀랜드의 손을 붙들었다. 반쯤은 그를 안심시키기 위해, 반쯤은 외로움을 달래기 위해. 나머지 밤과 이른 아침 내내 함께 누워서, 메이틀랜드는 열에 달뜬 속에서도 그녀의 건강한 육체가 자신과 접촉하고 있다는 사실을 인지하고 있었다.

12 / 곡예사

다음 날 아침 제인 셰퍼드는 곁에 없었다. 메이틀랜드가 일어났을 때 지하의 방은 고요하기만 했다. 비좁은 층계를 타고 들어온 빛줄기 하나가 그가 누워 있는 허름한 침대를 비췄다. 벽에 걸린 게바라와 찰스 맨슨의 얼굴이 악몽 속의 간수들처럼 그를 굽어보았다.

메이틀랜드는 손을 뻗어 젊은 여인이 침대 위에 남기고 간 흔적을 더듬었다. 그리고 그대로 누운 채로 열려 있는 여행 가방을, 옷걸이에 걸린 지나치게 화려한 옷가지를, 카드 탁자 위의 화장품을 눈에 담으면서 방 안을 둘러보았다. 제인은 방을 나서기 전에 모든 것을 정리해 놓은 모양이었다.

밤새 열은 내렸다. 메이틀랜드는 포장용 상자 위의 플라스틱 컵을 들고 한쪽 팔꿈치를 짚은 채 몸을 일으켜 미지근한 물을 마셨다. 그러고 나서 담요를 걷고 다리를 살폈다. 제대로는 아니지만 회복이 되어 가는지, 고관절은 여전히 어긋난 상태였지만 부기와 고통은 조금 잦아들었다. 그는 처음으로 상처 부위의 살갗을 만질 수 있었다.

메이틀랜드는 아무 말 없이 침대 모퉁이에 앉아서 어스테어와 로저스의 포스터를 바라보았다. 그리고 그 영화를 본 적이 있는지를 떠올리며 청소년기를 반추했다. 교외의 거대한 오디언 영화관의 텅 빈 반원형 상영관에 홀로 앉아서, 할리우드에서 쏟아 내는 물건이라면 뭐든 탐식했던 시절이 있었다. 그는 다친 가슴을 주무르다가 문득 자신의 육신이 갈수록 젊은 시절의 모습을 닮아 가고 있다는 사실을 깨달았다. 굶주림과 열 때문에 몸무게가 적어도 4킬로그램은 줄었기 때문이었다. 널찍한 가슴과 두툼한 다리에서는 근육이 최소한 절반은 사라진 것으로 보였다.

메이틀랜드는 다친 다리를 바닥으로 내리고 고속도로에서 들리는 차량 소리에 귀를 기울였다. 머지않아 이 섬을 떠날 수 있으리라는 확신이 다시 생기를 불어넣었다. 이제 이 세모꼴 황무지에 붙들린 지도 나흘 가까이 지났다. 자신이 아내와 아들을, 헬렌 페어팩스와 사무실의 동업자들을 잊어버리기 시작했다는 사실은 인지하고 있었다. 그들은 모두 함께 정신 뒤편의 흐릿한 부분으로 물러섰고, 그들이 있던

곡예사

자리를 식량, 거처, 다친 다리, 그리고 다른 무엇보다 자신을 둘러싼 땅뙈기를 정복해야 한다는 절박한 필요성이 차지해 버렸다. 생각의 지평선이 3미터를 살짝 넘는 정도까지 줄어들어 버린 것이다. 앞으로 한 시간 안에 탈출할 수 있음이 분명한데도—내키지 않아도 결국 그 젊은 여자와 프록터는 경사면을 오르도록 도와줄 테니까—이런 갈망이 아직도 수년 동안 계속해 온 임무처럼 그의 마음을 잠식하고 있었다.

"빌어먹을 다리가……"

포장용 상자 안에는 휴대용 스토브와 씻지 않은 냄비가 하나씩 있었다. 메이틀랜드는 냄비에서 말라붙은 갈색 쌀알을 긁어내서, 딱딱한 알갱이를 게걸스럽게 다친 입에 밀어 넣었다. 무성하게 자라 얼굴을 뒤덮은 수염이 느껴졌다. 그는 땟국물이 흐르는 정장 셔츠를, 그리고 오른쪽 무릎에서 허리띠까지 옆트임이 생긴 바지를 내려다보았다. 이 누더기의 조합도 시간이 지날수록 점차 기묘한 가장이라는 느낌이 옅어지고 있었다.

메이틀랜드는 벽에 몸을 지탱하며 방 안을 한 바퀴 돌았다. 게바라 포스터를 짚는 바람에 찢어져서 한쪽 귀퉁이의 압핀 하나로 대롱대롱 매달리게 되었다. 문간에 다다른 그는 괜찮은 쪽 다리를 축으로 삼아 몸을 돌려서는, 빗물 통으로 쓰이는 50갤런들이 드럼통의 뚜껑에 걸터앉았다.

열두 단의 층계 위에서 밝은 햇살이 기다렸다. 메이틀랜드는 태양의 가파른 각도로부터 이제 11시 30분 정도 되었을 것이라 추측했다. 일요일 아침의 차량들이 조용히 고속도로를 따라 달리고 있었다. 앞으로 30분 정도만 있으면, 드라이브를 즐기러 나온 선량한 가족이 누더기 정장을 걸친 비참한 몰골의 남자가 비틀대며 도로로 나와서 길을 막는 바람에 깜짝 놀라게 될 것이다. 세상에서 제일 긴 숙취라 할 법했다.

메이틀랜드는 햇빛을 향해 계단을 올라갔다. 꼭대기에 도착한 그는 조심스레 고개를 들어 층계를 둘러싸고 있는 잡초와 쐐기풀 사이를 기웃거렸다.

섬으로 막 발을 내디디려 할 때 익숙해진 가래 끓는 숨소리가 들렸다. 메이틀랜드는 몸을 낮추고 천천히 버려진 매표소 쪽으로 건너갔다. 그리고 옆으로 누운 채 팔을 뻗어 쐐기풀 덤불을 한쪽으로 걷어 냈다.

6미터쯤 떨어진, 잡초와 쐐기풀이 높이 솟은 사이로 보이는 작은 공터에서, 프록터가 맨손체조 동작을 하고 있었다. 입으로 거칠게 숨을 뱉으며 맨발을 한데 모으고 선 채로, 팔을 앞으로 쭉 뻗고 다부진 어깨 근육에 힘을 주고 있었다. 오래 써서 잘 다져진 작은 개인 놀이터의 바닥에는 줄넘기 줄과 강철을 덧댄 장화가 보였다. 프록터는 방공호에서 의자에 걸쳐 있던 누더기가 된 서커스 레오타드를 입고 있었다. 은빛 줄무늬가 그의 강인한 어깨 근육을 강조하고, 오른쪽

곡예사

귀에서 시작해 목을 타고 어깨까지 벼락처럼 가로지르는 선명한 흉터를 드러냈다. 잔혹하고 끔찍한 폭력 행위의 흔적으로 보였다.

낡은 가솔린 엔진에 시동을 걸 때처럼 숨을 헐떡이며 복잡한 준비 의식을 마친 다음, 프록터는 가볍게 앞으로 도움닫기를 해서 훌쩍 재주를 넘었다. 강인한 몸이 허공에서 한 바퀴를 돌았다. 그리고 묵직하게 착지하며 다리를 굽히고는, 양팔을 흔들면서 간신히 균형을 잡았다. 프록터는 자신의 성취에 즐거워졌는지 행복하게 맨발로 땅을 굴렀다.

메이틀랜드는 프록터가 다음 재주를 준비하는 동안 기다렸다. 계속 걸음을 옮기며 공중 자세를 가늠하는 등 열심히 준비하는 모습으로 미루어, 다음번 곡예야말로 진정한 도전이 될 것임이 분명했다. 프록터는 온 힘을 집중했다. 가장 편안한 장소를 찾는 거대한 짐승처럼 바닥을 확인하며 돌을 발로 차서 제거하기도 했다. 그리고 마침내 허공으로 뛰어올라 거꾸로 재주를 넘는 순간, 메이틀랜드는 프록터가 이미 실패했다는 사실을 알았다. 그 부랑자가 장화를 흩어트리며 땅바닥에 널브러지자, 그는 고개를 숙여 시선을 돌렸다.

프록터는 충격을 받은 채로 땅바닥에 누워 있었다. 이내 천천히 몸을 일으켜 낙담한 얼굴로 둔중한 자신의 육신을 내려다보았다. 그는 내키지 않는 기색으로 두 번째 시도를 준비하다가, 포기하고 찰과상을 입은 팔에 묻은 흙을 떨어 냈다. 오른쪽 손목에 상처가 보였다. 그는 상처를 빨면서 물 구나무서기를 시도하다 어설픈 자세로 무릎을 꿇었다. 몸이 마음대로 움직이지 않는 것이 분명했고, 처음의 재주넘기도 단순히 운이 좋아서 성공한 모양이었다. 줄넘기조차 그에게 는 상당히 힘겨웠다. 순식간에 줄이 목에 휘감겨 버렸다.

그러나 메이틀랜드는 눈앞의 부랑자가 조금도 낙담하지 않았다는 사실을 깨달았다. 그는 손목의 상처를 핥고는 기 쁘게 혼자 헐떡였다. 진전이 있었다는 데 몹시도 만족한 듯 했다. 메이틀랜드는 이런 모습에 당황해서 천천히 물러났 다.

매표소 뒤에서 메이틀랜드가 움직이는 소리를 들었는지, 프록터가 경계하는 시선을 돌렸다. 메이틀랜드가 층계까지 도달하기도 전에, 그는 놀란 짐승처럼 깊은 수풀 속으로 들 어가서 시야에서 사라져 버렸다.

메이틀랜드 뒤편 쐐기풀 덤불 쪽에서 희미한 움직임이 느 껴졌다. 그는 프록터가 자신을 주시하고 있으며 이대로 나 섰다가는 그 부랑자가 자신을 붙들어 층계 아래로 던져 버 릴 것이라 확신하고 기다리기로 했다. 메이틀랜드는 부랑자 가 명확하게 드러내는 폭력 성향을, 지성의 세계에 대한 해 묵은 적개심과 기꺼이 보복하려는 마음가짐에 관해 생각하 며 지나가는 자동차 소리에 귀를 기울였다.

메이틀랜드는 조심조심 계단을 내려갔다. 계단을 전부 내려와서는 하늘과 흔들리는 풀숲을 바라본 다음, 방으로 되돌아가 벽을 짚고 절뚝거리면서 서성였다. 눈이 침침한 조명에 익숙해지자 그는 주변의 지하 출판 인쇄물을, 때 묻은 침대와 싸구려 옷가지로 가득한 가죽 여행 가방을 둘러보았다. 이 섬의 두 거주자는 대체 어떤 자들이란 말인가? 늙은 서커스 곡예사와 명민한 젊은 여성 사이에 대체 어떤 불안정한 동맹 관계가 형성되어 있는 거지? 여자 쪽은 전형적인 탈주자로 보였다. 머릿속에 어설픈 이상이 가득 들어차서 괜찮은 집안에서 도망쳐 나온 다음, 약물을 하거나 보호관찰을 위반해서 경찰에 쫓기고 있을 것이다.

높이 자란 수풀을 뚫고 울리는 그녀의 목소리가 메이틀랜드의 귓가에 들려왔다. 프록터는 뚱한 저능아의 목소리로 대꾸했다. 메이틀랜드는 침대로 돌아가 담요를 덮고 누웠고, 제인이 계단을 내려와 방으로 들어섰다.

한 손에는 식료품이 가득한 슈퍼마켓 비닐봉지를 들고 있었다. 청바지와 야전복 상의 차림이었다. 메이틀랜드는 그녀의 신발에 묻은 진흙을 보며, 문득 단순히 젊은이의 유행 때문에 위장복을 걸친 것이 아닐 수도 있겠다는 생각을 했다. 경사면을 올라가 진입로를 가로지르는 비밀 경로를 알고 있을지도 모르는 것이다.

그녀는 메이틀랜드를 바라보았고, 날카로운 눈으로 그 짧은 순간에 모든 것을 알아챘다. 붉은 머리를 열심히 일하는 방적공처럼 뒤로 딱 붙여 넘겨서, 널찍하고 튀어나온 이마가 드러나 있었다.

"좀 어때요? 별로 기운이 나지는 않는 모양인데. 어쨌든 잠은 잘 자더군요."

메이틀랜드는 한 손을 들어 힘없이 손짓을 했다. 왠지 모르게 회복 경과를 숨겨야 한다는 경계심이 일었다. "조금 나아진 것 같습니다."

"이 안에서 돌아다닌 모양이네요." 그녀는 딱히 비난하는 기색 없이 이렇게 말했다. 그녀는 게바라의 포스터를 바로 붙이고 찢어진 귀퉁이에 다시 압핀을 박았다. "상태가 그리 나쁘지는 않은 모양이죠. 그리고 말해 두겠는데, 어차피 뒤져도 아무것도 안 나올 거예요."

그녀는 튼튼한 손을 메이틀랜드의 이마에 올리고 잠시 기다린 다음, 활기차게 휴대용 스토브를 꺼내 층계 아래로 비치는 햇빛 속으로 가져갔다.

"열이 내렸군요. 어젯밤에는 당신 때문에 상당히 걱정을 했어요. 당신은 항상 자신을 극한까지 밀어붙여야 만족하는 그런 부류의 남자잖아요. 혹시 일부러 이 교통섬에 떨어진 건 아닌가요?" 메이틀랜드가 차분히 그녀를 바라보자, 그녀는 말을 이었다. "농담이 아니에요. 장담하지만 나는 자기 파괴에는 일가견이 있거든요. 우리 어머니는 죽을 때 신경

안정제를 너무 꾸역꾸역 퍼먹어서 아예 얼굴이 시퍼레졌지요."

그녀는 스토브에 불을 붙이고 냄비에 달걀 세 개를 넣어 삶기 시작했다. "분명 배가 고프겠죠. 당신 때문에 슈퍼마켓에서 물건을 좀 사 왔어요."

메이틀랜드는 일어나 앉았다. "오늘이 무슨 요일입니까?"

"일요일이죠. 이 근처 인도인 상점들은 휴일이 없거든요. 그 작자들은 백인 점주보다 자기도 직원도 훨씬 심하게 착취해요. 하지만 그런 쪽엔 당신이 전문가겠죠."

"그런 쪽이 뭡니까?"

"착취요. 당신은 돈 많은 사업가잖아요? 어젯밤 자기 입으로 그렇게 주장했으니까."

"제인, 그렇게 순진한 소리 하지 말아요. 나는 부자도 아니고 사업가도 아닙니다. 나는 건축가예요." 메이틀랜드는 여기서 말을 멈췄다. 그녀가 두 사람 사이의 관계를 가정의 사소한 말다툼 정도로 축소시키려 한다는 걸 잘 알고 있었기 때문이다. 그러나 이 대화에는 단순히 계산적이라고 보기에는 온전히 설명하기 힘든 구석이 있었다.

"도움은 요청한 겁니까?" 그는 단호하게 물었다.

제인은 그의 질문을 무시하고 단출한 식탁을 차렸다. 상자 위에 화려한 색의 종이컵과 쟁반과 종이 식탁보를 세심하게 늘어놓은 모습이 마치 아이들의 미니어처 티 파티 광경처럼 보였다.

"그게…… 시간이 없었어요. 일단 당신한테 뭘 좀 먹여야 겠다고 생각했죠."

"사실 배고파 죽을 지경입니다." 메이틀랜드는 그녀가 건 네주는 러스크 봉지를 뜯었다. "하지만 병원에 가야 합니다. 다리를 의사에게 보여야 해요. 사무실 문제도 있고, 아내도 있습니다. 다들 내가 어디 있는지 걱정하고 있을 겁니다."

"하지만 당신이 출장을 갔을 거라고 생각하고 있을 거 아니에요." 제인은 재빨리 맞받아쳤다. "아마 당신이 없어진 줄도 모르고 있을걸요."

메이틀랜드는 이 말은 그대로 흘렸다. "어젯밤에 경찰을 불렀다고 하지 않았습니까."

누더기를 걸친 메이틀랜드가 침대 가장자리에 웅크리고, 검댕이 가득 묻은 손으로 러스크 봉지를 비우는 모습을 보며 제인은 웃음을 터트렸다. "경찰은 아니죠…… 여기서 그 작자들이 돌아다니는 꼴은 별로 보고 싶지 않으니까. 적어도 프록터는 말이에요. 경찰에 얽힌 안 좋은 기억이 많은 모양이라서. 항상 저 사람을 걷어차고 돌아다녔다죠. 노팅힐서의 경사 한 명이 저 사람한테 소변을 봤다는 거 알아요? 그런 일은 쉽사리 잊지 못하는 법이죠."

그녀는 대답을 기다렸다. 그러나 금이 간 달걀에서 새어 나오는 유황 냄새가 메이틀랜드를 중독시키고 있었다. 그녀

곡예사

는 김이 오르는 달걀 하나를 그의 종이 접시에 옮겨 준 다음, 그녀의 왼쪽 가슴의 무게와 부피를 인지할 수 있도록 충분히 시간을 들여 그에게 몸을 기댔다. "이봐요, 어젯밤에는 당신 제정신이 아니었잖아요. 당장 옮길 수조차 없을 정도였어요. 그 끔찍한 다리에, 고열에, 완전히 탈진 상태였고, 아내에 대해서 헛소리만 읊어 댔다고요. 어둠 속에서 발을 헛디디면서 당신을 끌고 비탈을 오르는 일이 얼마나 힘들었는지 알기나 해요? 난 그냥 당신을 살리고 싶었을 뿐이었다고요."

메이틀랜드는 삶은 달걀을 깼다. 뜨거운 껍질 조각이 기름때가 들어찬 손가락의 상처를 찔렀다. 젊은 여인은 그의 발치 바닥에 쭈그려 앉아서 붉은 머리카락을 흔들어 내렸다. 그녀가 육신을 부자연스럽게 사용하는 모습이 그저 혼란스럽게만 느껴졌다.

"나중에 여기서 나가도록 도와주십시오." 그는 그녀에게 말했다. "경찰이 연관되는 일을 원치 않는다는 것은 알겠습니다. 만약 프록터가―"

"바로 그거예요. 그는 경찰을 두려워하기 때문에, 경찰이 이리로 올 만한 일은 뭘 해서든 막으려 들 거예요. 딱히 뭔가 저질렀다는 얘기가 아니라, 저 사람에게는 이곳이 전부예요. 고속도로를 처음 지을 때 저 사람을 이 안에 몰아넣고 가두어 버렸죠. 절대 여길 떠나지 않을 거예요. 지금껏 살아남은 것 자체가 제법 대단한 일이죠."

메이틀랜드는 줄줄 흐르는 달걀 조각을 입에 밀어 넣었다. "거기다 나를 거의 죽일 뻔했지요." 그는 손가락을 핥으며 이렇게 덧붙였다.

"당신이 자기 보금자리를 차지하려 드는 거라고 생각한 거예요. 내가 때마침 근처에 있어서 다행이었죠. 저 사람은 정말 힘이 세거든요. 열여섯인가 열일곱 살까지 뜨내기 서커스단의 공중그네 곡예사였대요. 안전 규정 따위가 생기기 전의 일이죠. 줄에서 추락했는데 뇌에 손상을 입은 거예요. 서커스단에서는 그대로 내쫓아 버렸고. 정신지체나 저능아는 끔찍한 대접을 받죠. 시설에 들어가기로 마음먹기 전까지는 그 어떤 보호도 받지 못하니까요."

메이틀랜드는 음식 쪽에 정신이 팔린 채 고개를 끄덕였다. "이 낡은 영화관에서 얼마나 오래 산 겁니까?"

"나는 딱히 여기 살지는 않아요." 그녀는 지나치게 매끄럽게 대꾸했다. "해로 대로 근처에서 그…… 친구들하고 함께 지내죠. 어릴 적에는 내 공부방이 따로 있었고 해서, 주변에 사람이 너무 많은 건 싫거든요. 당신이라면 이해하겠죠."

"제인—" 메이틀랜드는 헛기침을 하며 목소리를 가다듬었다. 딱딱한 러스크와 뜨거운 달걀을 먹느라 열 군데도 넘는 입안의 헌 상처가 열려 버렸다. 잇몸과 입술과 연구개가 익숙하지 않은 쓰라림으로 따끔했다. 그는 초조한 눈빛으로 젊은 여인을 바라보다가, 불현듯 자신이 얼마나 그녀에게 종속되어 있는지를 깨달았다. 70미터 떨어진 고속도로에서는 휴일 점심에 외식을 즐기려는 가족들이 차를 타고 이동하고 있을 것이다. 여기 허름한 방에서 휴대용 스토브 앞에 쪼그리고 있자니 어쩐지 캐서린과 결혼한 직후의 1개월이, 언제나 낯선 정찬처럼 느껴지던 식사 자리가 떠올랐다. 캐서린은 사실상 거의 메이틀랜드와 상의하지 않고 아파트의 가구와 내장을 결정했다. 그때도 그는 캐서린을 향한 같은 부류의 종속감을, 낯선 가구에 둘러싸여 있음에 같은 부류의 만족감을 느꼈었다. 심지어 지금 사는 집조차도 지나치게 익숙하게 느껴지지 않도록 설계한 곳이었다.

그는 제인이 자신의 목숨을 구했다는 말이 사실임을 깨닫고, 갑자기 그녀에게 빚을 진 느낌이 들었다. 그녀가 보이는 온기와 공격성이 뒤섞인 태도에, 직설적인 발언에서 노골적인 기만으로 급변하는 모습에 영문을 모를 지경이었다. 계속해서 그녀의 육신을 힐끔거리는 자신에게, 그녀가 어색한 방식으로 자기 육신을 착취하듯 내놓을 때마다 성적으로 반응하는 스스로에게 짜증도 났다.

"제인, 당장 프록터를 불러 줬으면 좋겠습니다. 당신과 그 사람이라면 나를 경사면 위로 데려다줄 수 있을 테니, 나를 그 위에다 두고 그냥 가면 됩니다. 운전자를 불러 세울 수 있을 겁니다."

"물론이죠." 그녀는 솔직한 표정으로 그를 마주 보며 살짝 웃었다. 한쪽 손으로 목 뒤로 넘어간 머리카락을 쓸면서. "프록터는 당신을 돕지 않을 테지만, 내가 시도를 해 볼게요. 굶주리고 있었는데도 당신은 끔찍하게 무겁지만요. 비싼 점심 식사로 맨날 배를 불리고, 쉴 새 없이 탈세를 해 댔을 테니까요. 어쨌든 과식으로도 일종의 감정적 안정을 찾을 수는 있을 테니까……"

"제인!" 격분한 메이틀랜드는 검게 물든 주먹으로 포장용 상자를 내리쳤고, 종이 접시들이 바닥으로 흩어졌다. "경찰은 부르지 않을 겁니다. 당신이나 프록터에 대해서도 진술하지 않겠습니다. 당신에게는 감사할 따름입니다. 당신이 나를 발견하지 못했더라면 그 자리에서 목숨을 잃었을 테니까요. 당신들에 대해 절대 알리지 않겠습니다."

제인은 이미 메이틀랜드의 말에 흥미를 잃어 가며 어깨를 으쓱할 뿐이었다. "어쨌든 사람들은 **올걸요**……"

"안 올 겁니다! 폐차장에서 내 차를 가져가려고 사람이 오더라도 이 땅 자체에는 신경도 안 쓸 겁니다. 지난 사흘 동안 백 번도 넘게 증명된 사실입니다."

"당신 차가 돈이 많이 나갈까요?"

"아뇨. 오히려 돈을 내야 할 겁니다. 내가 차에 불을 질렀거든요."

"그건 알아요. 지켜보고 있었으니까. 그대로 놔두고 가면 안 되나요?"

"보험사 사람들이 보려고 할 겁니다." 메이틀랜드는 날카로운 눈초리로 그녀를 바라보았다. "그 불을 **봤다**고요? 세상에, 왜 그때는 돕지 않은 겁니까?"

"당신이 누군지 몰랐으니까요. 저 차 가격이 얼마나 나갔죠?"

메이틀랜드는 그녀의 숨김없고 아이처럼 보이는 얼굴을, 순진한 탐욕으로 가득한 표정을 바라보았다.

"그건가요? 그 때문에 나를 보내고 싶지 않은 겁니까?" 그는 안심시키려는 듯 그녀의 어깨에 손을 얹고서, 그녀가 뿌리치려 해도 붙들고 있었다. "제인, 내 말 들어요. 돈을 원한다면 내가 주겠습니다. 대체 얼마나 원하는 겁니까?"

그녀는 지친 계산원처럼 명확하게 되물었다. "돈이 있기는 한가요?"

"있지요. 은행에 있지만. 차에 지갑이 있고, 그 안에 30파운드 정도가 있을 겁니다. 열쇠는 가지고 있을 테니, 프록터보다 먼저 가 봐요. 발이 꽤 빨라 보이던데 말입니다."

그의 적개심 어린 말을 무시하고, 그녀는 핸드백 안으로 손을 넣었다. 그리고 잠시 망설인 후 기름이 묻은 지갑을 꺼냈다. 그녀는 침대의 메이틀랜드 옆으로 지갑을 던졌다.

"다 이 안에 있어요. 세어 봐요. 얼른! **세어 보라고요!**"

메이틀랜드는 지갑을 열고 안에 든 축축한 지폐를 힐긋

확인했다. 그러고는 마음을 다스리며 대화를 재개했다.

"제인, 도와줄 수 있습니다. 원하는 게 뭡니까?"

"당신에게 원하는 건 하나도 없어요." 그녀는 껌 하나를 찾아내서 격렬하게 씹는 중이었다. "도움이 필요한 쪽은 당신이겠죠. 혼자 뭐든 해내려 들다가 전부 망쳐 버렸으니까. 솔직히 인정해요. 당신은 딱히 아내에게 불만이 있는 게 아니잖아요. 그런 냉정한 환경이 마음에 들잖아요."

메이틀랜드는 그녀가 말을 마치기를 기다렸다. "그래요, 그럴지도 모릅니다. 그렇다고 치고 여기서 나가는 일이나 도와주시죠."

그녀는 그의 앞에서 몸을 일으켜, 분노가 가득 어린 눈으로 문으로 가는 길목을 막고 섰다.

"항상 그렇게 가정만 할 뿐이죠! 당신한테 빚진 사람은 아무도 없으니까, 그렇게 계속 뭘 원한다는 소리만 반복하는 짓거리는 그만둬요! 사고가 난 건 당신이 과속을 했기 때문인데, 이제 와서는 아이처럼 계속 불평만 하고 있잖아요. 우리는 어젯밤에야 당신을 발견한 거라고요……"

메이틀랜드는 그녀의 격렬한 눈빛을 피하며, 벽을 짚고 일어나 문으로 향했다. 이 정신 나간 젊은 여인에게는 그저 분노를 터트릴 대상이 필요할 뿐이다. 늙은 부랑자는 그러기에는 너무 멍청하지만, 굶주리고 다리가 부러져 거의 장애인 신세인 메이틀랜드는 완벽한 목표물이나 다름없다. 조금이라도 감사하는 모습을 보이면 폭발해 버릴 것이다……

그가 옆을 지나치려 하자 그녀는 한 발짝 나와서 그의 팔을 붙들었다. 그리고 자신의 좁은 어깨 위로 둘렀다. 무력한 초심자를 도우려 하는 댄스 학원의 여성 강사처럼, 그녀는 그를 끌고 계단으로 향했다.

메이틀랜드는 밝은 햇살 아래로 나섰다. 길게 자란 잡초가 다리 근처에서 나부끼며 강아지처럼 살갑게 그를 맞이했다. 봄비를 가득 머금은 잡초는 이제 1.2미터 높이까지 자라 메이틀랜드의 가슴팍까지 닿고 있었다. 그는 비틀대며 젊은 여인에게 몸을 기댔다. 동쪽으로 100미터 떨어진 곳에는 높이 걸린 고속도로가 허공을 가르고 있었고, 그 아래로 어제 글자를 끼적였던 콘크리트 토대가 보였다. 그사이 섬은 더 커지고 굴곡도 심해져서, 언덕과 골짜기로 이루어진 미궁이 되어 버린 것만 같았다. 식생은 훨씬 거칠고 풍요로워 보였다. 마치 섬 전체가 보다 폭력적이었던 이전 시대로 돌아가고 있는 것처럼.

"내가 쓴 신호는―그것도 당신들이 지운 겁니까?"

"프록터가 지웠어요. 그 사람은 읽지도 쓰지도 못하거든요. 글자라면 뭐든 싫어하죠."

"나무 가대도 그 사람이?" 프록터나 젊은 여인에게는 조금도 분노가 일지 않았다.

"그 사람이 바로 세워 놓은 거죠. 사고가 일어난 직후에요.

당신이 차 안에서 정신을 잃고 있는 동안에."

그녀는 그의 어깨를 받치고 한쪽 손은 복부에 댄 자세로 그의 몸을 지탱했다. 여인의 따스한 육신에서 풍기는 향기가 풀 냄새나 배기가스 냄새와 선명한 대조를 이루었다. 메이틀랜드는 땅에 널려 있는 트럭 타이어에 걸터앉았다. 그리고 높이 솟은 고속도로 경사면을 올려다보았다. 새로 뿌리를 내린 잡초가 보다 빽빽하게 자라나 있었다. 머지않아 그의 사고의 흔적은 모두 사라질 것이고, 그의 자동차 바퀴가 남긴 깊이 팬 자국도, 처음으로 경사면을 오르려 시도할 때 남긴 혼란 가득한 표시도 모습을 감출 것이다. 아주 잠시, 메이틀랜드는 섬을 떠나기로 마음먹은 것을 후회했다. 이곳을 영원히 보존해서, 캐서린이나 친구들을 데려와 자신이 수난을 겪은 장소를 보여 주고 싶었다.

"제인……"

젊은 여인은 그곳에 없었다. 20미터 떨어진 곳의 높이 솟은 잡초 사이로, 그녀의 꼿꼿이 세운 머리와 어깨가 방공호 쪽으로 움직이는 모습이 눈에 들어왔다.

13 / 모닥불 신호

"제인! 이리 돌아와요…… **제인!**"

거의 꾸짖다시피 한 힘없는 목소리는 수풀이 술렁대는 속에 묻혀 사라졌다. 메이틀랜드는 자리에서 일어나 왼 다리로 비척거리며 그녀를 따라갔다. 그리고 분노로 목이 메어 덧문이 내려진 매표소에 기대섰다. 그는 진정하려 애쓰면서 배를 문지르다 튀어나온 갈빗대의 윤곽을 느꼈다. 적어도 저 여자에게서 음식을 받기는 했다.

5미터 정도 떨어진 무너진 옥외 화장실 지붕에 녹슨 금속 관이 보였다. 한쪽이 휘어져 어설픈 손잡이를 이루고 있었다. 내 목발이잖아! 메이틀랜드는 다친 다리를 질질 끌면서 돌바닥 위를 절뚝거리며 걸어갔다. 그는 긴 팔로 화장실의 무너진 벽돌을 붙들고 몸을 끌어당겼다. 그리고 손을 뻗어 배기관을 움켜쥐었다.

그는 목발을 든 채로 자리에 앉아 숨을 골랐다. 지나가는 차들을 향해 목발을 흔들면서, 녹이 꼈지만 매끈한 금속 표면의, 손에 익은 생존 수단의 감촉에 기쁨을 느꼈다. 이 우그러진 배기관은 그가 처음으로 손에 넣은 도구이자—또한 무기이기도 하다고, 그는 프록터를 떠올리며 생각했다. 그 부랑자는 아직 모습을 드러내지 않았지만, 메이틀랜드는 그가 무성한 수풀 어딘가에 있으리라 확신하며 풀숲과 쐐기풀 덤불을 눈으로 찬찬히 훑었다.

자신감을 되찾은 메이틀랜드는 화장실 지붕에서 내려왔다. 목발에 몸을 의지하니 다시 꼿꼿이 설 수 있었다. 바지는 허리께부터 찢어진 채로 넝마가 되어 버렸지만, 스스로가 강하고 결단력 있는 사람으로 돌아온 것 같았다. 머리를 눌러 보니 헐거워진 두개골이 맞물리는 선을 따라 찌르는 고통이 느껴졌다. 그래도 뇌진탕과 열은 이제 가셨는지 남은 것은 가벼운 두통 정도였다.

메이틀랜드는 고속도로 경사면을 올려다보았다. 이제 흙비탈을 오를 수 있을 정도로 기력이 돌아왔으리라는 것은 알았지만, 프록터가 그를 지켜보고 있을 것이다. 메이틀랜드가 행동하기만을 기다리고 있을 것이다. 그 부랑자와 다시 한번 물리적으로 맞서면 며칠은 꼼짝도 못 하게 될 것이다. 어떻게든 그 여자가 자신을 돕게 만들어야 한다. 프록터에 대해 어느 정도라도 권위를 행사할 수 있는 사람은 그 여자뿐이니까.

메이틀랜드는 목발에 의지하여 무너진 영화관으로 돌아왔다. 풀숲을 헤치고 나가서 층계에 도달해, 지하실로 내려가는 계단에 다친 다리를 뻗었다.

그는 어스름 속에서 침대에 걸터앉아 손으로 러스크를 조각냈다. 아이들 간식으로나 어울리는 먹을거리가 입안의 상처를 자극했고, 그는 달콤한 토스트의 날카로운 조각을 조심스레 꼭꼭 씹었다. 그리고 목발을 뻗어 여자의 여행 가방을 자기 쪽으로 끌어왔다. 그 안에 휴대용 무기를 숨겨 놓았을 수도 있으리라 생각하며 드레스와 속옷 더미를 뒤졌다.

가방 밑바닥의, 화장품 튜브와 머리핀과 사용한 티슈 등 온갖 쓰레기 사이에, 빛바랜 사진이 여럿 든 작은 봉투가 하나 있었다. 그녀의 배경에 호기심이 인 메이틀랜드는 침대 위에 사진을 펼쳐 놓았다. 그중 한 장에는 작은 요양원의 황폐한 정원을 멍한 눈으로 바라보는 쇠락한 중년 여인과, 그녀를 지키려는 듯 당당하게 서 있는 십 대 소녀가 보였다. 제인이 분명했다. 다른 사진에는 스무 살은 많아 보이는 건장한 남자와 팔짱을 끼고 박람회장을 방문하는 제인의 모습이 있었다. 메이틀랜드는 이 남자가 그녀의 부친이라 짐작했지만, 이어지는 결혼사진에서는 임신 6개월의 자부심 넘치는 신부 모습을 한 제인이 교회에서 그 남자의 곁에 서 있었다. 요정 같은 외모의 모친은 이성을 잃은 유령처럼 배경에서 배회하고 있었다.

일련의 사진에 두 번째 남자가 등장했다. 50세 정도의 말쑥한 외모에 낡았지만 고급 맞춤 정장을 입은 중년 남자가 커다란 빅토리아풍 저택 진입로의 흰색 벤틀리 옆에서 포즈를 취하고 있었다. 메이틀랜드는 이 남자가 그녀의 부친이거나 또 다른 중년 연인일 거라고 결론을 내렸다. 아이는 어떻게 된 걸까?

메이틀랜드는 사진을 모아 다시 여행 가방에 담았다. 그리고 빈 티슈 상자에서 갈색 종이봉투를 꺼냈다. 그 안에는 마리화나 흡연자의 도구들이 있었다. 타 버린 은박지 조각, 꽁초의 필터 부분, 부러진 궐련에서 떨어져 나온 담배 가루, 작은 대마 덩어리, 담배 마는 종이와 말이용 도구, 성냥갑 하나.

메이틀랜드는 종이봉투를 원래 위치에 되돌려 놓고 성냥갑을 손에 들었다. 그의 눈이 재빨리 방 안을 훑었다. 그는 포장용 상자에서 파라핀 스토브를 꺼냈다. 안의 내용물을 어스름에 비춰 보면서, 부드럽게 찰랑거리는 액체의 소리에 귀를 기울였다.

10분 후, 메이틀랜드는 목발을 짚고 절뚝거리며 무너진 옥외 화장실로 갔다. 한쪽 어깨에는 붉은 담요를 걸치고, 목발 반대쪽 손에는 파라핀 스토브를 들고 있었다. 그는 자신을 지붕으로 끌어 올려 살짝 경사진 타일에 앉으면서 옆에 스토브와 담요를 내려놓았다. 프록터나 젊은 여인이 다가오고 있지 않다는 것을 확인한 다음, 그는 담요 한쪽 귀퉁이를 목발에 묶고는 반대쪽의 면직물을 스토브의 파라핀으로 적셨다.

고속도로를 따라 일요일 오후의 차들이 드문드문 지나가고 있었다. 메이틀랜드는 성냥갑을 손에 들고 그 광경을 지켜보며 달아오르는 열의를 억누르려 애썼다. 세단들이 줄지어 모습을 드러냈고, 그 뒤를 따라 공항버스 한 대와 유조차 한 대가 나란히 고가도로 터널을 나왔다.

메이틀랜드는 성냥 두 개비를 그어 담요에 불을 붙였다. 뜨끈한 파라핀에서 나직한 치익 소리가 나더니 불이 붙었고, 약한 불길이 닳아 해진 섬유를 어루만졌다. 검은 연기가 하늘로 치솟았다. 메이틀랜드는 자리에서 일어나 한쪽 다리로 균형을 잡으면서 불타는 담요를 깃발처럼 흔들기 시작했다. 매캐한 연기가 구름처럼 일어나는 바람에 숨이 막혀 주저앉기도 했지만, 곧바로 다시 일어나서 담요를 앞뒤로 흔들었다.

그가 기대한 대로, 금세 프록터와 젊은 여인이 그곳에 등장했다. 부랑자는 경계하는 짐승처럼 낮게 웅크린 채 흉터투성이 손으로 풀잎을 헤치며 수풀을 가로질렀다. 메이틀랜드만을 바라보는 교활하고 멍청한 시선을 보니, 그를 덫에 걸려 곧 도살돼 가죽이 벗겨질 짐승으로 여기는 듯했다. 반면 제인 셰퍼드는 침착한 모습으로 고르지 않은 지면을 천천히 걸어오고 있었다. 마치 메이틀랜드의 탈출 시도에는 조금도 관심이 없다는 듯이.

"당신네가 등장할 줄 알았지!" 메이틀랜드가 외쳤다. "당연한 일 아닌가, 프록터?"

그는 옥외 화장실의 지붕에서 기어 내려와 불타는 담요를 프록터의 얼굴에 대고 흔들었고, 부랑자는 욕설을 내뱉으며 신음했다. 메이틀랜드는 연기에 목이 멘 채로 그를 향해 한 걸음 다가서며, 한쪽 무릎을 꿇고 파라핀 스토브를 손에 들었다. 프록터는 담요를 잡아채려다 불타는 면직물의 한쪽 끝을 붙잡고 찢어 버렸고, 메이틀랜드는 스토브를 땅에 내동댕이친 다음 흘러나온 액체 위로 담요를 휘둘렀다.

프록터는 네발로 기다시피 움직이며 신중하게 메이틀랜드 주변을 돌았다. 젊은 여인은 작은 손으로 풀숲을 헤치면서 옥외 화장실에 다다랐다. 그녀는 손을 휘둘러 얼굴로 몰려드는 연기를 쫓으며 프록터를 향해 소리쳤다.

"불을 꺼! 저 작자는 신경 쓰지 말고! 사람들이 연기를 볼 거야!"

목발 끄트머리에서 꺼멓게 그을린 담요 조각이 떨어졌다.

메이틀랜드는 불타는 누더기를 들어 올렸지만, 프록터가 앞으로 뛰어들며 담요를 잡아채 버렸다. 그리고 발로 밟아 불길을 끈 다음 아직 연기를 피우고 있는 직물 위로 흙을 차 덮었다.

메이틀랜드는 힘겹게 목발에 기대 있었다. 지나가는 차들을 향해 손을 흔들어 보았지만, 멈추는 사람도, 이 짧은 단막극을 인지하는 사람조차도 없었다. 그는 몸을 돌려 프록터를 마주했다. 부랑자는 모서리가 닳은 벽돌 반 토막을 손에 들고 권투 선수처럼 메이틀랜드 주변을 돌았다. 메이틀랜드는 화살처럼 달려 나가며 목발로 프록터의 어깨를 때렸다. 혈압이 올라서 헐거워진 두개골 봉합선을 따라 피가 솟구치는 느낌이 들었지만, 한 방 먹인 것만으로도 엄청난 환희가 찾아왔다. 다음 순간, 왼발이 옥외 화장실 주변에 널려 있던 깨진 포석을 밟고 미끄러졌다. 그는 균형을 잡으며 목발을 허공에 휘둘렀다.

프록터는 어깨가 엉덩이보다 아래로 올 정도로 몸을 낮추고, 황소처럼 튼튼한 목을 내려 휘둘러지는 목발을 피했다. 마른 호박처럼 허옇게 뜬 얼굴에는 아무런 표정도 없이, 눈으로는 메이틀랜드의 긴 팔다리의 타격 범위를 가늠하고 있었다.

"멈춰……!"

길거리의 다툼을 중재하는 무심한 주부처럼 붉은 머리를

목덜미에서 올려 쥔 채로, 제인 셰퍼드가 메이틀랜드에게 다가섰다. 금속관을 붙들어 땅으로 내리려 하면서. "대체 이게 무슨……" 그녀는 분노한 아이의 눈으로 메이틀랜드를 바라보며 말을 이었다. "좀 너무하는 거 아냐, 당신?"

메이틀랜드는 자신의 뒤쪽으로 지나가는 얼마 안 되는 차량들을 힐긋 바라보았다. 프록터는 언제라도 벽돌을 다시 쳐들 기세로 쐐기풀 덤불 옆에 쭈그려 앉아 있었다. 이렇게 사방이 트인 곳에서 위험을 무릅쓰고 그를 죽이려 들지는 않을 것이다. 부랑자 세 명이 낡은 담요를 태우는 정도로는 주의를 끌지 않을 수도 있지만, 제대로 싸움판이 벌어지면 비번인 경찰관이 관심을 보일 가능성도 있으니까.

"프록터." 메이틀랜드는 목발로 제인을 가리키며 말했다. "저 여자가 열쇠를 가지고 있다. 내 차 열쇠 말이야."

"뭐라고?" 젊은 여인은 진짜로 분노를 터트리며 메이틀랜드를 노려보았다. "무슨 열쇠를 말하는 거야, 지금?"

"프록터……" 부랑자는 지켜보고 있을 뿐이었다. "내 자동차 트렁크 열쇠 말이다. 내 지갑이 거기 있었거든."

"헛소리야." 젊은 여인은 떠나려는 듯 몸을 돌렸다. "자, 어서 가자."

"네 힘으로는 트렁크를 열 수 없었지, 프록터?" 메이틀랜드는 금속 목발을 마상 창처럼 내민 채 절뚝거리며 앞으로 나섰다. 프록터의 눈은 여자와 메이틀랜드 사이를 바쁘게 움직이고 있었다. "내 지갑에는 30파운드가 있었어."

"프록터, 저 말 듣지 마! 정신 나간 작자야. 경찰을 부를 거라고." 여자는 분노와 혼란에 빠져서 커다란 벽돌을 들어 프록터에게 건넸다.

"너희 둘이서 어젯밤에 내 몸을 뒤졌잖아, 프록터." 메이틀랜드는 나직하게 말했다. 이제 부랑자와 그 사이는 2미터 정도밖에 남지 않았다. 황소처럼 돌진해 온다면 그대로 당할 거리였다. "내가 차로 돌아가지 않았다는 사실은 너도 잘 알고 있을 테고. 내내 나를 지켜보고 있었으니까."

제인이 전전긍긍하며 프록터가 메이틀랜드를 때려눕히기를 기다리는 동안, 메이틀랜드는 주머니에서 지갑을 꺼냈다. 그는 기름 묻은 파운드 지폐를 부채처럼 프록터의 눈앞에 펴 보였다. "그럼 이건 누가 준 걸까, 프록터? 차에서 꺼내 온 사람은 누굴까? 자, 한 장 받으라고……"

부랑자는 홀린 것처럼 파운드 지폐를 응시했다. 그는 고개를 돌려 제인을 바라보았다. 그사이 돌을 잔뜩 집어 들고, 얼굴에는 혼란이 뒤섞인 적개심의 가면을 뒤집어쓴 여자를.

"지금까지 너한테 뭘 준 사람은 아무도 없었겠지, 안 그래, 프록터?" 메이틀랜드가 말했다. "자, 어서, 받으라고."

부랑자의 흉터투성이 손이 수줍게 축축한 지폐를 움켜쥐자, 메이틀랜드는 피로가 몰려오는 것을 느끼며 목발에 몸을 기댔다.

세 사람은 서로를 경계하며 함께 영화관으로 돌아왔다. 젊은 여인은 메이틀랜드의 팔을 부축해서 풀숲을 헤치고 나가는 것을 도우면서도, 계속 성난 기색으로 혼잣말을 중얼거리고 있었다. 프록터는 누더기가 된 담요와 파라핀 스토브를 들고 뒤를 따랐다. 주름투성이 얼굴에서는 그 어떤 표정도 찾아볼 수 없었다. 계단을 내려가던 메이틀랜드는, 프록터가 겁먹은 짐승처럼 쭈그리고 앉아서, 섬이 그의 권역임을 인정해야 할지 고민하는 것을 보았다.

14 / 독 한 모금

"당신 대체 무슨 수작을 꾸미는 거야?" 젊은 여인은 거칠게 메이틀랜드를 침대로 이끌었다. 그녀의 강인한 몸은 온통 분노로 달아올라 있었다. "병자 주제에! 지갑 따위를 놓고 싸울 생각은 없어. 당신이 더 말썽을 일으키기 전에 내 물건을 챙겨서 여길 떠나야겠어. 당신 혼자 남기고."

"그 작자가 나를 죽이려 들었으니까." 메이틀랜드가 말했다. "당신이 부추긴 덕분에."

"안 그랬어. 프록터는 어차피 반쯤 눈이 멀었다고. 당신이 불을 붙인 물건은 우리 담요였고."

"당신 담요겠지. 오늘 밤에는 여기서 머물 생각 없어."

"누가 머물러 달랬어." 여자는 분노를 숨기지 않은 채 고

개를 저었다. "진짜 자본가다운 감사 방식이네! 방금 전에
도 프록터한테서 당신을 구했는데, 그 작자한테 지갑에 대
해 털어놨다 이거지. 돈을 주다니 정말 영리한 짓을 했어. 어
차피 딱히 도움도 안 되겠지만. 프록터는 여길 떠나는 법이
없고, 적어도 내가 아는 한 여기에는 그런 걸 쓸 데가 하나도
없거든."

메이틀랜드는 고개를 저었다. "전혀 영리하지 못한 짓이
지. 불쌍한 노친네. 그 상황을 어떻게 받아들여야 할지도 몰
랐겠지."

"그 사람이 지금까지 받은 거라곤 다른 사람들의 배설물
뿐이야. 그 사람이 당신하고 평생지기가 되어 줄 거라고는
꿈도 꾸지 마. 그 사람하고 단둘이 되면 머지않아 나를 그리
워하게 될걸."

메이틀랜드는 초조하게 방 안을 돌아다니는 그녀를 지켜
보고 있었다. 계속 섬을 떠난다는 소리를 한다는 점이 걱정
을 불러일으켰다. 혼자서 프록터와 거래하기에는 아직 준비
가 부족했다.

"제인— 어차피 언젠가는 나를 도와야 할 거야. 내 친구나
가족, 경찰이나 직장에서 결국 여기서 무슨 일이 벌어졌는
지 알아낼 거라고. 지금은 분명 나를 찾고 있을 거야."

"**당신** 가족 말이지……" 여자는 문맥과 동떨어진 이 문구
하나만을 골라내서 기묘한 방식으로 강조했다. "내 가족이

라면 어땠을 것 같아?" 그녀는 돌아서며 쏘아붙였다. "당신한테서 동전 한 푼도 가져가지 않았다고, 그 사람들한테 똑똑히 일러둬!"

지친 데다 한기까지 느끼는 채로, 메이틀랜드는 다시 축축한 베개 위에 누웠다. 젊은 여인은 방 안의 흐릿한 조명 속에서 부산스럽게 움직였다. 그녀는 여행 가방의 위치를 바로잡고 옷을 다시 걸었다. 오후의 햇살이 저물고 있었고, 메이틀랜드는 담요를 불태운 일을 후회했다. 여자와 프록터에 대해 약간이나마 우위를 점했다는 사실은 인지하고 있었다. 예전부터 두 낙오자가 서로를 향해 품어 온 불신을 연료 삼아 반목하게 만드는 데 성공한 것이다.

그러나 아직 메이틀랜드는 젊은 여인의 포로였으며, 그녀의 마음속에 떠오르는 온갖 교활한 충동에 고스란히 노출된 상태였다. 괴상한 방식이기는 해도 이런 관계를 그녀 나름대로 즐기는 것처럼 보였다. 여자는 살갑고 유쾌한 감정에서 타오르는 복수심에 이르기까지 온갖 태도로 그를 대했다. 마치 메이틀랜드가 그녀에게 있어 서로 다른 두 부류의 사람을 대표하는 것만 같았다. 옷 거는 일을 마친 그녀는 스토브를 켜고 메이틀랜드에게 연유와 더운물을 섞어 마실 것을 만들어 주었다. 그리고 그가 플라스틱 컵으로 음료를 마시는 동안, 머리를 품에 안고 다독이며 조용히 노래를 불렀다. 자기 아이를 먹이는 것처럼, 그의 이마를 자신의 풍만한 가슴에 지그시 누르면서. 그러다 잠시 후, 그녀는 갑자기 완전히 바뀐 분위기로 급히 몸을 빼면서 메이틀랜드의 머리를 밀어내 부딪치게 만들었다. 그러고는 짜증 섞인 걸음으로 방 안을 오가다 불평하듯 파라핀 등잔의 불을 켰다. 오후의 햇빛이 저물어 가는 것조차 메이틀랜드의 탓으로 매도하는 듯이.

"제인……" 메이틀랜드는 기름으로 얼룩진 지갑을 꺼냈다. "이 돈이 필요한가? 이 돈으로 여기서 벗어날 수도 있을 텐데." 여인을 걱정하는 마음이 불쑥 일어난 그는 이렇게 말하며 지갑을 내밀었다.

"여길 떠나고 싶은 마음은 없는데. 떠날 이유가 있기는 하겠어?" 그녀는 보란 듯이 고개를 돌리며 의심을 품은 눈으로 그를 바라보았다.

"제인, 진지하게 하는 소리야. 이런 곳에 평생 머물 수는 없잖아. 당신 가족은 어디 있지? 당신 결혼했던 것 아니었나?" 메이틀랜드는 여행 가방을 가리키며 솔직하게 덧붙였다. "당신 사진을 훑어봤어. 남편한테는—무슨 일이 있었던 거지?"

"당신, 일이나, 신경, 쓰시지." 그녀는 나직하고 단호한 목소리로 말했다. 손가락이 쇠막대처럼 꼿꼿하게 굳었다. "대체 이게 무슨 꼴이야. 그따위 온갖 도덕적 잣대에서 벗어나

독한 모금

려고 여기로 온 건데." 그녀는 귀찮게 구는 메이틀랜드로부터 탈출할 길을 찾으려는 것처럼 방 안을 마구 돌아다녔다. "새로운 악덕을 발명해 낼 때면 사람들은 정말로 행복해 보인다니까."

"제인, 500파운드를 주겠다고 약속하면 어떻겠어. 그러면 내가 떠나도록 도와줄 건가?"

그녀는 빈틈없는 눈으로 그를 힐끔 쳐다보았다. "왜 그렇게 많이? 제법 큰돈이잖아."

"나뿐 아니라 당신도 여기서 빠져나갔으면 하는 거야. 우린 서로의 도움이 필요한 처지잖아. 500파운드를 주지. 진심으로 하는 소리야."

"500파운드라……" 그녀는 머릿속으로 지폐 다발을 하나씩 세면서 그의 제안을 곱씹어 보는 듯했다. 돌연 그녀가 몸을 돌려 그를 마주하더니, 마리화나 흡연용 도구가 든 갈색 종이봉투를 가지고 그에게 손짓하며 말했다. "그 정도 돈이면 거주지 없는 가족이 얼마나 오래 집세를 낼 수 있을지는 생각해 봤어?"

"제인, 당신도 집 없는 가족에 포함될 것 아냐. 당신 아이도—"

메이틀랜드는 포기해 버렸다. 제인이 자기 도구들을 펼쳐놓는 모습을 보면서, 그는 지친 몸을 자리에 뉘었다. 그녀는 잠시 나른하게 침대 가장자리에 앉아서, 달래려는 듯 그녀의 팔을 붙드는 메이틀랜드의 손길을 무시했다. 그녀의 시선이 누추한 벽을 향했다. 그녀는 기계적으로 궐련 두 대를 말더니 남은 도구를 종이봉투에 넣어 치우고는, 활기를 되찾으려는 것처럼 성냥갑을 달각거리며 흔들고 나서 궐련 하나에 불을 붙였다. 그녀는 달콤한 연기를 깊이 빨아들여 잠시 자신의 허파 속에 붙들었다가 내뱉었다. 그리고 만족했는지 메이틀랜드의 곁에 누워서 그에게 가까이 오라고 종용했다. 자신의 야전복을 그와 함께 덮고는, 어스테어와 로저스의 포스터를 바라보며 희미한 미소를 머금었다.

메이틀랜드는 연기의 영향에 마음이 흔들리는 것을 느꼈다. 젊은 여인의 튼튼한 몸이 자신의 몸에 밀착하며 침대 가운데 부분이 움푹 패었다. 여인의 팔이 허공으로 들렸다가 내려앉았다. 그녀는 입에 문 담배를 빼 들고 그에게 한 모금을 권했다. 그는 경계심을 유지하려 애쓰며, 잠들까 봐 두려움에 사로잡힌 채로, 층계참을 타고 내려오는 저무는 햇살에 시선을 고정했다. 차가운 저녁 공기를 타고 미열이 돌아오고 있었다.

젊은 여인은 그를 향해 웃음을 띠며 부드럽게 손을 붙들었다. 깎아지른 턱선을 가진 얼굴이 붉은색 머리카락의 수풀에 잠긴 모습이 어린아이처럼 보였다. 그녀는 입에서 뿜어낸 연기를 손으로 휘저어 그의 얼굴 쪽으로 보냈다.

"멋지지……? 있잖아, 당신은 원한다면 언제든 이곳에서

독한 모금

벗어날 수 있었어."

"어떻게?"

"처음부터······" 그녀는 다시 궐련을 빨았다. "당신이 진지하게 시도만 했다면 언제든 할 수 있었거든."

"진지하게?" 메이틀랜드는 쓴웃음을 지으며 빗속에서 겪은 시련을 떠올렸다. 그는 때 묻은 정장 셔츠 한 장으로 가린 가슴팍을 문지르며 말했다. "여기 안쪽이 시려 오는데."

젊은 여인은 팔을 뻗어 그의 몸에 두르면서 같은 말을 반복했다. "언제든 도망칠 수 있었어. 프록터는 깨닫지 못했겠지만, 당신이 그 사람이 대처하기 편하도록 움직여 줬거든. 프록터도 나도 당신이 처음치고는 너무 익숙해 보인다고 생각했다는 거, 알고 있어?"

그녀는 연기 너머의 메이틀랜드를 뚫어져라 응시하며 기름이 스며든 옷깃을 쓰다듬었다. 그는 아무 말 없이 그녀를 바라보기만 했다. 그녀의 목소리에는 적개심이나 조롱하는 느낌은 조금도 없었지만, 동시에 그와 그녀 자신을 함께 시험하는 것처럼, 메이틀랜드의 과거에 도사린 실패를 살피려는 느낌이 깃들어 있었다. 다른 이의 결점을 꿰뚫어 보는 눈을 가진 그녀는 메이틀랜드가 이 역할을 받아들이리라는 것을 진즉에 알고 있었던 게 분명했다.

고의로 스스로를 이곳에 고립시켰다는 말이 사실일 수도 있을까? 고가도로 터널 건너편에 있는 비상 전화까지 걸어

가기를 거부했던 일이, 러시아워의 운전자들이 자신을 보고 멈춰 주리라 고집스레 우겼던 일이, 분노를 폭발시켰던 일이 떠올랐다…… 어릴 적에 텅 빈 욕조에 들어앉아 소리치던 때와 똑같은 혐오를 보이면서.

여자의 놀이에 어울려 주기로 마음먹은 그는 이렇게 말했다. "제인, 당신은 스스로를 위해서라도 여길 떠나야 할 의무가 있어. 이 섬에 머무는 건 자신에게 형벌을 내리는 것일 뿐이야."

"그럼 뭐 어때서. 동의는 못 하겠지만." 희열에 차갑게 달뜬 얼굴에서 그녀의 눈만 반짝였다. "어쨌든 그편이 합의하는 것보다는 편하잖아. 나는 애초에 말다툼을 봉합하는 일에는 별로 소질이 없었어. 며칠 동안 부글부글 끓는 쪽을 선호했지. 그렇게 하면 진심으로 증오할 수 있게 되거든……"

그녀는 마지막 남은 꽁초를 빨았다. 전부 끝낸 다음 그녀는 자신의 손을 메이틀랜드의 배 위에 올렸다. 그리고 머리를 움직여 그와 입을 맞추었다.

"아픈 데를 건드린 건 아니겠지?" 그녀가 물었다.

"건드린 것 같은데." 메이틀랜드는 그녀의 허리에 팔을 두르려 했지만, 열이 다시 온몸을 파도처럼 휩쓸어 갔다. "지난나흘간은 정말 이상했어. 정신병자 수용소를 방문해서 벤치에 앉아 있는 내 모습을 목격한 것만 같아."

그는 그녀에게서 몸을 뺐다. 그녀가 옷을 벗고 있음을 흐릿하게 인식하면서. 그녀는 궐련 두 대째를 피우며 여행용 거울에 대고 자신의 복부와 가슴을 이리저리 살폈다. 그리고 피처럼 붉은색의 짧은 스커트와 소매 없는 루렉스 블라우스로 갈아입었다. 그녀가 등잔을 끄고 스틸레토 힐을 계단에 또각거리며 방을 나설 무렵에는, 그는 이미 깊이 잠들어 있었다.

몇 시간 후 한밤중에, 그녀가 돌아오는 소리가 났다. 자동차 소리는 잠잠해졌고, 프록터와 말다툼을 벌이는 그녀의 날카로운 목소리가 일렁이는 수풀 위로 똑똑히 들렸다. 그 부랑자는 그녀에게 항의하며, 자신을 위해 뭔가를 가져다주는 일을 잊었다고 불평하고 있었다. 방으로 들어온 그녀는 등불을 켜고 취한 눈빛으로 메이틀랜드를 노려보았다. 흐트러진 머리카락이 정신 나간 태양처럼 그녀 주변에서 선명한 색으로 빛을 발했다.

그녀는 깡통과 냄비를 덜그렁거리며, 거의 눈의 초점을 잡지 못하는 채로 걸어 다녔다. 메이틀랜드는 불안하게 그녀를 지켜보았다. 그런 행동을 보면 그녀가 정신 쪽으로 문제가 있을 수도 있다는, 어쩌면 브로드무어 정신병원의 탈주자일지도 모른다는 섬뜩한 경계심이 들었다. 어쩌면 사진 속 요양원에는 제인의 어머니가 아니라 제인 본인이 수용되어 있던 것은 아니었을까? 자신의 몸을 보호하기에도 너무 쇠약해져 있는 상태라, 그로서는 카드 탁자에서 떨어지는 화장품 소리에 귀를 기울이는 정도가 고작이었다. 그녀는 포스터 한 장을 뜯어내 방 안을 흔들거리며 돌아다녔다. 맨슨의 얼굴에 찢어진 자국이 남았다. 그녀가 컵을 가져와 머리를 들어서 대어 주자, 그는 열에 달뜬 채로 감사히 그걸 마셨다.

그리고 즉시 숨이 막혀 헐떡였다. 그녀가 먹인 것은 희석한 파라핀이었다. 그는 그녀의 손 위로 토사물을 쏟고는 침대에 누워 몸을 뒤틀었다. 여자는 우유 한 잔을 따라 들고 비틀거리면서 그를 대놓고 비웃었고, 그는 여자를 붙들려고 허공을 휘저었다.

여자 뒤편에서 프록터가 방 안으로 돌진해 들어왔다. 공들여 손질한 정찬용 정장의 옷깃이 타오르는 불빛 아래 거울처럼 반짝였다. 그는 제인을 밀치고 메이틀랜드 위로 몸을 굽히더니 얼굴에 묻은 파라핀을 닦아 주었다. 여자는 메이틀랜드를 안아 들고 계단을 올라가는 프록터를 향해 비명을 지르고 토사물이 잔뜩 묻은 야전복을 던졌다. 프록터는 그를 데리고 나와서 젖은 한밤중의 풀밭에 뉘었다.

15 / 뇌물

새로운 주의 시작을 알리는 아침 차량 행렬이 동쪽으로 가는 고속도로 차선을 따라 속도를 올렸다. 로버트 메이틀랜드는 프록터가 거주하는 방공호의 곡면 지붕에 기대앉아서 런던 중심부로 달려가는 반짝이는 셀룰로오스 지붕에 내리쬐는 예리한 햇살을 지켜보고 있었다. 8시 정각이 살짝 지난 때였고, 열에 달뜬 하룻밤을 보낸 끝이라 서늘한 바람이 상쾌했다. 다친 다리는 앞으로 쭉 뻗은 채였다. 고관절은 여전히 뻣뻣해서 수술이 필요해 보였지만, 허벅지의 깊은 찰과상은 아물기 시작했다.

걸을 수 없는데도 메이틀랜드의 마음은 평온하고 확고했다. 마지막 남은 열기의 잔재도 사라져 버렸다. 프록터가 직접 준비한 조잡한 식사가 배 속에 가득 차 있었다. 식은 감자튀김, 지방투성이 고기 조각과 콜슬로를 섞어 만든 놀랍도록 입맛을 돋우는 꿀꿀이죽에 홍차를 곁들였는데, 메이틀랜드는 걸신들린 것처럼 음식을 해치웠다. 아직도 입과 허파에는 파라핀의 뒷맛이 남아 있었지만, 그는 심호흡을 하면서 다리 주변으로 무성한 잡초 숲의 신선한 내음을 들이마셨다.

그는 프록터가 방공호를 청소하는 모습을 지켜보았다. 메이틀랜드가 밤을 보낸 이 깊은 토굴은 벽에 퀼트 천을 덧대놓은 커다란 개집이나 다름없었다. 부랑자의 튼튼한 등에 업혀 이곳으로 옮겨진 메이틀랜드는 문가의 매트리스에 인사불성인 채로 누워 있었고, 프록터는 초조한 모습으로 부지런히 일하는 짐승처럼 자기 소굴 안을 오락가락했다. 방공호의 모든 물건은 퀼트 천과 매트리스 아래의 나무 상자에 넣어 자물쇠를 단단히 채워 놓은 모양이었다. 밤새 메이틀랜드가 헛구역질을 하며 허파에 들어간 파라핀을 토해 내려 애쓸 때마다, 프록터는 불안한 듯 바삐 자기 물건을 뒤졌다. 퀼트 천의 한쪽 끄트머리를 들어 올렸다 내리는 모습이 잃어버린 보관함을 찾으려 애쓰는 것처럼 보였다. 결국 그는 작은 양동이 하나와 찌꺼기 솜 약간을 꺼내고는, 한 시간 동안 메이틀랜드 곁에 앉아서 눈과 입을 닦아 주었다. 저녁나절 고속도로에서 반사된 조명이 겁먹은 짐승처럼 메이틀랜드를 굽어

뇌물

보는, 세상의 주름살이 전부 모인 듯한 널찍한 얼굴을 밝혔다. 그는 밤새껏 자기 소굴 안을 부산스레 돌아다니며 아무 의미 없는 행동을 계속했다. 마치 외부 세계가 존재한다는 모든 증거를 뭉개고 감추기 위해서 이 소굴이 만들어졌다는 듯이, 바닥에 깔린 퀼트 천이 벽의 퀼트 천으로 합쳐졌다.

메이틀랜드는 고속도로를 따라 움직이는 차들을 지켜보았다. 고속도로 경사면은 기억보다 멀어 보였다. 모든 도로가 그로부터 멀어져 가는 것 같았다. 반면 풍요로운 식생이 빽빽하게 들어찬 섬은 예전보다 훨씬 커진 듯했다. 메이틀랜드는 차가운 아침 공기에 몸을 떨었다. 방공호의 문간 안으로 누더기 레오타드 옆에 자신의 정찬용 정장 상의가 걸려 있었다.

소굴에서 프록터의 머리가 나왔다. 그는 메이틀랜드를 잠시 세심히 살피다가 나머지 몸을 전부 드러냈다.

메이틀랜드는 자신의 어깨를 감싸 안았다. "프록터— 너무 추운데. 외투 같은 것 없나? 내 정장 상의를 돌려 달라고는 하지 않을 테니까."

"아…… 외투 없다." 프록터는 미안한 듯 중얼거렸다. 그는 힘센 손으로 메이틀랜드의 팔을 문지르기 시작했다. 메이틀랜드는 침착하게 그의 손을 밀어냈다.

"내가 입을 만한 걸 좀 찾아다 줘. 다시 열이 나는 걸 원하는 건 아니겠지?"

"열은 안 된다……" 프록터는 자기 손목에 찬 메이틀랜드의 시계를, 반짝이는 문자반이 이 문제를 해결해 주리라 생각하는 것처럼 힐끔거렸다. 그는 시계 감는 버튼을 뽑아서 바늘을 마구 돌렸다. 그리고 만족했는지 시계를 메이틀랜드에게 보여 주었다. 새로 시각을 설정하고 나니 한결 마음이 편해진 모양이었다. "메이틀랜드 씨한테 열은 안 된다." 그는 이렇게 선언하고, 잠시 후 방공호로 기어 들어가 퀼트 천 아래를 뒤졌다. 그는 낡은 모직 숄을 들고 돌아왔다.

메이틀랜드는 달콤하고 퀴퀴한 냄새를 무시하고 누렇게 변색된 숄을 자신의 널찍한 어깨에 걸쳤다. 프록터는 지시를 기다리는 것처럼 양쪽 발을 번갈아 디디며 펄쩍펄쩍 뛰었다. 갑작스레 폭력적인 성향을 보이기는 해도, 이 부랑자는 기본적으로 차분하고 따스한 마음을 가진 사람이었고, 거대하고 단순한 짐승의 자연스러운 위엄 또한 깃들어 있었다.

프록터는 방공호 바깥의 풀숲에 굴러다니는 돌을 걷어차 치운 다음 체조 연습에 들어갔다. 메이틀랜드의 감탄을 끌어내고 싶은 의도가 뻔히 보였다. 그는 힘겹게 앞으로 재주를 넘은 다음 어설프게 옆으로 돌리려고 하다가 머리부터 떨어져 뒹굴었다. 그리고 그 자리에 주저앉은 채로, 자기 손발이 왜 말을 듣지 않는지 이해할 수 없다는 듯 꼼꼼히 살폈다.

"프록터—" 메이틀랜드는 조심스레 말을 골랐다. "나는 오

뇌물

늘 여길 떠날 생각이야. 집에 가야 하거든. 무슨 말인지 알지? 네 집은 여기지만, 나는 다른 곳에 집이 있어. 아내하고 아들도 있고. 나를 필요로 하는 사람들이야. 나를 돌봐 준 일에는 정말로 감사하지만……"

그는 문득 말을 멈추었다. 자신이 뱉은 말 중에서 프록터의 마음속까지 도달한 것은 마지막 문장밖에 없다는 사실을 깨달은 것이다.

"내 말 잘 들어, 프록터. 경사면을 올라갈 수 있도록 도와줬으면 좋겠다. 자, 어서!"

그는 프록터를 향해 팔을 뻗었지만, 부랑자는 불안한 기색을 비치며 무너진 영화관 쪽을 돌아볼 뿐이었다. "메이틀랜드 씨를 돕는다…… 어떻게? 메이틀랜드는 아프다."

메이틀랜드는 애써 분노를 억눌렀다. "프록터, 너는 힘이 세니까 나를 운반해 줄 수 있잖아. 나를 도우면 경찰한테 네가 여기 있다고 알리지 않겠어. 나를 이 이상 여기 붙들어 두면 경찰이 와서 너를 데려갈 거다…… 시설에 넣을 거라고. 남은 인생을 감방에서 보내고 싶은 건 아니겠지?"

"안 돼!" 프록터는 우렁차게 소리쳤다. 그는 혹시라도 지나가는 운전자가 자기 목소리를 들었을까 걱정하는 것처럼 주변을 조심스레 둘러보았다. "프록터 감옥 안 간다."

"안 가야지." 메이틀랜드도 동의했다. 이 짧은 대화만으로도 벌써 지치고 있었다. "나도 네가 감옥에 가는 건 원치 않

아. 어쨌든 너는 나를 도왔으니까, 프록터."

"그래……" 프록터는 격하게 고개를 끄덕였다. "프록터 메이틀랜드 씨 **도왔다**."

"좋아, 그러면." 메이틀랜드는 목발을 짚고 일어나다가 머리에서 피가 빠져나가는 것을 느끼고 비틀거렸다. 그는 프록터의 어깨를 붙들려 했지만, 부랑자는 뒤로 몸을 뺐다. 메이틀랜드는 고속도로 경사면 쪽으로 방향을 틀었다. 서쪽으로 가는 차선은 거의 비어 있었지만, 중앙분리대 반대편의 3차선 도로에서는 런던 중심부로 향하는 차량들이 꾸준히 달리고 있었다.

"프록터! 이쪽이야. 부축 좀 해 줘!"

부랑자는 제자리에 서서 주름살 가득한 거대한 머리를 천천히 저었다. "안 돼……" 그는 마침내 이렇게 중얼거리며, 누더기를 걸친 수척한 메이틀랜드의 모습을 더 이상 알아보지 못하는 것처럼 멍하니 바라보았다. "제인 씨가……"

메이틀랜드가 미처 항의하기도 전에, 그는 몸을 돌려 무성한 풀숲을 헤치고 일렁이는 풀잎 사이로 고개를 낮춘 채 들어가 버렸다.

차가운 공기를 마시며 활력을 찾은 메이틀랜드는 가슴팍에 단단히 숄을 두르고 경사면으로 향하기 시작했다. 프록터가 자신을 돕기를 거부하고, 젊은 여인에 대한 두려움을 명백하게 드러내 보였다는 것이 딱히 놀랍지는 않았다. 두 사람은 그를 이 섬에 닷새 동안 조난시켜 놓은 기괴한 음모의 일부였으니까. 그는 목발로 앞길의 풀숲을 때렸다. 무성한 수풀을 자신이 지금껏 느낀 모든 고통과 동일시하면서.

섬을 가로지르는 짧은 여정만으로도 탈진해 버렸다. 음식 찌꺼기로 만든 변변찮은 아침 식사로는 부족했는지 벌써 격렬한 허기가 느껴졌다. 하루하루가 지날 때마다 자신의 힘이 일정 비율로 깎여 나가는 것이 느껴졌다. 사방에서 무성한 풀숲이 적대적인 군중처럼 그를 밀쳐 댔다. 메이틀랜드는 균형을 잃고 비틀거리며 가운데 골짜기를 건넜다. 녹슨 폐차들이 반원형으로 늘어선 곳에 도착했을 때는 너무 지쳐서 부서진 재규어를 판별하지도 못할 지경이었다.

구름이 하늘을 뒤덮었고, 물러나는 햇살 아래로 차가운 빗방울이 떨어졌다. 메이틀랜드는 섬에 도착한 직후 자신의 거처가 되어 주었던 자동차 뒷좌석으로 올라갔다. 작대기처럼 여윈 팔을 주물러 조금이라도 온기를 불어넣으려 애쓰면서, 그는 프록터와 제인 셰퍼드에 생각을 집중했다. 뭐가 됐든 그들을 지배할 방법을 찾아야 한다. 그들이라면 언제든 그에 대한 관심을 완전히 잃어버리고 여기 불탄 자동차 차체 안에서 죽도록 방치할 수도 있을 것이다. 메이틀랜드는 경사면 위를 올려다보았다─기억하던 것보다 훨씬 가팔라졌을 뿐 아니라, 갓길과 난간조차 6미터쯤 더 높아진 것 같았다.

일단 뇌물이 필요했다. 그는 자동차에서 내려 열쇠를 꺼내고 트렁크를 열었다. 상자 안에는 마지막 남은 부르고뉴 백포도주 세 병이 있었다. 그는 병 하나를 숄로 단단히 감싼 다음, 트렁크를 잠그고 프록터의 소굴로 출발했다.

방공호의 문에는 자물쇠가 달려 있었다. 다시 섬을 건너느라 턱밑까지 닿은 숨을 고르며, 메이틀랜드는 부슬비 속에서 목발에 기댔다. 부랑자는 진입로 경사면의 배수로 곁에 쭈그려 앉아서, 20미터 위의 교통 표지판 전면을 타고 흘러내리는 물을 양동이에 끈기 있게 받는 중이었다.

그는 메이틀랜드를 발견하자 커다란 두더지처럼 수풀을 뚫고 방공호로 돌아왔다. 허리띠에는 양철 반합 두 개가 매달려 덜그렁거렸다. 오른손에는 대여섯 개 정도의 용수철 쥐덫을 들고 있었다. 두어 마리의 작은 들쥐가 금속 이빨에 걸려서, 함께 긴 꼬리를 흔들고 있었다. 메이틀랜드는 그 모습을 바라보다 문득 자기 다리 위로 올라왔던 다친 들쥐를 떠올렸다. 아마 프록터는 얼마 안 되는 식량에 들쥐 고기를 섞고 있을 것이다. 그래도 다른 곳에 식량 공급원이 있을 것이 분명했다. 그 식량 공급원을 찾아내기만 하면, 메이틀랜드도 이 섬에서 훨씬 안정적으로 살아갈 수 있을 것이다.

"프록터— 음식이 필요해. 뭔가 먹지 않으면 머지않아 의식을 잃어버릴 거야."

부랑자는 경계하는 눈으로 그를 바라보았다. 그는 쥐덫을

뇌물

들어 보였지만, 메이틀랜드는 고개를 저었다.

"음식 없다." 프록터는 딱 잘라 말했다.

"헛소리. 아침 식사를 했잖아. 고기에, 감자에, 샐러드까지…… 그건 전부 어디서 난 거지?"

프록터는 대화에 흥미를 잃은 듯 다른 쪽으로 시선을 돌렸다. 메이틀랜드는 숄로 감싸서 가져온 포도주 병을 꺼냈다. "포도주다, 프록터. 식량하고 포도주를 교환하자."

그는 병을 부랑자 쪽으로 내밀었고, 프록터는 코르크 마개 근처에 코를 대고 금속 포장을 킁킁거렸다.

"좋다. 프록터가 음식 있는 곳으로 데려다준다."

16 / 식량 공급원

그들은 가운데 골짜기를 따라 고가도로 쪽으로 걸어갔다. 메이틀랜드는 힘겹게 금속 목발에 의지해 걸음을 옮기며, 오른 다리를 떼어 버리고 싶다고 생각했다. 프록터는 허리께에서 상체를 수평으로 낮추고, 항상 풀숲 꼭대기보다 낮은 자세를 유지하며 재빨리 나아갔다. 그는 자신이 섬에 파 놓은, 끝없이 이어지는 보이지 않는 통로에서 가장 편안함을 느낀다는 듯이 일부러 수풀이 가장 무성한 곳만 찾아냈다.

그들은 고가도로 아래의 철조망으로 다가섰다. 프록터는 수영을 마치고 해변으로 올라오는 사람처럼 수풀을 벗어나 상륙하며 주변을 둘러싼 콘크리트 홍벽을 미심쩍은 눈으로 바라보았다. 크게 울리는 자동차의 굉음에 불안해지고, 섬과 녹색으로 흔들리는 바다라는 안전한 피난처에서 나왔다는 것만으로도 거의 어리벙벙한 듯했다. 메이틀랜드는 그 부랑자가 멀리 있는 물체에 제대로 눈의 초점을 맞추지 못하는 것처럼 고개를 흔들면서, 새들이 그러듯이 시야의 정적인 배경 속에서 뭔가 움직일 때마다 즉각 반응할 채비를 한다는 것을 알아차렸다. 그 모습을 바라보며 메이틀랜드는 반쯤 눈먼 곡예사가 마주하는 세상을 그려 보았다. 백내장이 가득 껴서 흐릿해진 눈동자로, 더 이상 주변을 둘러싼 차량의 흐름도 보지 못하고, 멀리 해안이 존재한다는 증거는 오로지 자동차 엔진의 굉음과 타이어 울리는 소리와 브레이크의 새된 울부짖음밖에 없는, 아무도 기억하지 못하는 세계에 홀로 남아 있는 느낌은 과연 어떨지를. 프록터에게 있어 무성한 풀숲이 삶의 매개체 역할을 한다는 건 이미 알고 있었다. 흉터가 가득한 손으로 유연한 줄기를 만지고, 주변을 휩쓰는 수풀을 더듬어 흐름을 읽어 내니까. 사고 직후 자기 소굴에서 뛰쳐나와서, 경고하듯 퍼져 나가는 풀잎의 물결로부터 재규어가 가한 충격을 감지하는 모습이 머릿속에 그려졌다……

프록터가 그의 팔을 툭툭 쳤다. 그리고 고속도로 아래의 기름투성이 그림자 속으로 달려들어 재빨리 철조망의 남쪽 끝까지 기어갔다. 그는 경사면의 얕은 비탈을 타고 올라서 배를 깔고 엎드려 철조망에 얼굴을 붙였다. 그런 다음 고개를 돌려 메이틀랜드에게 따라오라 손짓하고는 그가 경사를 오르도록 도와주었다.

메이틀랜드는 부랑자 옆에 누워서 그가 흥터투성이 손을 철조망 너머로 밀어 넣는 모습을 보고 있었다. 어둑하기는 해도 번들거리는 부정형의 끈적거리는 물질이 트럭 타이어 무더기 옆에 1미터 높이로 쌓인 것은 알아볼 수 있었다. 이 점액질 무더기의 가장 가까운 부분이 벌써 철조망 너머로 흘러나오고 있었다. 프록터는 철조망 너머로 손가락을 뻗어 번들거리는 산사태 속에서 젖은 빵 조각과 기름투성이 고기 조각과 야채 찌꺼기를 잡아당겼다.

메이틀랜드는 근처 식당이나 식료품 상점에서 이곳에 불법으로 쓰레기 투기를 하고 있다는 결론을 내렸다. 프록터는 자기 허리띠의 반합을 끄르고는, 윤기 나는 내부를 메이틀랜드에게 보이며 깨끗하다는 사실을 확인시켜 주었다. 이미 그는 젖은 빵 조각 두 개와 소의 연골 덩어리 하나를 탈취했다. 당장 입안에 넣으려는 욕구는 억누른 모양이었지만, 행복하다는 듯 손가락을 쪽쪽 빨기는 했다. 그는 메이틀랜드에게 앞으로 오라고 재촉하며 반합 하나를 그쪽으로 내밀었다.

메이틀랜드는 프록터의 반합 속 물체들을 물끄러미 바라보았다. 이제 프록터가 그날의 아침 식사를 어디서 마련했는지 알게 된 셈이었다. 그러나 혐오감은 조금도 밀려오지 않았고, 눈앞의 부랑자를 향한 단순한 동정심만 느낄 뿐이었다. 자신의 부상보다도 프록터의 육체에 가해지는 모욕 쪽이 훨씬 강렬해 보였다.

이 부랑자와 그 자신 양쪽 모두를 구원할 방법을 생각해 내려 애쓰면서, 그는 짓무른 음식들이 고가도로 아래의 흐릿한 빛을 받아 번들거리는 모습을 바라보며 프록터를 기다렸다.

프록터의 둥지로 돌아올 즈음에는 비도 멎었다. 메이틀랜드는 방공호에 기대앉아서 지나가는 차들을 지켜보았다. 러시아워는 끝났지만, 자동차와 버스들은 끝없이 햇빛을 받으며 움직이고 있었다.

프록터는 이른 점심을 먹게 되어 즐거운지 양쪽 반합의 음식물을 기웃거리면서 쭈그려 앉았다. 잠시 고심하며 머뭇거리던 그는 이내 결정을 내리고 내용물이 많은 쪽 반합을 메이틀랜드에게 건넸다. 그리고 접이식 칼을 꺼내 포도주병의 코르크를 잘라 내고 메이틀랜드 곁에 앉으면서 어서 먹으라고 손짓을 했다. 음식은 너그럽게 베풀어도 포도주를 메이틀랜드와 나눌 생각은 조금도 없는 듯했다.

"메이틀랜드 씨, 먹어라." 프록터는 원기 왕성하게 음식 찌꺼기를 입안으로 밀어 넣으며 단호하게 말했다. "오늘 음식 좋다, 메이틀랜드 다리에 좋다."

그는 포도주 병을 입가로 들어 올렸다.

10분도 안 되어 프록터는 만취해 버렸다. 병의 3분의 1 정도밖에 비우지 않았지만, 이렇게 적은 양의 알코올도 뇌수로 치고 올라가 연약한 지지대를 날려 버리기에는 충분한 모양이었다. 그는 좌우로 구르며 행복하게 혼잣말을 지껄이고 얼굴을 찌푸려 기괴한 표정을 지었다. 그리고 메이틀랜드가 음식을 건드리지도 않았다는 것을 알아차리자, 그 옆으로 굴러와서는 게슴츠레한 눈으로 손시늉을 했다.

"이걸 원하는 건가, 프록터? 분명 맛이 좋겠지." 메이틀랜드가 말했다.

부랑자는 입가에서 포도주를 흘리며 주변을 뒹굴었다. 절대 음식을 빼앗지 않을 거라고 메이틀랜드를 안심시키려는 무언극을 하더니, 잠시 후에는 반합을 움켜쥐고 축축한 음식 조각을 입안에 밀어 넣고 있었다. 그는 메이틀랜드의 팔과 어깨 여기저기를 툭툭 건드렸는데, 마치 흐릿해져 가는 머리로 그가 누군지 판별하려 노력하는 것 같았다. 메이틀랜드에게 붙어 앉는 모습이 친구가 되어 정말 기쁜 것처럼 보였다.

"여기 섬은 나쁘지 않아. 그렇지, 프록터?" 메이틀랜드가 말했다. 이 부랑자를 향한 애정이 갑작스레 치솟아 올랐다.

"섬 좋다……" 프록터는 멍하니 고개를 끄덕였다. 포도주

식량 공급원

는 거의 대부분 볼과 턱의 주름을 타고 흘러내렸다. 그는 새로운 친구가 진짜인지 확인하려는 것처럼 메이틀랜드의 어깨에 팔을 둘렀다.

"언제 여기를 떠날 거지, 프록터?"

"아…… 절대 안 떠난다." 프록터는 병을 입가로 들어 올렸다가, 우울한 눈으로 땅바닥을 바라보며 다시 내렸다. "프록터 갈 곳 없다."

"그런 것 같군." 메이틀랜드는 자기 팔을 쓰다듬는 프록터를 지켜보았다. "너를 돌봐 줄 사람은 아무도 없는 거지. 가족이나 친구나?"

프록터는 이 질문에 대한 답을 가늠하려는 듯 멍하니 허공을 바라보았다. 그리고 나서 메이틀랜드 쪽으로 몸을 구부리며, 술집의 주정뱅이처럼 그의 어깨를 붙들고 교활한 농담을 섞어 대꾸했다. "메이틀랜드 씨가 프록터의 친구다."

"그래. 난 네 친구지. 당연한 일이야. 그렇지?" 부랑자가 자신의 팔을 툭툭 치는 모습을 보며, 메이틀랜드는 그가 얼마나 불안한 상태인지를, 사방이 포위된 도시 한가운데 있는 최후의 은신처를 빼앗길지도 모른다는 그의 공포를 온전히 느꼈다. 동시에 메이틀랜드는 이 부랑자의 지성이 사그라지기 시작했으며, 그 자신이 도움과 우정을 필요로 한다는 사실을 흐릿하게나마 인지했다고 추측했다.

"프록터는…… 친구가 필요하다." 그는 콜록거리며 포도주를 뽑았다.

"그런 모양이군." 메이틀랜드는 자리에서 비척거리며 일어섰다. 그리고 프록터의 품에서 자신의 왼 다리를 빼냈다. 프록터는 몸을 굴려 방공호에 기대면서, 포도주 병 너머로 혼자 미소 지었다.

메이틀랜드는 겅중거리며 가운데 골짜기를 건너서 섬의 북쪽에 있는 고지대로 올라갔다. 차량의 행렬을 바라보노라니 허기의 고통이 조금이나마 무뎌지는 것 같았다. 현기증이 나고 몸이 휘청거렸지만 정신은 차분했다. 그는 지난 닷새 동안 자신의 집이었던 녹색 삼각형을 찬찬히 살펴보았다. 이제 구덩이와 평지를, 둔덕과 흙무더기를 자신의 육체만큼이나 내밀한 곳까지 알고 있었다. 그 위를 거니는 행위는 자기 머릿속의 윤곽을 따라 걸음을 옮기는 것처럼 느껴졌다.

주변 수풀은 고요했고 움직이는 기척조차 거의 없었다. 조용한 양 떼를 돌보는 양치기처럼, 그는 의식이 혼미한 상태에서 중얼거렸던 기묘한 문구를 떠올렸다. 나는 섬이로다.

10분 후 폐차 무더기에 도착했을 때, 오렌지색 토요타 왜건 한 대가 고가도로 아래 터널에서 나왔다. 그 차는 밝은 동체를 햇빛 속에 반짝이며 서쪽으로 향하는 차선을 타고 여유롭게 달려갔다. 난간 너머로 보이는 운전자의 얼굴은 메이틀랜드가 아는 사람의 것이었다. 높은 콧대와 단호한 입매기 눈에 띄는 금발의 여성. 작지만 강인한 손이 습관처럼 운전대 맨 위쪽에 모여 있는 것을 분명히 알아볼 수 있었다.

"캐서린……! 멈춰……!" 메이틀랜드는 허공에 대고 소리쳤다. 아내의 것이 분명한 자동차는 공항버스 후미로 붙으며 속도를 줄였다. 굶주림 때문에 환각을 보는 것은 아닌지 확신하지 못하면서도, 메이틀랜드는 수풀을 뚫고 빠르게 움직였다. 그리고 목발을 흔들려고 멈추었고 발을 헛디며 넘어져 버렸다. 간신히 자리에서 일어나서 수풀 속에서 분노해 소리를 질렀지만, 자동차는 이미 속력을 올려 달려가 버린 후였다.

메이틀랜드는 고속도로에서 등을 돌렸다. 아마 캐서린은 그의 실종을 동업자 두 명과 상의하기 위해, 분명 사무실을 방문하러 가는 중일 것이다. 그 말은 곧 그들 중 누구도 자신이 말 그대로 창밖을 내다보기만 해도 알 수 있는 비좁은 황무지에 불시착했다는 사실을 모른다는 뜻이다.

금속 목발을 움켜쥔 채로, 메이틀랜드는 방공호를 향해 비척이며 걸음을 옮겼다. 어떻게든 힘이 다하기 전에 경사면 위로 올라가야 한다.

방공호까지 15미터 정도가 남았을 때, 제인 셰퍼드의 고함 소리가 그의 귀에 들어왔다. "얼른 해, 프록터. 어서! 그 작자가 신경을 쓸 일이 아니라고. 오기 전에 입어 버려."

17 / 결투

메이틀랜드가 방공호로 접근하는 동안, 프록터와 젊은 여인은 입구 근처의 공터에서 신나게 뛰어다니고 있었다. 프록터는 여전히 반쯤 빈 포도주 병을 두툼한 손에 쥔 채로 앞뒤로 비틀거렸다. 그의 발이 메이틀랜드의 외박용 가방을 들락거렸다. 제인이 그의 지갑을 찾을 때 차에서 꺼내 온 모양이었다.

메이틀랜드가 앞으로 목발을 움직이자, 프록터는 흠칫 물러서며 거리를 벌렸다. 그는 누더기 청바지를 벗고 메이틀랜드의 정장 바지에 다리를 쑤셔 넣던 중이었다. 대마의 달콤한 냄새가 주변에 맴돌았다. 프록터의 발치에 무릎 꿇고 앉아서 바짓단을 접어 올리려 애쓰는 제인의 입에서 연기가 흘러나오고 있었다.

프록터는 정장 상의의 소매를 걷어 올리고, 제인이 여벌
의 정장 셔츠에서 뜯어낸 소맷동을 드러난 손목에 감고 있
었다. 목깃과 너덜너덜해진 가슴 장식은 이미 목에 두른 채
였다. 메이틀랜드의 검은 넥타이는 묘한 각도로 한쪽 귀 아
래로 돌아가 있었다. 프록터는 입가의 포도주를 훔치며 행
복하게 히죽거리는 웃음을 흘렸다.

"됐어! 정말 멋쟁이 같은데!" 포도주 담당 웨이터의 이 같
은 취한 패러디를 즐기면서 제인은 자신의 작품을 감상하기
위해 한 발짝 뒤로 물러섰다. 그녀는 메이틀랜드를 향해 웃
음기 없는 미소를 보내고는 비틀거리며 그에게 다가갔다.

"그렇게 험악한 표정 짓지 마, 메이틀랜드 씨. 이리 와서
함께 즐겨야지. 파티를 열었단 말이야."

"그런 모양이로군. 우리 초대 손님은 누구신가?"

메이틀랜드는 흔들리며 앞으로 나가서 비틀거리는 프록
터의 발을 금속 목발로 때렸다. 프록터는 뒷걸음질로 휘청
거리며, 행복한 얼굴로 포도주 병을 바라보고 웃음 지었다.
엉망으로 뒤틀린 얼굴은 주름살마다 혈관이 달아올라 광대
의 가면 같았다. 그는 자부심과 비굴함이 뒤섞인 표정으로
메이틀랜드를 올려다보았다. 흐릿한 정신 속에서 메이틀랜
드를 향한 적개심과 인정을 갈망하는 마음이 뒤엉켜 버린
모양이었다. 그는 건배를 하듯 병을 높이 들면서 게슴츠레

한 눈으로 방공호의 곡면 벽에 기댔고, 순간 튀어나온 배가 바지의 맨 위 단추를 날려 버렸다. 그가 흥겹게 바지를 붙잡는 동안 제인은 춤추며 그 주변을 돌고 손가락을 튕겨 댔다. 아직도 어젯밤처럼 길거리 여인의 옷을 입고 있었다. 스틸레토 힐이 돌투성이 바닥에 계속 걸렸다.

"자, 얼른! 그렇게 우울한 표정으로 서 있지 말고. 당신은 즐기는 법도 모르는 모양이네!" 그녀는 메이틀랜드에게 이렇게 소리치고는, 반쯤 장난치듯 프록터의 머리를 후려쳤다. "세상에, 당신들 둘 다 꼴이 그게 뭐야!"

메이틀랜드는 자신을 둘러싸고 장난질을 계속하는 두 사람을 차분히 지켜보고 있었다. 여자는 프록터에게 메이틀랜드의 머리 위로 포도주를 쏟으라고 부추겼다. 프록터는 터진 정장 상의를 걸치고, 검은 넥타이는 목 뒤편까지 돌아간 채로, 손목에서 소맷동을 떨구면서 그에게 다가왔다.

"자, 어서, 둘이서 나를 위해 춤춰 보라고!" 제인은 메이틀랜드의 얼굴에 대고 소리쳤다. "외다리 춤 한번 춰 봐! 프록터, 저 작자가 내 앞에서 춤추게 만들어 버려!"

프록터는 완전히 초점이 흐려진 눈으로 메이틀랜드에게 부딪쳤다. 제인은 몸을 숙여 외박용 가방을 뒤졌다.

"여기 편지가 있네. 여의사가 보낸 편지야. 딱히 직업상의 관계는 아닌 것 같은데. 프록터, 이거 잘 들어 봐……"

메이틀랜드가 프록터를 밀치며 앞으로 나섰다. 부랑자의

결투

시큼한 숨결이 돌풍처럼 그의 얼굴에 밀어닥쳤다. 프록터는 포도주를 허공에 뿌리며 방공호에 기대 넘어졌다. 그리고 무력하게 땅바닥에 주저앉았다. 제인이 가방을 거꾸로 뒤집으려 드는 순간, 메이틀랜드는 목발을 들어서 열린 뚜껑 속으로 비집어 넣어 그녀의 손에서 쳐 냈다. 깜짝 놀란 그녀는 분통을 터트리며 쭈그려 앉았다.

"지금 대체 뭘 하는—"

"다시 보여 줄까!" 메이틀랜드는 목발을 휘둘러 그녀를 물러나게 만들었다. 그녀는 기어서 거리를 벌리며 누워 있는 프록터 쪽을 가리켰다.

"저 사람이 일어나기만 하면…… 두고 봐, 저 사람이—"

"아무것도 안 할 거다. 내가 보증하지."

메이틀랜드는 프록터 쪽으로 다가섰다. 부랑자는 자신이 취했다는 사실이 부끄러운 것처럼 그를 올려다보았다. 그는 귀 뒤까지 돌아간 나비넥타이를 바로잡으려 애쓰면서 메이틀랜드에게 사과하듯 웃어 보였다. 그리고 메이틀랜드가 자기를 내려다보며 서서 바지 지퍼를 내리는 동안에도, 무표정한 얼굴로 기다리기만 했다.

소변이 얼굴에 쏟아지자 프록터는 흉터투성이 손을 들어 올렸다. 호박색 액체가 손바닥에 튀어 정장 상의의 옷깃으로 쏟아져 내렸다. 몸을 움직일 엄두조차 내지 못하며, 그는 메이틀랜드를 바라보고만 있었다. 오줌 줄기가 부랑자의 입과 눈을 때리고 어깨에 거품을 남겼다. 뜨거운 액체 방울이 주변의 흙 위로 쏟아져 부글거리며 수포를 만들었다.

메이틀랜드는 마지막 한 방울이 끝날 때까지 기다렸다. 프록터는 눈을 내리깐 채 오줌 웅덩이에서 꼼짝 못 하고 모로 누워 있었다. 한 손은 정장 상의를 깨끗하게 만들려 애쓰는 듯, 슬프게 옷깃을 쓸었다.

메이틀랜드는 그런 프록터를 무시하고 젊은 여인에게로 방향을 돌렸다. 그녀는 내내 꼼짝도 하지 않고 그 모습을 지켜보고만 있었다. 그는 흩어져 있는 외박용 가방의 내용물을 가리키며 입을 열었다.

"이제 됐나, 제인? 자, 그럼 이제 전부 챙겨."

그녀는 즉시 가방 옆에 무릎을 꿇고 앉아서, 서둘러 정장 구두와 수건을 챙겨 넣었다. 술이 깬 그녀는 차분하게 메이틀랜드를 응시했다.

"이 일을 절대 잊지 않을걸."

"잊지 말라고 한 거다." 메이틀랜드는 가방을 잠그는 그녀를 향해 영화관 쪽으로 손짓해 보였다. "당신 방으로 돌아가지."

제인이 자리에서 일어나서 날카로운 눈으로 메이틀랜드의 수염투성이 얼굴에 열이 오를 기미가 있는지를 살피자, 메이틀랜드는 손을 뻗어 그녀의 머리를 찰싹 때리려 했다. 그녀는 재빨리 뒤로 뛰어 피했다.

"여기서 나가는 일을 돕지는 않을 거야."

"상관없어. 솔직히 말하자면 딱히 여기서 나가고 싶은 것도 아니니까. 적어도 지금 당장은."

오줌 웅덩이에 무력하게 누워 있는 프록터는 돌아보지도 않은 채, 그는 젊은 여인을 따라 목발을 짚고 움직였다. 그녀는 외박용 가방을 손에 들고서, 고개를 숙이고 앞서 걸어갔다.

18 / 5파운드

"등잔은 어딨지? 이 비좁은 지옥에 빛을 좀 비춰 보자고."

메이틀랜드는 문간을 지나 어둑한 지하실 방으로 들어서다 거의 제인의 어깨를 짓누를 뻔했다. 그는 흐트러진 침대에 앉아서 다친 쪽 다리를 누더기가 걸린 깃대처럼 쭉 폈다. 그리고 목발을 쥔 오른손으로 바닥을 두들겼다.

"스토브도 켜. 더운물이 필요하니까. 준비가 되면 내 몸을 씻겨."

제인은 경계하는 눈으로 메이틀랜드를 지켜보며 몸을 움직였다. 냄비로 층계참에 있는 50갤런들이 드럼통에서 물을 떠 온 다음, 파라핀 스토브에 연료를 넣고 불을 켰다.

"당신 그 늙은 바보한테 정말 끔찍한 짓을 했어."

"일부러 한 거야." 메이틀랜드가 말했다. "늙은 부랑자하고 신경증에 시달리는 가출한 여자한테 언제까지고 놀아나고 있을 수는 없으니까."

"그렇다고 끔찍한 짓이 아닌 건 아니잖아. 당신 정말 개자식인 모양이네."

메이틀랜드는 이 말은 흘려 넘겼다. 전부 계산한 행동이기는 해도, 새로 시도한 공격적인 역할은 이 젊은 여인의 복종을 이끌어 냈다. 그는 셔츠를 벗었다. 팔과 가슴이 기름기와 찰과상 흔적으로 가득했다.

"이 방도 청소해야겠군." 그는 여자에게 일렀다. "여기서 유산을 한 건가?"

"이 방하고는 아무 관계도 없어!" 그녀는 분노를 터트리며 자리에서 일어섰다. 그리고 애써 감정을 다스리며 말을 이었다. "지금 내 죄책감을 들쑤시려는 거야? 이제 그게 당신의 대전략인 모양이지?"

"그렇게 뻔히 보인다니 다행이군."

"좋아, 그딴 짓은 관둬. 상처에 양날 검을 넣고 쑤시지 않아도 충분히 괴로우니까."

메이틀랜드가 포장용 상자를 걷어차니 안의 냄비들이 절그렁거리는 소리를 냈다. "음식이 필요하군. 뭐가 있나 확인해 볼까. 당신이 계속 가져오는 그 이유식 같은 것들 말고. 당신 아기 역할을 맡아 줄 생각은 조금도 없으니까."

여자는 상처받은 얼굴로 되쏘았다. "내가 그러려고 당신을 여기 붙들어 둔다고 생각하는 거겠지."

"충분히 그렇게 생각할 만하지. 딱히 당신의 감상적인 넋두리를 비꼬려는 건 아니야. 제때 터트리기만 하면 아주 사랑스러우니까. 하지만 다른 신경 쓸 일이 제법 있어서 말이지. 이를테면 이곳을 떠나는 일이라든가."

제인은 때 묻은 정장 셔츠를 말아 들며 말했다. "이건 빨아다 줄게. 내 말 좀 들어 봐. 내가 준비가 되면 도와줄 사람을 부르겠어. 당신은 항상 자기 생각만 하잖아. 내 쪽에도 문제가 있을 수 있다는 생각은 안 하는 거야?"

"경찰하고?"

"그래! 경찰하고!" 그녀는 격노한 채로 침대 아래에서 양철 대야를 꺼내 거기에 뜨거운 물을 부었다.

"무슨 문제지?" 메이틀랜드가 물었다. "마약인가, 낙태인가, 아니면 구치소에서 탈주 중인 건가?"

제인은 물에 손을 담근 채 움직임을 멈추었다.

"정말 똑똑하네." 그녀는 나직하게 대꾸했다. "사업 수완이 정말 대단하겠는데, 메이틀랜드 씨. 내 생각에 사생활은 영 엉망인 것 같지만." 그녀는 기운 없는 목소리로 덧붙였다. "돈을 좀 빌렸어. 남편 친구한테. 사실 꽤 많은 돈이지. 빌어먹을 개자식 같으니."

그녀의 손이 찰과상 가득한 피부에 비누칠을 하면서 메

이틀랜드의 몸을 닦기 시작했다. 닦는 일을 전부 끝내자, 그녀는 화장용 면도기를 찾아 수염을 깎아 주었다. 메이틀랜드는 침대 가장자리에 걸터앉아 그녀의 작은 손이 순종하는 새들처럼 자신의 피부 위에서 노니는 것을 즐겼다. 동시에 이 젊은 여인을 모욕하고, 그녀의 엉망으로 뒤엉킨 감정을 자극하면서 지금까지 상상도 하지 못했을 방법으로 조롱하는 일이 약간이나마 즐겁게 느껴진다는 데 깜짝 놀랐다. 반면 프록터를 모욕한 일은 완벽하게 계산된 행동이었다. 그 나이 든 부랑자를 최대한 조악한 방식으로 깎아내리려 시도한 것이다. 그러나 그 말초적인 행동조차도 일말의 즐거움을 안겨 주었다. 양쪽 모두 그에게 굴복하리라 확신한 상태로, 일부러 그렇게 거칠게 대치한 것이기는 했다. 어떻게 보면 프록터와 젊은 여인에게 복수하는 행동이라고도 볼 수 있을 것이다. 물론 일종의 자기모순적인 논리에 따라, 두 사람 모두 학대받는 일에서 만족을 느낀다는 건 알고 있었지만. 메이틀랜드의 공격적인 태도는 그들의 기대를, 그들이 반쯤 무의식적으로 자기들에 대해 내리고 있는 평가를 만족시켜 주는 것이었다. 이런 사소한 잔혹 행위를 즐기는 자신의 모습을 불신하면서도, 메이틀랜드는 계속 스스로를 부추겼다. 무슨 수를 써서라도 생존하겠다고 결심한 이상은, 자신의 내면에 숨어 있던 이런 잔혹한 성정조차도 며칠 전에 자기 연민이나 멸시를 이용했던 것처럼 남김없이 이용할 필요가 있었다. 지금 중요한 것은 그 나이 든 부랑자와 이 젊은 도망자 여인을 복종시키는 일이었다.

여인이 수건으로 몸을 닦아 주는 동안 그는 가만히 앉아 있었다. 상처를 피해 움직이는 그녀의 손길에 마음이 차분하게 가라앉았다.

"당신 아버지는? 도움을 청할 수 없었나?" 그가 물었다.

"이제 아버지도 아니야. 그 사람 생각은 아예 안 하거든." 그녀는 층계를 타고 내려오는 빛줄기를 물끄러미 바라보며, 프리메이슨의 비밀 악수처럼 복잡한 방식으로 양손을 맞잡았다. "자살은…… 다른 자살을 불러오게 되어 있어. 혈통을 타고 흐른다고 할까. 가족 한 사람이 단순히 자살로 끝낼 수 없는 임계점까지 도달해서, 한두 해 정도 시간을 두고 일을 꾸미기로 마음먹으면…… 그게 세상에서 가장 중요한 일이라도 되는 것처럼 공을 들이기 시작하면…… 그들의 눈을 통해서 자신의 삶을 볼 수밖에 없는 상황이 되는 거야. 멈출 수가 없어. 때론 정신이 나가는 것이 아닐까 두려워."

그녀는 지나치게 힘차게 자리에서 일어나며 말했다. "자, 얼른 마저 벗어. 씻겨 줄게. 그리고 식사한 다음에 당신하고 섹스 할 생각이니까."

시간이 흘러 여자가 그의 몸을 닦는 일을 마친 후에, 메이틀랜드는 그녀의 타월천 욕의를 걸친 채 침대에 누워 있었다. 몸이 가뿐해지고 활력이 돌아오는 느낌이 들었다. 제인이 튼튼한 손으로 그의 다리와 복부의 상처와 기름 자국을 닦을 때는 벌거벗은 채 층계참에 서 있었다. 그녀가 가벼운 식사를 준비하며 집안일로 도피하여 부산스레 방 안을 돌아다니는 동안에는 그저 물끄러미 지켜보기만 했다. 그녀가 도구를 꺼내 들어 마리화나를 한 대 말았다.

"제인, 대마를 너무 피우는 것 같은데."

"섹스 할 때 좋거든……"

그녀는 연기를 흡입하기 시작했다. 식사를 끝냈을 즈음에는 방 안에 연기가 가득했고, 메이틀랜드는 이 섬에 도착한 이후 처음으로 긴장이 풀리는 것을 느꼈다. 그녀는 스커트를 벗고 그의 옆에서 침대에 누워, 베개 한쪽에 함께 머리를 올렸다. 그리고 그에게 대충 만 담배를 권했지만, 메이틀랜드는 이미 기분이 들뜰 정도로 취해 있었다.

"나쁘지 않은데……" 그녀는 연기를 깊이 들이마시고는 그의 손을 붙들었다. "당신은 기분이 좀 어때?"

"훨씬 낫군. 이상하게 들릴지도 모르지만, 지금 당장은 딱히 여기서 벗어나고 싶은 생각이 없어…… 제인, 밤마다 어딜 가는 거지?"

"클럽에서 일해. 뭐랄까, 클럽이라 부를 수도 있는 곳에서. 때론 고속도로로 나가서 손님을 불러오기도 하고. 그래서 그게 뭐? 지저분하다는 거겠지?"

"조금은. 인생을 바로잡고 새로운 사람하고 다시 시작하지 않는 이유는 뭐지?"

"아, 제발…… 그러는 당신은 왜 인생을 바로잡지 않는 건데? 망가진 부분이 나보다 훨씬 많으면서. 당신 아내에, 그 여의사에…… 여기 불시착하기 한참 전부터 무인도에 살고 있었던 주제에."

그녀는 고개를 돌려 그를 마주했다. "자, 메이틀랜드 씨, 이제 옷을 벗어야 할 것 같거든. 당신이 벗겨 주지는 못할 것 같으니까."

메이틀랜드는 그녀의 엉덩이에 손을 댄 채로 멍하니 누워 있었다. 옷을 벗자 묘하게도 그녀의 분위기 또한 바뀌었다. 쾌활한 기색은 사라졌다. 자신이 나체가 되었다는 자각 때문인지 메이틀랜드와 거리를 두는 느낌이 들었다. 마치 일종의 방어기제가 작동하는 것처럼. 그녀가 곁에 꿇어앉자, 무릎이 날카롭게 그의 흉벽을 눌러 왔다. 메이틀랜드는 그녀를 다독여 주려 팔을 들어 올렸지만, 그녀는 몸을 빼면서 굳은 목소리로 쏘아붙였다.

"이런 식으로는 안 돼. 우선 돈을 내야지. 얼른, 현금을 주면 섹스를 할 거야."

"제인…… 신이시여, 이런 세상에."

"신 따위는 꺼내지도 마. 당신을 위해서도, 신을 위해서도 하는 일이 아니니까." 그녀는 지갑을 건넸다. "5파운드야. 5

파운드 내."

"제인, 전부 가져도 돼. 그냥 전부 가지라고."

"**5파운드라고!**" 그녀는 그의 어깨를 손으로 움켜잡았다. 손톱이 상처투성이 피부를 파고들었다. "얼른. 주중 밤이면 고속도로로 나가기만 해도 10파운드는 받을 수 있다고!"

"제인, 당신 얼굴이…… 그렇게……"

"내 얼굴 따위에는 신경 쓰지 마!"

그녀의 폭발에 혼란을 느끼면서, 메이틀랜드는 지갑을 뒤적거렸다. 파운드 지폐를 세어 빼 들자 그녀가 낚아채 베개 밑에 쑤셔 넣었다.

메이틀랜드는 자기 위에 올라타 자리를 잡는 그녀의 젖가슴을 붙들었다. 그는 이 성행위에 수반되는 모든 압력과 움직임을, 과도하게 긴장한 신경계를 타고 흐르는 오르가슴을 기억하려 애썼다. 그는 이 젊은 여인의 가식의 법칙을, 그 법칙이 암시하는 자유, 즉 서로에게 속해야 한다는 모든 느낌을 피해야 할 필요성을 기꺼운 마음으로 받아들였다. 캐서린과, 자신의 어머니와, 심지어 헬렌 페어팩스와의 관계에도 존재하는, 어린 시절부터 계속되어 온 천 가지 감정의 거래도, 모종의 중립적인 화폐로, 이를테면 관계의 가치에 상응하는 정확한 액수의 현금으로 지불할 수 있었다면 훨씬 견딜 만했을지도 모르겠다는 생각이 들었다. 그는 눈앞의 여자를 이 섬을 탈출하기 위해 이용하는 것이 아니라, 지금까지 절대 받아들이지 않았던 자신의 목적을 위해 이용하고 있었다. 자신의 과거로부터, 어린 시절로부터, 아내와 친구들로부터, 그들의 모든 애정과 요구로부터 탈출하기 위해서, 그리고 자신의 정신이란 텅 빈 도시를 영원히 헤매고 다니기 위해서.

그러나 짧은 성행위가 끝을 맞이하자, 제인 셰퍼드는 베개 아래로 손을 뻗어 다섯 장의 파운드 지폐를 끄집어냈다. 그녀는 허벅지에서 느껴지는 경련에 얼굴을 찌푸리며 머리를 매만졌다. 그리고 메이틀랜드가 지폐를 손에 쥔 채로 머뭇거리자, 그녀는 지폐를 빼앗아 다시 지갑에 쑤셔 넣었다.

19 / 짐승과 기수

"그만, 프록터! 여기서 멈춰!"

메이틀랜드는 프록터의 등 위, 전망이 좋은 자리에서 섬의 가운데 골짜기 너머를 바라보았다. 그들은 오후 순찰 도중에 폐차장 남쪽의 버려진 교회 터에 도달했다. 여기서는 고가도로 아래의 철조망부터 서쪽의 꼭짓점에 이르는 섬 전체의 모습을 한눈에 둘러볼 수 있었다. 두 고속도로가 만나는 콘크리트 교차로는 햇살 속에서 우아한 조각품처럼 반짝였고, 메이틀랜드는 종종 그 높이 걸린 도로 위에 아름다운 공중 정원을 만드는 상상을 했다.

프록터는 그를 태운 채로 얌전히 기울어 가는 묘석에 기대서 있었다. 메이틀랜드의 다치지 않은 쪽 다리에 한쪽 팔을 둘러서, 제대로 걷지도 못하는 남자를 널찍한 등판 위에 붙들어 두는 중이었다. 주름살 가득한 얼굴이 닳아 없어져 가는 19세기의 비문을 짓눌렀다. 정체된 대기 중으로 솟아오르는 프록터의 달콤한 체취는 마치 잘 손질된 가죽 냄새 같았다. 메이틀랜드는 왼손으로 프록터의 정장 상의 옷깃을 잡았다. 오른손으로는 금속 목발을 단단히 붙들고 있다가, 섬 안에 주의를 끄는 것들이 보이면 목발을 들어 가리켰다. 목발의 펴진 쪽 끝으로 프록터를 툭툭 건드리며 섬 안 이곳저곳으로 몰아가는 용도로도 썼다.

메이틀랜드는 잠시 오후의 차량 행렬을, 간헐적으로 이어지는 자동차와 공항버스와 유조차를 멀거니 바라보다가 다시 서쪽으로 시선을 돌렸다. 그는 관찰에 유리한 이 장소를 하루에도 몇 번씩 방문했다. 여기서는 섬에 들어오는 침입자를 바로 확인할 수 있을 테니까. 게다가 아직까지 제인 셰퍼드의 도주로를 제대로 확인해 내지도 못했다. 진입로 경사면 근처 어딘가에 지금껏 사용해 온 길이 존재할 텐데도.

"좋아, 프록터. 움직여라. 지름길로 재규어까지 가. 그리고 젠장, 이번에는 나를 떨어트리지 말고. 이 빌어먹을 반대쪽 다리까지 부러트리고 싶지는 않단 말이다."

프록터는 신음을 크게 흘리고는 몸을 일으켰다. 자기 등 위에 메이틀랜드를 단단히 앉힌 다음, 눈앞의 무성한 수풀을 헤집으며 아래쪽 옛 도로로 내려가는 무너진 교회 계단을 찾았다. 프록터는 수풀을 헤치고 내려가면서 흉터 가득한 손으로 방향을 잡았다. 두툼하고 예민한 손가락으로 잎줄기의 밀도와 습기와 기울기를 감지하며, 한쪽 통로를 버리고 다른 쪽의 낡은 통로를 골랐다.

"프록터, 지름길이라고 했을 텐데." 메이틀랜드는 목발로 부랑자의 머리를 두드리며 언덕의 급경사로 이어지는 길을 가리켰다. 프록터는 지시를 무시했다. 그 지름길을 이용하면 메이틀랜드의 모습이 지나가는 차들에 쉽게 노출될 것임을 잘 알고 있었기 때문이었다. 대신 그는 쐐기풀 덤불과 무너진 벽으로 가려진 빙 돌아가는 길을 택했다.

메이틀랜드는 그 이상 말씨름하지 않고 돌아가는 길을 받아들였다. 이 나이 든 부랑자를 길들이기는 했지만, 두 사람 사이에는 섬을 탈출하는 일은 절대 돕지 않을 것이라는 암묵적인 합의가 있었다. 그는 부랑자의 등 위에서 이리저리 흔들리며, 외줄타기 곡예사처럼 목발을 들어 몸의 균형을 잡았다. 부러진 마상 창 받침대처럼 쓸모를 잃은 오른 다리는 뒤로 늘어트린 채로.

프록터는 힘겹게 씨근덕거리며 폐차장 쪽으로 나아갔다. 메이틀랜드는 이제 이 짐승에 올라타지 않으면 섬 안을 돌아다니는 것조차 힘든 상태였다. 프록터와 대결한 후 엿새 동안 쏟아진 폭우로 인해 사방에 잡초와 쐐기풀, 딱총나무와 관목 덤불이 무성하게 자라났다. 다리의 부상은 회복되고 있었지만, 메이틀랜드는 그사이 더욱 쇠약해지고 말았다. 간헐적으로 찾아오는 고열과 오염된 음식 때문에 몸무게가 9킬로그램은 줄었고, 그래서 프록터는 한때 건장했던 그의 육체를 별로 어렵지 않게 운반할 수 있었다. 근육 아래로는 대퇴골과 골반의 존재가 명확하게 만져졌다. 마치 자신의 해골이 자신을 맞이하러 나온 것만 같았다. 그는 제인 셰퍼드의 휴대용 거울을 보고 면도를 한 다음 자신의 볼과 턱을 주물러 보았다. 얼굴 골격 자체가 작고 날카로운 형태로 재배열되는 중이었다. 지쳤지만 격렬한 두 눈이 그 안에 틀어박힌 채 밖을 내다보고 있었다.

육체는 갈수록 약해졌지만, 머리가 맑아지고 자신감을 되찾기는 했다. 폭우가 그칠 즈음에는 다시 도주 계획을 짤 수 있을 정도가 되었다. 그는 차가운 비바람이 몰아친 지난 이틀을 홀로 지하실의 파라핀 스토브 앞에 앉아서 보냈다. 혼자 힘으로 흘러내리는 진흙을 뚫고 비탈을 오를 수 없다는 사실을 잘 알고 있었기 때문이었다.

메이틀랜드는 말라 가는 경사면 위를 올려다보았다. 제인 셰퍼드가 다시 모습을 보이기를 기다리며 고립되어 이틀을 보내고 나니—그녀는 그날 아침이 되어서야 마침내 나타났다—그와 지나가는 차량 행렬 사이에 얇지만 명확한 정신적 장벽이 드리웠다. 그는 온 힘을 기울여 아내와 아들과 헬렌 페어팩스의 모습을 떠올린 다음, 마음속 액자에 그들의 얼굴을 간직했다. 그러나 이제 그들은 멀리 화이트시티에 드리운 구름처럼 계속 멀어져 가고 있었다.

그는 프록터의 등에 매달린 채로 폐차들이 늘어선 공터에 도착했다. 프록터는 신음을 흘리며 풀숲에 널려 있는 타이어 사이로 경로를 잡았다. 메이틀랜드는 프록터와 제인 셰퍼드에 맞섰을 때가 그런 행동이 가능했던 마지막 순간이었음을 알았다. 지금처럼 병에 시달리고 반쯤 굶으면서 일주일을 보낸 후라면 그렇게 맞설 수 없었을 것이기 때문이었다.

"좋아 ― 그대로 여기 내려. 살살 해……!"

메이틀랜드는 목발로 프록터의 머리를 툭툭 쳤다. 옹졸한 느낌이기는 해도, 그는 어떤 면에서는 이 부랑자를 꾸짖는 일을 즐기고 있었다. 그는 프록터의 목을 가로지르는 은빛 흉터를 과녁 삼아 두 번째 공격을 날렸다. 일부러 분노와 성마른 태도를 유지하면서, 이런 형벌을 좋아하도록 자신을 고무시켰다. 잠시라도 긴장을 풀면 프록터에 의해 목숨을 잃을 것이라 생각하면서.

프록터는 굽히고 있던 거대한 등을 펴면서 메이틀랜드를 재규어 옆에 내려놓았다. 메이틀랜드를 공손히 바라보고 있기는 했지만, 흐릿한 눈은 그의 움직임에서 속임수를 파악하려는지 경계를 늦추지 않았다. 메이틀랜드는 한 손으로 프록터의 머리를 짚어 균형을 유지하면서, 추락한 자동차의 후방으로 뻣뻣한 몸을 움직였다. 재규어는 주변에 무성하게 자라난 수풀에 둘러싸여 버렸고, 검게 불탄 땅은 흔적조차 찾아볼 수 없었다.

메이틀랜드는 프록터의 눈을 피하며, 얼굴 근육을 다스려 아무런 표정도 보이지 않도록 노력했다. 그가 품은 희망 중 하나는 누군가 차를 확인하러 올지도 모른다는 것이었다. 고속도로 관리 요원이나 정비 기술자가 자동차 번호판을 가져가서, 그의 실종을 알고 있는 경찰관에게 넘겨줄지도 모른다고.

메이틀랜드는 자동차의 지저분한 내부를, 불탄 앞 좌석과 계기판을 들여다보았다. 기름때로 진득한 수건 조각이나 빈 병은 아무도 건드리지 않았다. 메이틀랜드는 지붕의 빗물받이를 붙들고 날카로운 모서리에 손바닥을 대고 누르면서 그 나름대로 기력을 되찾으려 했다.

그는 문득 자기 몸에 생각보다 많은 힘이 남아 있다는 것을 깨닫고 놀랐다. 목발 없이도 몇 초는 꼿꼿이 서 있을 수 있었다. 오른 다리는 고관절이 아직 뻣뻣하기는 해도 무게를 실을 만했고, 왼 다리를 축으로 삼으면 거의 걸을 수 있을 법했다. 그는 자신이 이 정도로 회복되었다는 사실을 숨기기로 마음먹었다. 제인과 프록터가 걸을 수 없다고 생각해 주는 편이 계획에 유리할 테니까.

"좋아, 그럼 너한테 줄 만한 물건이 있나 볼까."

메이틀랜드는 프록터에게 비켜서라고 손짓하고는 트렁크를 열었다. 프록터는 기대로 가득한 교활한 눈으로 그를 바라보고 있었다. 메이틀랜드가 실수를 저지르기를 끈기 있게 기다리는 듯이. 때론 메이틀랜드가 그를 목발로 때리도록 유도하는 것만 같았다. 자신을 처벌할 때 메이틀랜드가 느끼는 계산된 기쁨을 잘 알고 있으며, 메이틀랜드가 실제로 그런 행동에 즐거움을 느껴 섬을 떠나겠다는 생각을 포기하기를 바라는 것처럼.

프록터를 계속 다스리려면 젊은 여인이 구입한 선물이 필요했다. 근처 슈퍼마켓에서 사 온 식빵이나 가공 돼지고기 통조림 따위였다. 다른 무엇보다 메이틀랜드의 권위를 유지해 주는 물건은 여러 병의 싸구려 적포도주였다. 프록터는 포도주를 두려워하며 동시에 갈망했다. 저녁이 되면 그는 메이틀랜드를 젊은 여인의 지하실 방에 데려다 놓고, 바닥을 쓸고 등잔을 켠 다음, 그의 정장 상의를 걸치러 돌아갔다. 메이틀랜드는 그에게 자극적인 음료를 손수 한 잔 가득 따라 포상을 내린 다음 병을 건넸다. 그러면 프록터는 자기 소굴로 돌아가서는 순식간에 거나하게 취해 버렸다. 젊은 여인이 밤마다 하는 외출 직전에 곁에 누워서 함께 담배를 피우고 있노라면, 프록터의 우렁찬 목소리가 속삭이는 풀숲 위를 뒤덮고, 그 거친 저음의 음악에 녹색의 하프가 연주하는 부드러운 비탄의 음률이 화답하는 소리가 들리곤 했다.

프록터는 고대하는 눈으로 메이틀랜드가 트렁크를 열기를 기다렸다. 그에게 이 트렁크는 상상도 못 한 포상금으로 가득한 보고寶庫였다. 묵직한 고무 덧신, 파리에서 쓰던 물건을 잃어버린 후 새로 구입한 모조 비취 커프스단추, 낡은 《라이프》 잡지 한 권—프록터는 이런 온갖 물건을 값을 헤아릴 수 없는 신비로운 보물처럼 소중히 간직했다. 메이틀랜드는 그런 모습을 지켜보며 프록터가 다른 사람에게 뭔가를 받아 본 적이 없을 것이라고, 그리고 자신이 그에 대해 가지는 권력은 저녁의 포도주와 더불어 계속 뭔가를 주는 행위에 달려 있으리라 확신했다. 결국 언젠가는 선물을 배제하고 주는 행위만 남을지도 모른다. 몸짓과 태도만으로 이루어진 가상의 화폐가 탄생하는 셈이다.

메이틀랜드는 트렁크 안을 들여다보았다. 자동차의 공구함 외에는 별로 남은 것이 없었다. 이것만은 선물로 넘기고 싶지 않았다. 탈출하려면 공구가 도움이 될 수도 있으니까.

"딱히 남은 게 없는 것 같구나, 프록터. 나사 쬠쇠는 너한텐 별로 도움이 안 되겠지."

프록터는 주름살로 이루어진 행성 같은 얼굴을 멍하니 흔들었다. 찬장이 텅 비어 있다는 사실을 받아들이지 못하는 배고픈 어린아이처럼, 갈수록 기대가 고조되는 모양이었다. 그의 얼굴 위로 다양한 감정이 갈등을 일으키며 흘러갔다. 탐욕, 인내, 결핍. 그는 양쪽 발로 번갈아 깡충깡충 뛰면서 메이틀랜드를 떠밀고는, 온전히 친밀하다고는 할 수 없는 태도로 그를 슬쩍 찔렀다.

자신이 부랑자에게 보인 친절에 대한 반어적인 보복이라 할 수 있는—목발로 목덜미를 두들겼을 때에는 훨씬 얌전 했으니까—이런 행동에 거북해진 메이틀랜드는 포도주가 든 골판지 상자로 손을 뻗었다. 부르고뉴 백포도주가 아직 두 병 남아 있었다. 프록터에게는 제인을 보내 사 온 싸구려 스페인 포도주를 주고, 이건 자기 몫으로 남겨 놓았기 때문 이었다.

"좋아, 프록터. 이걸 한 병 주마. 하지만 저녁까지는 마시 면 안 돼."

그는 병을 건넸고, 부랑자는 흥분에 팔을 떨면서 병을 단 단히 움켜쥐었다. 그 순간만큼은 메이틀랜드도, 사고를 당 한 자동차도 알아보지 못하는 것 같았다.

메이틀랜드는 조용히 그를 바라보며 목발을 만지작거렸 다.

"이건 내가 배급해 주니까 마실 수 있는 거다, 프록터. 그 걸 잊지 마라. 네 삶의 모든 경제적 요건을 내가 바꾸어 놓은 거야. 포도주는 식사와 함께 하고, 저녁을 먹을 때는 옷을 차 려입고. 너는 놔두면 착취당할 게 뻔하니까……"

다시 프록터의 등에 타고 방공호로 돌아가면서, 메이틀 랜드는 고가도로로 통하는 높다란 둑길을 바라보았다. 며칠

이나 비가 내린 끝이었지만 콘크리트는 순식간에 말라 버렸고, 허연 측면이 거대한 공중 궁전의 외벽처럼 하늘을 가로지르고 있었다. 도로 아래로는 웨스트웨이 입체교차로로 들어가는 진입로가, 수많은 경사로와 진입 차선이 뒤엉킨 미로처럼 이어졌다. 메이틀랜드는 원주민이 버리고 간 외계 행성에 홀로 남은 기분이었다. 이 땅에 살던 고속도로 건축가 종족은 먼 옛날에 사라졌지만, 이 콘크리트 정글을 그에게 유산으로 남긴 것이었다.

"이제 마음대로 갈 수 있어⋯⋯" 그는 중얼거렸다. "마음 내키는 대로⋯⋯"

그는 방공호 외벽에 기대앉아 누런 숄을 두른 채로 햇빛을 받으며 휴식을 취했다. 프록터는 몇 미터 떨어진 곳에 쭈그려 앉아서 자기 부르고뉴 병을 열 채비를 하고 있었다. 그는 우선 메이틀랜드가 고기 통조림과 비스킷 꾸러미를 건네주었을 때와 동일한, 짧지만 세심한 의식을 수행했다. 나이프로 병에서 레이블을 긁어낸 다음, 바래 가는 종이를 갈기갈기 찢는 것이었다. 재규어 트렁크에서 찾아낸 3년 전《라이프》를 건네줄 때는 프록터가 큼지막한 사진을 통해 이 섬 바깥의 세계에 흥미를 가지기를 바랐지만, 그는 메이틀랜드의 눈앞에서 잡지를 잘게 찢어 축제용 색종이 조각으로 바꾸어 버렸다.

"너는 글자를 싫어하는 거지, 프록터? 이제 말하는 법까지 잊어 가는 모양이로구나."

프록터의 시력처럼 잊어 가는 것이리라. 메이틀랜드는 프록터가 눈이 멀어 가는 것이 아니라, 단순히 이 섬의 수풀 속이라는 안전한 세계에서, 흉터 가득한 손가락과 촉감에 의존하는 쪽을 선호할 뿐이라고 확신하고 있었다.

메이틀랜드는 진입로의 콘크리트 덩어리 쪽으로 시선을 돌렸다. 혼란에 빠져 글자를 적었던 하얀 콘크리트 표면이 그대로 있었다.

문득 그는 머지않아 탈출할 수 있으리라는 확신으로 가득 차서 손가락을 튕겼다. 그리고 교사처럼 목발을 들어 프록터를 가리켰다.

"프록터, 너한테 읽고 쓰는 법을 가르쳐 주마."

20 / 섬의
명명식

콘크리트 토대 옆의 축축한 땅바닥에 앉아서, 메이틀랜드
는 프록터가 행복한 어린아이처럼 콘크리트 표면에 열심히
글자를 쓰는 모습을 지켜보았다. 미심쩍은 표정의 학생은
고작 30분 만에 열의 넘치는 도제로 변해 버렸다. 처음에는
심하게 흔들리던 알파벳도 이제 명확하고 또렷한 형태를 갖
추었다. 프록터는 양손을 동시에 써서 콘크리트 사면을 때
리며 A와 X를 일렬로 그렸다.

"좋아, 프록터. 정말 빨리 배우는구나." 메이틀랜드는 그
를 칭찬했다. 부랑자의 학업 성취를 보니 자부심이 끓어올
랐다. 아들에게 체스 두는 법을 가르쳤을 때와 똑같은 기쁨
이었다. "정말 훌륭한 신기술이고 말이야. 다들 왜 양손으로

동시에 글자를 쓰지 않는 거지?"

프록터는 흥에 겨운 눈으로 자신의 작품을 바라보았다. 메이틀랜드는 그에게 제인 셰퍼드의 방에서 가져온 화장품 크레용을 두 개 더 건넸다. 프록터는 자신이 진지한 학생이라는 사실을 다시 확인시키려는 듯 메이틀랜드의 팔을 붙들었다. 메이틀랜드가 처음에 알파벳 몇 자를 끼적였을 때만 해도, 이 부랑자는 글자들이 자신을 위협하는 끔찍한 주술이라도 되는 양 얼굴을 찌푸리면서 아예 보는 것조차 거부했다. 그러나 10분 정도 설득하자 그는 공포를 극복했고, 토대의 아래쪽은 줄지어 흐르는 글자들로 뒤덮여 버렸다.

메이틀랜드는 프록터를 따라가며 말했다. "별로 오래 걸리지 않았구나. 지금까지 얼마나 세월을 낭비하고 있었던 거냐…… 자, 그럼 단어 쓰는 법을 가르쳐 주마. 무엇부터 시작하고 싶지. 서커스? 곡예사?"

프록터의 입술이 소리 없이 옴찔거렸다. 그는 수줍게 더듬거리며 말했다. "프…… 프…… 프록-터……"

"네 이름 말이지? 당연한 건데, 그 생각을 못 하다니. 정말 특별한 순간이 되겠어." 메이틀랜드는 그의 등을 두드려 주었다. "그럼 잘 봐라. 이 글자들을 1미터 크기로 따라 적는 거다."

그는 프록터의 크레용을 받아 들고는 적었다.

메이틀랜드 구조

"프…… 프…… 프록터……" 그는 손가락으로 글자를 따라 훑으며 되뇌었다. "이게 네 이름이다. 그럼 이걸 진짜 크게 적어 봐라. 처음으로 네 이름을 쓰는 순간이라는 사실을 잊지 말고."

자부심에 눈물을 그렁거리며, 부랑자는 메이틀랜드가 끼적인 글자들을 바라보았다. 흐릿해져 가는 마음속에 그 글자들을 영원히 새겨 놓으려는 것처럼. 그는 양손으로 콘크리트에 글자를 옮겨 쓰기 시작했다. 각 단어를 쓸 때 그는 가운데에서 시작해서 왼쪽과 오른쪽 가장자리로 손을 움직였다.

"다시, 프록터!" 메이틀랜드는 진입로를 올라가는 트럭의 굉음에 맞서듯 큰 소리로 외쳤다. 흥분한 부랑자는 글자들을 한데 뭉뚱그려 읽을 수 없는 덩어리로 만들어 버렸다. "처음부터 다시!"

프록터는 자신의 열의에 취해 메이틀랜드의 말을 무시했다. 그는 계속 콘크리트에 글자를 끼적이며, 메이틀랜드의 이름 파편들을 이리저리 뒤섞어서 땅 위에 적어 내렸다. 마치 이 섬의 표면을 마지막 1센티미터까지 자신의 이름이라 여기는 글자들로 뒤덮으려는 것처럼.

그는 드디어 만족했는지 비틀거리며 벽에서 떨어져 나와

섬의 명명식

메이틀랜드 곁에 앉았다. 자신의 작품을 향해 환히 웃으면서.

"이런 세상에······" 메이틀랜드는 목발에 힘겹게 머리를 기댔다. 계략은 실패하고 말았다. 그리고 실패의 이유 중 하나는 프록터가 이 정도로 깊이 만족하고 감사할 줄 몰랐기 때문이었다.

"아주 잘했다, 프록터. 다른 단어도 가르쳐 주마." 부랑자가 마침내 진정하자 메이틀랜드는 몸을 앞으로 숙이고 일부러 능글맞게 들리는 목소리로 속삭였다. "새 단어 말이다, 프록터. 이를테면 '씨발'이나 '염병할' 같은 단어 말이야. 그런 것도 쓸 수 있으면 좋겠지. 쓰고 싶지?"

프록터가 어색하게 킥킥거리는 모습을 보며 메이틀랜드는 차분하게 글자를 적었다.

구조 사고 경찰

그는 프록터가 머뭇거리며 글자들을 베껴 적는 모습을 지켜보았다. 프록터는 오직 한 손으로 적으면서, 다른 손으로 자기가 쓴 글자들을 가리고 있었다. 마치 들킬까 겁을 집어 먹은 듯이. 그는 결국 손을 떼고 온갖 색으로 뒤덮인 콘크리트 위에 침을 뱉은 다음, 손등으로 자기가 쓴 글자를 지워 버렸다.

"프록터! 아무도 못 볼 거야!" 메이틀랜드는 그를 막으려 했다.

프록터는 크레용을 땅바닥에 던졌다. 그는 제멋대로 뒤섞인 메이틀랜드의 이름 파편들을 여전히 자부심 넘치는 눈으로 바라본 다음 풀숲에 주저앉았다. 메이틀랜드는 프록터가 욕설을 끼적이는 일에서 아주 잠시밖에 즐거움을 느끼지 못했으며, 그가 보기에도 어린아이처럼 감정을 과시하는 것에 불과한 행위에는 더 이상 동참하지 않겠다고 마음먹었다는 사실을 깨달았다.

21 / 광기의 바닥

탈진하고 의지력도 꺾이기 시작한 메이틀랜드는 프록터의 어깨에 매달려 섬 안을 이리저리 돌아다녔다. 구부정한 짐승과 창백한 종말의 기수는 함께 일렁이는 풀숲 속을 헤맸다. 간간이 메이틀랜드는 힘을 회복했고 금속 목발을 붙든 채로 몸을 곤추세웠다. 의식을 잃지 않기 위해서, 그는 프록터가 조금이라도 비틀거리거나 머뭇거릴 때마다 바로 욕설을 내뱉으며 목발로 두들겼다. 부랑자는 힘겹게 걸음을 옮겼다. 다친 사람을 간절히 살리고 싶지만, 이렇게 아무 목적 없이 섬을 헤매고 돌아다니는 외에는 다른 방법이 아무것도 떠오르지 않는다는 듯이. 벌겋게 부어오른 목의 상처에 고통을 가하는 일로 메이틀랜드가 생기를 되찾을 것이라 여기는지, 가끔씩 일부러 자신의 목을 드러내 보이기도 했다.

섬을 세 번째로 가로질러 폐차장 쪽으로 돌아와서, 프록터는 그를 땅으로 내려놓았다. 메이틀랜드는 힘없이 수풀 속에 주저앉았다. 부랑자는 튼튼한 팔로 그를 들어 재규어의 후방 범퍼에 기대 앉혔다. 그리고 메이틀랜드의 어깨를 흔들며 그가 집중할 만한 대상을 찾으려 했다.

메이틀랜드는 차량 행렬을 외면했다. 오후의 열기가 부딪쳐 산란하는 고속도로는, 수많은 타이어와 엔진 소리에 진동하며 그를 굽어보는 것만 같았다. 그의 시선이 폐차장을 오락가락하면서, 허리춤에서 쥐덫을 꺼내 망가진 자동차 사이에 놓는 프록터를 향했다. 뒤집힌 택시의 흙먼지 쌓인 지붕에 대고, 프록터는 알아볼 수 없는 메이틀랜드의 이름 파편들을 손가락으로 끼적였다.

메이틀랜드가 자신을 바라보고 있다는 걸 알아챈 프록터는 체조 연습을 시작했다. 물구나무서기나 앞구르기에 성공하면 메이틀랜드의 기민한 정신이 돌아올 거라고 바라면서. 프록터는 메이틀랜드가 바라보는 앞에서 어설프게 비틀거리다 넘어졌다가 초조하게 코를 문지르며 일어나기를 반복했다. 따스한 기류가 섬을 가로지르면서 수풀과 그의 피부 양쪽 모두를 달래 주었다. 그 모두가 동일한 육체를 구성하는 요소인 것처럼. 한때 자기 육신의 일부를 떨어내려고,

광기의 바닥

상처를 입은 장소마다 그 상처를 입은 부위를 떨구고 오려고 시도했던 일이 떠올랐다. 다친 허벅지와 둔부, 입과 오른쪽 관자놀이는 이제 전부 치료되었다. 마치 그 주술적인 치료 방법이 어떤 식으로든 효력을 발휘했고, 부상당한 부위를 제각기 지정된 장소에 놓고 오는 시도가 성공한 것처럼.

같은 방식으로, 그는 마침내 자신의 정신도 조각내 벗어던지며, 고통과 기아와 수치의 기억을 떨쳐 내고 있었다. 아이처럼 소리쳐 아내를 찾던 고속도로 경사면 위에, 자기 연민에 푹 절어 있던 재규어의 뒷좌석에…… 그 모든 조각을 이 섬에 남기고 떠날 수 있을 것이다.

그는 이런 전망에 기운을 차리고 나서 프록터에게 등에 타겠다고 신호를 보냈다. 교회 터를 다시 지나면서 섬을 건넜을 때, 메이틀랜드는 프록터가 그의 이름 파편들을 무너진 벽과 묘비에, 지하 인쇄소 옆에 쌓인 녹슨 함석판에 써 놓은 것을 보았다. 철자가 뒤바뀐 수수께끼 같은 글자들이, 프록터가 그에게 보내는 소리 없는 신호가, 사방에서 그들을 에워쌌다.

메이틀랜드는 젊은 여인의 흔적을 찾아 섬의 경계를 한 바퀴 눈으로 훑었다. 그녀가 섬에 드나드는 비밀 통로야말로 가장 가능성이 높은 탈출 경로였다. 그는 그녀가 모습을 보이기를 기다렸다. 배가 고프지만 음식을 먹을 수는 없는 상태로, 그는 프록터가 철조망 너머로 손을 뻗어 버려진 지

일주일은 지난 음식 부스러기나 쓰레기를 긁어모으는 동안 철조망 옆 경사면에 앉아 있었다. 메이틀랜드는 문득 자신이 요일을 헤아리기를 멈추었다는 사실을 깨달았다. 아마 수요일이거나, 어쩌면 금요일일 것이다.

프록터는 그를 향해 반합을 내밀면서 돼지고기 연골 조각으로 싸인 축축한 빵 조각을 권했다. 메이틀랜드의 거의 현실성 없는 탈출 계획을 걱정하는 것이 분명했다.

메이틀랜드는 목발로 땅을 쿵쿵 찍으며 건네는 음식을 내쳤다. 그는 지갑에서 1파운드 지폐와 제인 셰퍼드의 화장대에서 꺼내 온 청색 마스카라 펜슬을 꺼냈다.

"음식은 사는 거다, 프록터―그러면 **그 여자**한테 의존할 필요가 없어…… 1파운드만 있으면 우리는―"그는 크게 웃음을 터트리면서 새된 고함을 지르고 말을 멈추었다. "세상에, 너는 그 찌꺼기가 더 마음에 드는 모양이지!"

그는 지폐 가장자리에 짤막한 구조 요청을 적었다. 그러고는 접어서 프록터에게 건넸다. "이제 진짜 음식을 먹을 수 있다고, 프록터."

프록터는 지폐를 받아 들었다가, 부드럽게 다시 메이틀랜드의 손안으로 밀어 넣었다.

메이틀랜드는 경사면에 기대 누워서 오후의 차량 소리를 듣고 있었다. 해는 벌써 서쪽 하늘로 기울어지기 시작했다.

러시아워를 맞아 도시를 떠나오는 첫 행렬의 앞 유리에 햇빛이 반사되어 반짝였다.

고가도로 아래쪽에서 불어온 보다 서늘한 바람이 삐져나온 쓰레기를 휘감고 돌았다. 메이틀랜드는 지갑을 열고 1파운드 지폐 뭉치를 꺼냈다. 최면에 걸린 짐승처럼 돈을 바라보고 있는 프록터 앞에서, 메이틀랜드는 마지막 패를 꺼내는 도박판의 사기꾼처럼 30장의 지폐를 일렬로 늘어놓았다. 그리고 지폐를 한 장씩 돌멩이로 눌렀다.

"잘 봐라, 프록터……" 메이틀랜드는 돌멩이 하나를 들었다. 바람이 순식간에 지폐를 붙들고 상승해 섬의 건너편까지 날렸다. 허공으로 솟구쳐 오른 지폐는 지나가는 차량 행렬 위로 팔랑거리며 떨어지더니 바퀴 아래로 사라졌다.

"날아가라, 피터……"

그는 다른 돌멩이를 들었다.

"날아가라, 폴……"

프록터는 종종걸음을 치며 앞으로 나와서 두 번째 지폐를 붙들려 했지만, 종이쪽은 팔랑거리면서 손길을 피해 허공으로 날아갔다. 그는 초조한 강아지처럼 메이틀랜드 주변을 기어 돌면서 뭐가 문제인지를 알아내려 애썼다.

"메이틀랜드 씨…… 제발…… 돈은 날면 안 된다."

"돈이 날아? 그렇지!" 메이틀랜드는 고가도로 아래의 터널을 가리키며 말했다. "저 위에 잔뜩 있단다, 프록터. 아주 많이 있지." 프록터가 일렬로 늘어서서 오후의 바람에 팔락이는 지폐들에 신경을 쓰고 있다는 걸 알아차린 메이틀랜드는 지폐를 다시 주워 모았다. "급료가 든 가방을 나르는 중이었거든. 그 안에 얼마나 들었을까? 2만 파운드! 저 위 어딘가에 있단 말이다, 프록터. 목책을 바로 세우러 올라갔을 때 터널 안에서 보지 못했어?" 메이틀랜드는 프록터의 무딘 정신이 자기 말을 제대로 알아듣기를 기다리며 말을 멈췄다. "잘 들어라, 프록터. 너한테 절반을 주마. 1만 파운드야. 그거면 이 섬을 **살** 수도 있을 거다……"

그는 탈진해서 물러나 앉았고, 부랑자는 열의 넘치는 자세로 자리에서 일어났다. 지금껏 꿈꿔 본 적조차 없는 희망이 그의 눈에 가득 타올랐다.

프록터가 섬을 가로질러 경사면으로 다가가는 동안, 메이틀랜드는 방공호 지붕에서 초조하게 기다렸다. 그는 목발을 달각거리며 고가도로 터널에서 나오는 러시아워의 차량 행렬을 지켜보았다. 그의 남은 희망 중 하나는 프록터가 터널로 들어가서 차에 치여 죽어 주는 것이었다. 그러기라도 하지 않으면 저 차량 행렬은 결코 멈추지 않을 테니까.

프록터는 경사면 아래편의 깊은 풀숲에 서 있었다. 그가 돌아보자, 메이틀랜드는 손을 흔들어 올라가라고 재촉하며 목쉰 소리를 질러 댔다. "그대로 올라가, 프록터! 섬을 사는 거야!" 그리고 소리 내어 홀로 기원했다. "그대로 치여 버려라……"

가까스로 자신을 제어할 수 있는 상태로, 그는 경사면을 오르는 프록터를 지켜보았다. 차량 행렬은 웨스트웨이 입체 교차로에서 터널을 향해 빠르게 달려오고 있었다.

"또 뭐가 문제야?" 프록터는 갓길로 올라가서 나무 울타리 뒤에 쭈그리고 앉았다. 그는 머뭇거리는 표정으로 메이틀랜드가 있는 쪽을 바라보며, 자동차 행렬이 굉음을 울리면서 지나가는 1미터 위의 낯선 공기를 뭔가를 찾으려는 듯 손으로 휘저었다.

메이틀랜드는 분노로 고함을 지르며 기어 일어섰다. 그리고 머리 위로 목발을 휘두르면서 돌투성이 땅을 따라 경사면 쪽으로 절뚝이며 갔다.

그러나 프록터는 이미 몸을 돌렸다. 그는 고개를 수그린 채로 게처럼 납작하게 붙어서 비탈을 내려왔다. 흉터 가득한 손이 그를 반기는 풀숲에 닿았다.

메이틀랜드는 비틀비틀 걸음을 옮기며 목발로 쐐기풀 덤불을 휘저었다. 분노를 이기지 못하고 땅바닥에 넘어진 그를 향해 프록터가 섬을 건너 다가왔다. 수풀 사이로 보이는 그의 커다란 얼굴은 수심에 찬 다정한 짐승 같았다.

메이틀랜드는 수풀 속으로 엎어졌다. 그러고는 프록터의 다리를 때리려고 목발을 들었다. "얼른 가…… 돈을 가져오라고!"

프록터는 그가 들어 올린 파이프를 무시하고, 안심시키려는 듯 미소 띤 얼굴로 손을 내밀었다. 메이틀랜드는 그를 올려다보다 불현듯 프록터가 돌아온 이유를 깨달았다. 이 부랑자는 흐릿한 정신으로도 자신이 돈을 찾아내면 메이틀랜드가 섬을 떠나리라 생각하고 그를 돌보기 위해 돌아온 것이었다.

그는 부드럽게 메이틀랜드를 안아 들어 넓찍한 등에 태웠다.

"프록터……" 메이틀랜드는 등에 기댄 채 불안하게 흔들리며 중얼거렸다. "……네놈은 내가 죽기를 기다리고 있는 거야."

무력하게 부랑자의 등에 매달린 그의 다리가 흔들리며 일렁이는 수풀을 훑었다. 주위에는 프록터의 몸에서 풍기는 달큼한 냄새가 가득했고, 메이틀랜드의 머리는 어째서인지 이 냄새를 음식과 연관 짓고 있었다. 프록터가 자신을 교회 옆의 수풀과 쐐기풀로 이루어진 성채의 지하로 데려가고 있다는 정도는 인지할 수 있었다. 지하 묘지의 문이 열리자 그는 프록터의 어깨 너머로 어둑한 방 안을 둘러보았다.

관을 놓는 벽감 중 하나에 그의 차에서 뜯어 온 다양한 금속 물체들이 보였다. 백미러와 제작사 메달, 크롬 마감재가 존경받는 성인의 유해를 안치할 화려한 제단을 장식하는 것처럼 진열되어 있었다. 그 주위로는 메이틀랜드가 프록터에

광기의 바닥

게 준 커프스단추와 덧신이, 애프터셰이브 로션 병과 면도 크림 스프레이가, 프록터가 그의 시체를 장식하기 위해 준비한 온갖 잡동사니가 즐비했다.

22 / 문의 움막

"일어나! 당신 괜찮은 거야?"

사방에서 일렁이는 풀들의 억센 줄기가 그의 얼굴을 채찍처럼 휘갈겼다. 메이틀랜드는 늦은 오후의 햇살을 받으며, 팔을 쫙 벌린 채로 누워서 가슴의 뼈를 데우는 햇볕을 느끼고 있었다. 노란빛이 풀잎 표면에 두텁게 니스 칠을 하는 듯이 수풀 위를 오갔다.

"**일어나라고!**" 젊은 여인의 새된 목소리에 정신이 들었다. 그녀는 깊은 풀숲에 무릎을 꿇고 앉아 그의 어깨를 건드리며, 미심쩍은 눈으로 그를 내려다보고 있었다.

"내 말 들려? 괜찮은 거야?" 그녀는 고개를 돌려 영화관 지하실 입구에 초조하게 쭈그리고 있는 프록터를 돌아보았다. "프록터, 이 사람한테 대체 무슨 짓을 하고 있던 거야? 짐작도 안 가네. 아무래도 이 사람을 주변 도로에다 올려다 놓고 경찰이 발견하게 만드는 편이 나을지도 모르겠어."

"안 돼!"

메이틀랜드는 갈퀴처럼 앙상한 손을 뻗어 제인의 오른팔을 힘껏 잡았다. "안 돼―여기 머물고 싶어. 일단 지금은."

"알았어……" 그녀는 기분이 나빠진 투로 쏘아붙였다. "여기 있으라고. 하지만 경고해 두는데, 내 쪽에서 떠날지도 몰라. 그러면 당신이 내 방을 써도 돼."

메이틀랜드는 고개를 저으며 여자를 진정시키려 애썼다. 잠을 잔 덕분에 원기가 돌아왔고, 차분하고 머리가 개운해진 느낌이 들었다. 프록터의 등에 올라타고 끝없이 섬을 왕복하던 기억이 떠올랐다. 자신의 이름 파편들이 끝없이 불어나며 자신을 도발하고 혼란스럽게 만들던 기억도. 프록터를 죽이려 시도하다니, 자신도 알아차리지 못하는 사이에 열이 다시 오르기라도 한 걸까. 아니면 굶주림 때문에 정신이 나갔던 걸까. 젊은 여인 쪽은 갈수록 섬에서 보내는 시간이 줄고 있었다. 어떻게든 이 여자를 이곳에 붙들어 둘 방법을 찾아야 했다.

"제인, 당신이 가면 나는 여기서 죽을 거야. 프록터가 벌써 나를 매장할 계획을 꾸미고 있다고."

젊은 여인의 시선은 낯선 짐승을 살피는 사려 깊은 어린

아이처럼 보였다. "하지만 다리는 좀 나아진 것 같은데. 오늘 아침에는 거의 제대로 걷고 있었잖아." 그녀는 고개를 저으면서 자리에서 일어섰다. "영문을 모르겠네. 알았어, 여기 있을게. 포도주 가져왔어. 내가 프록터한테 줄게."

"아직 안 돼." 메이틀랜드는 바짝 긴장하며 일어나 앉았다. 그리고 손으로 프록터를 가리키며 말했다. "저 녀석 침대를 이리 가져오게 해."

"어디로? 우리하고 함께 자게 하지는 않을 거야."

"여기로. 이리 가져오라고 해. 그런 다음에 내가 머물 은신처를 만들어 달라고 해야지. 방법은 내가 일러 줄 테니까."

두 시간 후, 메이틀랜드는 녹슨 움막 한가운데 누워 있었다. 프록터가 자동차 차체 조각을 그의 주변으로 빙 둘러 만든 비좁은 가건물이었다. 자동차 문짝을 반원형으로 빙 둘러 세우고 창문틀을 서로 엮어 벽을 만들었다. 그 위에 후드 두 개를 올리자 원시적인 지붕이 되었다. 메이틀랜드는 가건물의 열린 문간에 편안히 누워서, 마지막 작업에 들어간 프록터를 만족스러운 얼굴로 지켜보았다. 프록터는 그를 위해 자신의 침대뿐 아니라 누덕누덕한 퀼트도 두 장 가져다주었다. 그리고 나서 메이틀랜드를 침대 위로 올리고 주변에 퀼트 천을 펼쳤다. 문짝 중 여러 개가 부랑자의 손가락 글자 파편들로 뒤덮여 있었지만, 메이틀랜드는 그건 그대로 놔두기로 결정했다.

"솜씨가 제법인데." 제인은 프록터가 열심히 일하는 동안 느긋한 걸음으로 가건물을 둘러보았다. 직접 만 담배를 입에 물고, 한쪽 눈으로는 멀리 보이는 차량 행렬을 흘깃거리면서. 높이 솟은 잡초와 폐허가 된 옥외 화장실 건물 때문에 도로 쪽에서는 메이틀랜드의 움막이 보이지 않을 것이었다. "최소한 요즘 투기꾼들이 올리는 건물 정도 품질은 되잖아. 당신이 제대로 된 건축가라는 건 충분히 알겠어."

그녀는 문 하나에 기대서 손잡이를 돌려 창문을 내린 다음 그 틈새로 메이틀랜드와 대화했다. "여기서 밤을 보낼 생각이야?"

"아니. 여긴 내…… 여름 별장이니까."

"저 사람 포도주는 어떻게 해? 내가 줄까?"

프록터는 얌전히 근처에 쭈그려 앉은 채 낡은 수건으로 얼굴의 땀을 닦아 내고 있었다. 손에는 정장 상의를 들고, 마치 그걸 입으면 메이틀랜드가 짜증을 낼까 봐 두려워하는 듯 머뭇거리면서. 시선은 제인이 들고 있는 포도주 병에 고정되어 있었다. 메이틀랜드는 무너진 매표소 쪽을 가리키며 말했다.

"저 뒤에서 기다리고 있으라고 말해. 내 눈에 안 띄는 곳에 있으라고."

"당신을 위해 열심히 일했잖아."

"제인……" 메이틀랜드는 지겹다는 듯 손을 들어 그녀를 쫓았다. 수척한 몸이 저물어 가는 태양 빛을 받아 벌겋게 달아올라 있었다. "더 이상 저놈한테 신경 쓰고 싶지 않아."

그는 여인의 손에서 병을 빼앗아 자기 입가로 들어 올렸다. 그러고는 싸구려 포도주의 자극적인 맛조차 거의 느끼지 못하면서 그대로 계속 목으로 넘겼다. 자신의 황막한 왕국을 주재하며 구걸로 삶을 이어 나가는 사막의 족장처럼, 그는 녹슨 가건물 입구에 놓인 침대에 쭈그려 앉았다. 피로와 굶주림 탓에 이미 생리학의 법칙은, 필요와 반응으로 이루어진 육신의 경제체제는 전부 정지해 버렸다. 차량 행렬의 소리에 귀를 기울이면서도 시선은 아파트 건물 뒤편으로 내려앉는 태양의 붉은 원반을 향해 있었다. 유리로 된 외벽이 빛을 받아 반짝였다. 차들의 굉음이 태양으로부터 흘러나오는 것만 같았다.

메이틀랜드는 일어나 앉으며 제인 셰퍼드에게 포도주 병을 넘기고 섬의 꼭짓점 근방을 강하게 응시했다. 아주 잠깐이지만 소형 오토바이를 끌고 있는 백발노인의 낯익은 모습이 동쪽으로 향하는 도로를 지나간 것만 같았다. 저무는 석양이 양쪽 차선의 차량들 사이로 슬쩍 보인 백발과 오토바이를 환히 비추었다. 메이틀랜드는 다시 그의 모습을 찾으려 했지만, 양쪽 차선을 가득 메운 차들 때문에 포기하고 말았다. 일전에 그 노인을 봤을 때 두려움에 사로잡혔던 기억이 났다. 그러나 이제는 대조적으로 안도감이 느껴졌다.

"프록터가 아직도 자기 포도주를 기다리고 있어."

젊은 여인은 그의 앞에 버티고 서서 공격적으로 몸을 흔들었다. 한쪽 손은 포도주 병의 병목을 붙든 채였다. 포도주는 거의 남지 않았고, 메이틀랜드는 그녀가 자신의 곁에서 10분 가까이 술을 마시고 있었다는 사실을 알아챘다. 고약하게 달뜬 희열 속에서 그의 침묵은 그녀를 도발하는 효과를 낼 뿐이었다.

"당신은 개자식이야. 뒈질 생각이지? 여기서는 죽지 마."

메이틀랜드는 담배를 피우는 그녀의 모습을 지켜보았다. 그녀는 시선을 끄는 움직임으로 머리를 뒤로 넘기고는, 저물어 가는 태양에 매혹된 메이틀랜드에게 계속 시비를 걸었다.

"여길 떠날 거라고 생각하지. 똑똑히 말해 두겠는데, 못 할걸. 하루 온종일 여기 누워서 생각만 하고 있으면 어떻게든 될 것 같겠지. 당신이 무슨 생각을 하는지 누가 신경이나 쓸 것 같아. 당신— 당신한테는 아무 가치도 없어."

메이틀랜드는 그녀에게서 차츰 멀어지고 있었다. 어둑해진 하늘에 울리는 그녀의 목소리는 거의 알아듣기도 힘들 지경이었다. 자신의 육체가 이제 무엇을 먹고 마셔도 흡수할 수 없게 되어 버리고 말았다고, 그는 확신했다. 포도주조차 그의 위장에 차가운 호수로 고이기만 할 뿐이었다.

여자는 그의 주의를 붙들어 두려고 손으로 얼굴을 때렸다.

"이젠 또 누굴 증오할 생각이지?" 그녀는 거칠게 물었다. "너무 편식이 심한 것 아니야? 이런 대화로 나를 모욕할 생각이겠지. 내 말 믿어. 침대에 대해서는 당신보다 내가 훨씬 잘 알거든. 당신은 끔찍한 중년 변태일 뿐이고, 내 돈으로 당신을 먹여 살릴 일은 없을 거야. 세상에, 미친 거 아냐. 당신 완전히 정신병자라고."

메이틀랜드는 시선을 돌려 혼잣말로 불평을 중얼거리며 가건물 바깥을 이리저리 걸어 다니는 그녀를 좇았다. 머릿속의 음악에 맞춰 몸을 흔드는 모습을 보면서, 메이틀랜드는 그녀가 다른 남자에게 말하고 있음을 깨달았다.

"춤추면서 아파트 안을 돌아다니는 게 아니야. 셔플 댄스라고 불러 줄래. 무슨 상관이야, 정말 끝내주는데. 내일 오후면 헤어질 사이인데 질척거리지 말고 냉정하게 보내는 게 어때. 솔직히 꽤나 괜찮은 음악이잖아. 잘 들어, 딱히 다른 사람의 애정을 원하는 건 아니거든. 이미 그 단계는 극복했어. 애처럼 굴지 말라고. 우리 사이가 끝나서 얼마나 다행인지 모르겠네. 두 번 다시 당신을 보고 싶지 않거든. 나는 우리 관계가 끝장난 걸로 봐. 전화 걸 생각은 하지도 마. 내 직업상의 인간관계에 참견하려 들지도 말고. 이 음반 정말 아름답잖아. 성관계를 가질 때 딱이겠어. 나중에 한번 시험해 보지 그래."

잠시 제정신으로 돌아온 그녀는 붉은 햇살 사이로 메이틀랜드를 내려다보고, 그가 누군지를 알아차렸다가 다시 분노에 마음이 사로잡혀 버렸다.

"차에 치일 거야, 당신. 머지않아 당신이 내 삶에서 사라져 버린다니 정말 신께 감사할 일이네. 동방의 바자 한복판에 가서 사는 건 어때. 진심으로 당신을 사랑했는데 이딴 식으로 망쳐 버리다니. 열두 시간 후엔 당신은 가 버리겠지. 관계 따위를 원하는 사람이 누가 있어? 지금 여기서도 충분히 지겨워 죽을 지경인데. 어릴 적부터 사랑도 애착도 없는 사람이었지. 오늘 밤에는 폭력을 휘두를 생각 마. 여긴 착한 아이들이 아주 많으니까. 대체 왜 그렇게 개자식인 건데? 그 빌어먹을 미국인 여자도 그래. 매춘부잖아. 모든 행동이 작위적이고. 정말 영리하긴 하지. 그건 나도 알아……"

목소리가 잦아들었다. 그녀는 떨어트린 포도주 병을 찾아 땅 위를 더듬다가, 집어 들고는 비명을 지르며 매표소 옆의 어스름 속에 쭈그리고 있던 프록터를 향해 던졌다. 유리병이 나무 덧문에 부딪쳐 산산조각 났다. 유리 조각이 광기에 빠진 눈빛처럼 번득였다.

프록터는 유리 조각을 하나씩 집어 흉터투성이 입술로 핥기를 반복했다. 메이틀랜드는 젊은 여인이 엉망이 된 자신의 인생을 이용해 그를 도발하는 말을 멍하니 듣고만 있었다. 그를 죽은 아기의 아버지로 여기는 것만 같았다.

메이틀랜드는 자리에서 일어나 그녀 쪽으로 다가갔다. 그녀의 강인한 팔을 밀친 다음, 그녀의 어깨를 자기 가슴에 대고 눌렀다. 그렇게 그녀를 달래고 안심시켜 주면서 젖은 머리카락을 그녀의 얼굴에서 떼어 냈다. 그리고 그녀가 진정되자 지하실 입구 쪽으로 데려갔다.

그들은 따뜻한 방 안에서 함께 침대에 앉았다. 그녀는 한동안 손으로 입을 막고 숨을 들이쉬었고, 이내 눈빛이 맑아졌다. 정신을 차린 그녀는 다급하게 메이틀랜드를 돌아보며 말했다.

"당신은 어서 여길 떠나야 해. 뼈하고 가죽밖에 안 남았잖아. 게다가 정신도—의사한테 가야 한다고. 지금 당장 당신 아내한테 전화를 할게. 그럼 오늘 저녁 안에 여기 도착해서 당신을 데려갈 거야……"

"안 돼." 메이틀랜드는 차분하게 대꾸하며 그녀의 손을 붙들었다. "그 여자한테 전화하지 마. 내 말 들어."

"알았어." 그녀는 머뭇거리며 고개를 끄덕였다. "있잖아, 오늘 밤에는 여기서 쉬어. 내일 도로로 올라가게 도와줄게. 병원으로 데려다줄 테니까."

"좋아, 제인. 함께 있는 거야." 메이틀랜드는 그녀의 어깨에 팔을 둘렀다. "내가 이 섬에 있다는 사실은 누구에게도 알리고 싶지 않아."

그녀는 지친 듯 그의 가슴에 몸을 기댔다.

"프록터가 떠나고 싶어 해. 나한테 자기도 데려가 달라고 말했어."

동이 트자 하루의 첫 햇살이 고가도로의 콘크리트 기둥 사이로 비집고 들어와 교통섬을 비추었다. 메이틀랜드는 금속 목발에 기대어 가운데 골짜기를 따라 움직였다. 고르지 못한 땅바닥에 비틀거리면서, 그는 사냥터지기의 날카로운 눈으로 높이 솟은 경사면을 따라 도망치는 밀렵꾼이 없는지를 살폈다.

그는 한 시간 동안 섬을 순찰했고, 풀잎에 맺힌 이슬이 누더기가 된 바지를 흠뻑 적셨다. 마지막 야간 트럭이 고속도로를 따라 모습을 감추자 그는 프록터의 방공호의 빗장 지른 문에 기대어 휴식을 취했다. 그의 시선이 문득 교통 표지판과 전선과 가로등과 콘크리트 벽이 만드는 기하학적이고 복잡한 검은 실루엣을 향했다. 서쪽 차선을 따라 차 한 대가 달려갔고, 메이틀랜드는 목발을 들어 그쪽으로 흔들었다. 섬을 탈출하려 시도하며 겪은 그 모든 좌절에도 불구하고, 그는 아직도 지나가던 운전자가 그를 보고 차를 세워 줄 것이라는 희망을 버리지 않고 있었다.

메이틀랜드는 방공호를 떠나 고가도로 아래에 쏟아지는 햇살 속으로 흔들리며 걸어갔다. 철조망에서 50미터 거리까지 왔을 때, 그는 놀라 숨을 삼키며 축축한 풀밭으로 목발을 떨어트렸다.

도로 한가운데 시의 수리 차량 한 대가 서 있었다. 콘크리트 난간 너머로 보이는 것이라고는 운전기사의 모자 꼭대기와 사다리차 윗부분뿐이었지만, 얼마 안 있어 저 정비공이 시멘트가 낡아 떨어지는 도로 측면을 수리하기 위해 고가도로 아래쪽으로 돌아 내려올 것이라고 확신할 수 있었다. 사다리차 발판은 이미 난간 위로 올라왔다. 도로 가장자리에서 늘어트린 밧줄의 한쪽 고리가 지면에서 2미터 되는 곳까지 내려와 있었다.

공사 차량을 보고 혼란에 빠진 메이틀랜드는 목발을 찾아 허공을 더듬었다. 그리고 목쉰 소리로, 거의 반사적으로 도움을 청하는 말을 중얼거렸다. 운전기사와 두 명의 정비공이 길을 따라 300미터 떨어진 곳에 서 있는 두 번째 정비 차량으로 걸어가면서, 세 사람의 머리가 잠시 난간 위로 비쳤다.

메이틀랜드는 흥분해서 온몸을 떨며 목발을 집어 들고 앞으로 움직였다. 그의 뒤편으로 3미터쯤 떨어진 곳에서 검은 정장을 입은 사람 하나가 깊은 수풀에서 튀어나왔다. 뒤를 돌아보려다 녹슨 함석판에 발이 걸려 넘어진 메이틀랜드는 그 형체가 프록터임을 깨달았다. 부랑자는 머리 위로 팔을 높이 치켜든 채로 달려 나갔다. 정장 상의 아래에 누더기가 된 레오타드를 걸치고 있었다. 그는 풀숲에 버려진 타이어를 껑충껑충 뛰어넘으며, 지면에서 2미터 되는 곳에 걸린 밧줄 고리를 향해 달렸다.

"프록터! 그거 놔둬!"

메이틀랜드는 목발을 쥐고 절뚝이며 앞으로 움직였다. 프록터를 놀라게 만들어 쫓아 버리려고 땅을 두드리면서. 그러나 늙은 곡예사는 이미 공중으로 뛰어올라 있었다. 그는 느슨한 고리를 붙들고 몸을 흔들더니 손을 번갈아 뻗으며 위로 올라갔다. 강인한 팔이 피스톤처럼 움직였고, 발은 늘어진 밧줄을 휘감아 붙들었다.

메이틀랜드는 두려움에 사로잡혀 제대로 말도 나오지 않는 상태로, 흔들리는 밧줄 끝을 목발로 때렸다. 프록터가 도주하면 젊은 여인도 머지않아 그를 버릴 것이다. 어제저녁에 도움을 청하겠다고 한 말은 단순한 연막임에 틀림없었다. 그 여자는 경사면 위로 올라서기만 하면 그대로 모습을 감출 것이고, 이 부랑자도 뒤를 따를 것이다. 홀로 이 섬에 남겨진 메이틀랜드는 기껏해야 며칠 정도밖에 버티지 못할 것이다.

프록터는 난간으로 올라갔다. 메이틀랜드의 두려움을 확인한 프록터는 교활한 미소를 띠고 그를 내려다보았다.

"프록터! 당장 내려와!"

튼튼한 손으로 밧줄을 타고 올라간 프록터는 난간 위에 다리를 걸친 다음, 텅 빈 도로 양편을 훑어보았다. 메이틀랜드에게 손을 흔들고는 작업대를 매단 밧줄을 풀어서 강철 골조에 달린 목제 받침대를 아래로 내렸다. 그리고 보수용 트럭의 윈치에 달린 견인줄을 붙들고 게걸음으로 난간을 넘어 작업대로 뛰어올랐다.

프록터가 작업대를 땅으로 내리는 모습을 보면서, 메이틀랜드는 이 부랑자가 자신에게서 도망치려는 것이 아니라 자신이 탈출할 수 있도록 돕고 있음을 깨달았다. 여전히 메이틀랜드의 감탄을 끌어내고 싶은지 그는 한때 공중그네 곡예사였던 솜씨를 살려서 작업대를 양옆으로 흔들어 보였다.

"대단하구나, 프록터……" 메이틀랜드는 혼잣말을 중얼거렸다. "정말 훌륭한 솜씨야. 자, 그럼 이제 내려와."

그러나 프록터는 더 이상 메이틀랜드에게 신경 쓰고 있지 않았다. 그는 지면으로부터 6미터 떨어진 상공에서 작업대를 더 세게 흔들었다. 강인한 몸이 움직일 때마다 자부심이 흘러나왔다. 벗어서 던져 버린 정장 상의가 펄럭이며 땅으로 떨어져 내렸다. 그는 작업대가 한쪽 최고점에 도달하자 능숙한 동작으로 훌쩍 뛰어올라 한 바퀴 돈 다음, 강인한 손으로 강철 골조를 붙들었다. 그리고 몸을 접다시피 구부리면서 작업대를 허공으로 밀어 보냈다. 다음번 최고점에서는 공중에서 한 바퀴 돌면서 양손을 교차해 잡고는 다시 작업대를 밀어냈다. 주름살 가득한 얼굴에 아이처럼 환한 미소가 떠올랐다.

도로 위에서 소리치는 목소리가 들렸다. 차 문이 세게 닫혔다. 다음 순간 정비 차량의 엔진 소리가 울렸다. 흔들리는 작업대에 매달려 있던 프록터는 영문을 모르는 표정으로 위를 바라보았다. 윈치에 연결된 밧줄은 이미 죄어들고 있었고, 그로 인해 만들어진 고리가 프록터의 어깨를 휘감았다. 메이틀랜드는 부랑자를 향해 목발을 흔들며 뛰어내리라고 신호했다. 운전사는 윈치에 달린 느슨한 밧줄에 프록터가 엉켜 있으리라고는 상상조차 못 한 채 정비 차량을 움직였다.

운전사가 가속을 하며 기어를 바꿨다. 프록터는 몸을 빼기도 전에 작업대에 거꾸로 잡아당겨졌다. 견인 줄이 그의 몸을 휘감으면서 허리와 목을 조였다. 도살장의 시체처럼 묶여서 작업대 위로 매달려 버렸다. 그는 밧줄을 잡으려 헛발질을 하면서 허공을 거꾸로 끌려갔다.

정비 차량이 속도를 내며 엔진 소리가 메이틀랜드의 고함을 파묻어 버렸다. 프록터는 무력하게 매달린 채로 가장 가까운 콘크리트 기둥으로 끌려가고 있었다. 그의 몸이 거대한 기둥에 부딪친 순간, 펀칭백을 던진 것처럼 쿵 소리가 울렸다. 이제 정신을 잃은 그는 목을 얽어맨 밧줄에 매달린 채로 허공에 축 늘어졌다. 그는 그 상태로 고속도로 아래를 따라 끌려가다가, 밧줄이 방향 표지판의 날카로운 프레임에 뒤얽힌 후에야 간신히 멈추었다.

밧줄이 끊어지며 채찍처럼 날 선 소리가 울렸다. 정비 차량은 그대로 달려갔다. 목이 졸린 프록터의 육신이 아래쪽 축축한 땅바닥으로 떨어졌다.

24 / 탈출

러시아워의 차량 행렬이 고속도로를 따라 움직이고 있었다. 격렬한 엔진 소리가 섬을 뒤흔들었다. 메이틀랜드와 제인 셰퍼드는 높은 풀숲에 가려진 채로 프록터의 시체 곁에 앉아 있었다. 방공호의 지붕이, 흙에 파묻혀 잠든 거대한 고대 짐승의 등짝처럼 그들 주변으로 솟아 있었다.

프록터는 땅에 누워 있었다. 얼굴과 어깨에는 제인이 그의 소굴에서 꺼내 온 장미 무늬 퀼트 천이 덮여 있었다. 바람이 퀼트 천의 윗부분을 슬쩍 들춰 프록터의 얼굴 일부를 드러냈다. 메이틀랜드는 무릎을 꿇으며 앉아 낡은 천을 다시 덮었다.

제인은 풀에 손을 문질러 닦으면서, 프록터의 시체를 끌고 섬을 건너느라 거칠어져 있던 숨을 골랐다. 여전히 얼굴은 창백했고, 광대뼈와 이마는 피부 아래 나이프라도 숨긴 것처럼 날카롭게 도드라져 보였다. 그녀는 손을 뻗어 머뭇거리며 메이틀랜드를 건드렸다. 마치 그가 어떤 반응을 보일지 겁내는 것처럼.

"이제 갈 거야. 곧 경찰이 올 테고." 그녀가 말했다.

메이틀랜드는 고개를 끄덕였다. "그래, 당신은 가는 게 좋겠어."

"나는 이 일하고 아무 연관도 없어. 당신과 프록터 사이의 일이니까."

"물론이지."

"이 사람을 어떻게 할 생각이야?"

"묻어 줘야지. 어디서든 삽 정도는 찾을 수 있겠지."

제인은 메이틀랜드가 정신을 차리게 하려는 듯이 어깨를 밀었다. "도움이 필요하진 않아? 당신이 괜찮다면…… 장례식은 생각만 해도 몸서리를 치게 돼."

"됐어……" 메이틀랜드의 움푹 들어간 눈이 흙투성이가 된 얼굴 가운데에서 그녀를 내다보았다. "그냥 나만 두고 가."

"이제 어떻게 할 건데? 여기 머물 수는 없잖아."

"제인, 나는 내 방식으로 이 섬을 떠날 거야."

그녀는 어깨를 으쓱하고는 자리에서 일어섰다. "그냥 당

신이 함께 떠나자는 소리를 했었으니까…… 내키는 대로
해." 그녀는 혐오하는 눈으로 프록터를 바라보았다. "심장마
비였겠지. 애석한 일이야. 그 나름으로 곡예 실력이 뛰어난
사람이었는데. 음식은 어쩔 거야? 나중에 조금 가져다줄 수
도 있어."

"괜찮아. 여기에도 음식은 있으니까."

"어디에?" 그녀는 그의 시선을 따라 철조망 쪽을 바라보
았다. "아무래도 당신 여기 더 있으면 안 될 것 같아. 경사면
에 올라가게 도와줄게. 택시를 잡는 거야." 메이틀랜드가 전
혀 대꾸하지 않자, 그녀는 그의 어깨를 잡아당겼다. "**내 말 들
어! 도움을 청할 테니까! 30분만 있으면 여기 도착할 거야!**"

메이틀랜드는 명료한 목소리로 마지막으로 그녀에게 말
했다. "제인, 도움은 청하지 마. 이 섬을 떠나기는 할 거야. 내
가 생각하기에 적절한 때가 되면." 그는 지갑을 꺼내서 때 묻
은 지폐 묶음을 건넸다. "이건 전부 가져. 나한테는 필요
없으니까. 하지만 아무한테도 내가 여기 있다고 알리지 않
겠다고 약속해 주면 좋겠어."

회한이 섞인 쓴웃음을 머금으며, 그녀는 돈을 챙겼다. 그
리고 무릎에 묻은 흙을 털고 방공호를 넘어 영화관 지하실
로 걸어갔다.

10분 후 그녀는 떠났다. 메이틀랜드는 그녀가 진입로 경

사면을 기어오르는 모습을 지켜보다가 비밀 통로 따위는 애초에 없었다는 사실을 깨달았다. 그녀는 익숙한 발 디딜 곳을 이용해서, 강인한 손에 여행 가방을 든 채로 비탈을 올라갔다. 이내 그녀는 난간 저편으로 넘어갔다. 1분도 안 되어 자동차 한 대가 그녀 앞에 멈췄고, 그녀의 모습은 트럭과 공항버스 사이로 사라져 버렸다.

한 시간이 지나도 경찰이 도착하지 않자, 메이틀랜드는 그녀가 약속을 지켰다는 결론을 내렸다. 그는 여자가 떠나기 전에 자기 발치에 던지고 간 삽을 손에 들었다. 그리고 목발을 놔두고 기어서 풀숲을 가로질렀다. 손끝을 쭉 뻗어 길을 느끼며, 교회 쪽에 높이 자란 수풀에서 느껴지는 보다 강한 진동을 감지하면서.

메이틀랜드가 매장을 끝냈을 즈음에는 이미 한낮이 다 되어 있었다. 방공호 사이로 부랑자의 시체를 끌고 오느라 탈진해 버린 메이틀랜드는 자신의 거처인 문으로 만든 움막 한복판의 침대에 누워서, 고속도로를 따라 지나가는 차량의 행렬을 바라다보았다. 프록터는 지하 묘실의 바닥에 묻었고, 재규어에서 가져온 금속 조각들과 그에게 선물로 주었던 덧신과 스프레이 캔 따위로 무덤 주변을 장식했다.

과로한 데다 음식을 거의 먹지 않았는데도 불구하고, 메이틀랜드는 육체에 힘이 모이는 느낌을 받았다. 마치 숨어 있던 육체의 힘이 지금껏 비축해 왔던 에너지를 방출하기 시작하는 것만 같았다. 다리도 지금까지 믿어 온 것만큼 심하게 다치지는 않은 것이 분명했다. 심지어 고관절도 약간이나마 움직이는 것을 보니, 조만간 목발 없이도 다시 걸을 수 있을 듯했다. 프록터와 젊은 여인 모두 가 버렸다는 사실이 기뻤다. 그들이 있으면 그의 내면에 깃든 달갑지 않은 성질을 일깨울 뿐이었다. 섬을 받아들이는 일과는 아무 관계가 없는 품성들을.

새로 발견한 육체적 자부심과 더불어, 메이틀랜드는 고요한 환희가 몸을 내리덮는 것을 알아챘다. 조용히 움막의 문가에 누워 있던 그는 자신이 정말로 섬에 홀로 남았음을 깨달았다. 오로지 자신의 힘만으로 탈출할 수 있게 될 때까지 이 섬에 머물 것이다. 메이틀랜드는 누더기가 된 셔츠를 마저 잡아 뜯어 따스한 공기에 맨가슴을 드러냈다. 환한 햇살이 갈빗대의 굴곡 사이를 들락거렸다. 어떻게 보면 그가 스스로 짊어진 모든 책무는 아무 의미도 없는 것이었다. 벌써부터 정말로 섬을 떠날 필요는 없다는 느낌이 들었고, 이것만으로도 섬을 지배하게 되었음을 확신할 수 있었다.

경찰차 한 대가 고속도로를 따라 천천히 움직이는 모습이 눈에 들어왔다. 조수석의 경찰이 깊은 풀숲을 눈으로 훑고 있었다. 메이틀랜드는 안전한 움막 속에 들어앉아 경찰차가 지나가기만을 기다렸다. 차가 사라지자 그는 자리에서 일어나 자부심 넘치는 표정으로 섬을 둘러보았다. 굶주림에 머리가 멍하기는 해도, 그는 차분하게 자신을 제어하고 있었다. 음식은 철조망 사이로 얻으면 될 것이고, 어쩌면 그 늙은 부랑자에게 경의를 표하는 뜻에서 무덤 앞에 그의 몫을 떼어 놔둘 수도 있을 것이다.

몇 시간만 기다리면 해가 질 것이다. 메이틀랜드는 캐서린과 아들을 떠올렸다. 머지않아 그들을 만나게 될 것이다. 식사를 마치고 나면 휴식 시간이 찾아올 테고, 그러면 이 섬을 탈출할 계획을 세울 수 있을 테니까.

CONCRETE
ISLAND
1 9 7 4

JAMES
GRAHAM
BALLARD

후기

무인도에 홀로 버려지는 백일몽에는 여전히 강렬한 매력이 깃들어 있다. 실제로 태평양 환초에 발이 묶일 가능성은 극도로 낮지만 말이다. 그러나 어린 시절에 처음 읽는 책들 중 하나인 『로빈슨 크루소』의 환상은 언제까지고 우리 마음속에 도사리고 있다. 생존에 수반되는 다양한 문제들, 그리고 크루소가 그랬듯이 부르주아 사회와 이들이 제공하는 달콤한 안락함의 모사품을 만들 임무가 우리를 매혹시킨다. 무인도에서 보내는 모험 가득한 휴가라 할 법하다. 온갖 물자를 실은 난파선이 편리하게도 동네 아웃렛처럼 가장 가까운 암초에 좌초해 있기까지 하다.

조금 더 진지하게 말하자면, 이는 문명이 우리에게 장착해 준 자존심과 정신적인 지원 체계를 전부 해체하고 보다 원시적인 모습으로 돌아가려는 도전이라 할 수 있다. 공포, 굶주림, 고독을 모두 극복하고 용기와 지혜를 그러모아 대자연이 던져 주는 시련을 이겨 낼 수 있을 것인가?

훨씬 더 깊은 단계에서는 섬을 정복하고, 이름 없는 대지를 우리 정신의 확장으로 개조해야 할 필요성이 존재한다. 구름에 감싸인 신비로운 산봉우리, 일견 평온한 듯한 늪지대, 썩어 들어가는 맹그로브숲, 숨어 있는 신선한 샘물은 우리 조상인 원시인들에게 그러했듯이 각양각색의 유혹과 함정으로 가득한, 우리 영혼의 외부 주둔지 같은 장소로 변한다.

태평양 환초는 무리일지도 모르지만, 집에서 훨씬 가까운 다른 섬들도 존재한다. 심지어 그중 일부는 우리가 매일 딛는 보도에서 몇 발짝밖에 떨어져 있지 않다. 이런 섬들은 바다가 아니라 콘크리트에 둘러싸여 있으며, 사슬갑옷 울타리를 세우고 내폭성 유리의 벽으로 격리되어 있다. 도시에 거주하는 사람이라면 누구나 정전으로 지하철 터널 안에서 발이 묶이거나, 연휴 내내 텅 빈 사무 건물의 고장 난 승강기에 갇혀 버리는 일을 무의식적으로 두려워하게 마련이다.

모든 위험 요소에 대해 만전의 대비를 끝낸 듯 화려한 표지판으로 가득한 고속도로 분기점을 지날 때마다, 우리는 가파른 경사면에 가려져 있는 세모꼴의 황무지를 기웃거리게 된다. 만약 아주 끔찍한 불운 때문에, 이를테면 펑크가 나서 가드레일을 넘어 자갈과 잡초만 가득한 망각 속의 섬으로 내려앉게 된다면, 그리고 그 모습이 감시 카메라의 시야에 잡히지 않았다면 어떻게 될까?

다리가 부러진 채로 뒤집어진 차 옆에 누워서, 구조대가 올 때까지 어떻게 생존해야 할 것인가? 하지만 구조대가 오지 않는다면? 런던 공항으로 버스를 타고 달려가는 무심한 승객들에게 어떻게 신호를 보내 주의를 끌 것인가? 그 목적을 위해서 어떤 식으로 차에 불을 질러야 할 것인가?

그러나 이런 상황에서는 물리적 문제만큼이나 정신적 고난도 찾아오게 마련이다. 우리의 의지는 얼마나 굳셀 것이며, 우리 자신과 내면의 동기를 얼마나 신용할 수 있을 것인가? 어쩌면 내심 그렇게 고립되기를, 가족과 연인과 의무로부터 도망치기를 원해 왔을지도 모르는 일 아니겠는가. 나는 『크래시』와 『하이-라이즈』에서 현대 기술이 우리 내면의 일탈 성향을 끝없이 농락할 수 있다는 점을 보이려 했다. 사무 건물이나 교통섬에 고립되어 버리면, 우리는 스스로에 대해 폭군이 될 수도, 자기 강점과 약점을 마음껏 시험해 볼 수도 있을 것이다. 어쩌면 항상 외면해 왔던 자신의 내밀한 면모를 받아들이게 될지도 모른다.

그리고 섬에 타인이 존재한다는 사실을 알아채는 순간, 그곳은 흥미롭지만 동시에 아주 위험한 형태의 조우가 일어나는 무대로 변모한다……

J. G. 밸러드

237

J. G. 밸러드의 친구들은 그를 짐이라고 불렀다. 너무 젊었던 데다 작가들의 세계에 너무 늦게 입성한 나는 그의 친구가 될 기회를 얻지 못했지만, 소개받았을 때의 그는 『태양의 제국』의 소년처럼 분명 짐 밸러드였다. 그는 어느 전시회 개막식에서 윌리엄 버로스 옆에 서 있었는데, 정감 가면서도 거칠고 다정한 모습으로, 완벽한 교외 거주자의 느낌을 풍기며, 자신을 둘러싼 1980년대 예술 기상천외 쇼를 어떻게든 그 일부이면서 거리를 둔 채로 관찰하고 있었다. 그때도, 이후 기회가 있을 때에도 실제로 그와 대화를 나누지는 못했다. 나는 경외심에 사로잡혀 있었고, 그는 언제나 너무 가깝고도 너무 멀리 있는 듯했기 때문이다.

독서에 빠지는 부류의 아이들은 집 안에서 발견하게 되는 모든 것을 읽어 치운다. 당연히 부모의 책들(부모가 어릴 적에 읽었던 책들과 성인이 되어 읽은 책들)도 읽게 된다. 아이들은 대니얼 디포의 『로빈슨 크루소』와 함께 아이작 아시모

239

프의 『강철 동굴』도 읽는다. 『산호섬』에 이어 『듄의 메시아』를 읽고, 『모험의 섬 The Island of Adventure』과 더불어 『모험가 코난 Conan the Adventurer』도 읽는다. 아이들이란 그저 옆에 존재하기 때문에, 정보와 피난처를 제공하기 때문에 책을 읽기 마련이다. 적어도 나는 그랬다. 또한 나는 우리 모두가 미래를 향해 나아가고 있다는 사실을 알게 되었고, 사방에 로봇이 가득하고 휴대용 통신 장비를 손에 들고 다니는 시대가 어떤 모습인지를 그려 보고 싶었다.

따라서 내가 성장기에 가장 좋아했던 책 두 권 중 하나는 J. G. 밸러드의 『크리스털 세계』였다. 나로서는 기묘한 파국을 맞은 세계 자체는 거의 이해할 수 없었지만, 앞표지의 유리처럼 아름다운 풍경과 뒤표지의 광고문이 나를 사로잡았다. 광고문에 따르면 그 책은 세계가 수정으로 변한 이유를 찾기 위해 아마존 열대우림을 탐험하는 사람들의 이야기라고 했다. 다른 책은 주디스 메릴이 편집한 『SF12』였는데, 나는 그 안에서 R. A. 래퍼티와 윌리엄 버로스, 새뮤얼 R. 딜레이니와 킷 리드, 브라이언 올디스와 툴리 쿠퍼버그와 다른 수많은 작가와 그들의 착상을 발견했다. 거기에는 「산호 D의 구름 조각가들」이라는 제목의 J. G. 밸러드 단편도 있었는데, 구름 조각과 경비행기를 모는 남자, 사랑과 살인에 관한 내용이었다.

이 책들은 내 머릿속에서 밸러드가, 내가 정말로 좋아하는 것들(종종 완전히 이해하지 못하기는 해도)을 쓰는 사람들인 SF 작가 클럽의 일원이었다는 의미였고, 내가 그가 쓴 글을 찾아내는 족족 읽어 치웠다는 이야기였다. 그리고 열세 살이 되어 진학을 하고 나니, 새 학교 도서실에 예전 학교에는 없던 책들이 가득한 것이었다. 나는 거기서 머빈 피크의 「고멘가스트Gormenghast」 시리즈와 『거장과 마르가리타』와 『1984』(『1984』의 경우에는 주로 보위의 앨범 〈다이아몬드 도그즈〉를 이해하기 위해서, 그리고 앨런 코런이 《펀치》 지면에서 『1984』를 패러디 해 농담한 부분을 제대로 알아듣지 못했다는 생각이 들었기 때문에 읽은 것이었다)와 처음 대면했다. 그리고 높다란 서가 위에, 몇 권의 밸러드 소설들이 한데 모여 있었다.

나는 먼저 『크래시』를 읽었다. 이해할 수는 없었지만 문체는 마음에 들었고, 가죽 시트의 냄새와 고속도로에 흩어져 반짝이는 유리 파편이 나를 사로잡았다. 게다가 묘하게도 지적으로 느껴졌다. 엘리자베스 테일러와 성적 즐거움을 위해 자동차 사고를 내는 행동은 십 대가 된 지 얼마 지나지 않은 청소년에게는 양쪽 모두 상당히 모호한 개념으로만 보였다.

다음으로 『콘크리트의 섬』을 읽었고, 나는 즉시 사랑에 빠졌다.

그즈음의 나는 책을 인물이나 문체 때문에 읽지는 않았다

(양쪽 모두에 끌리고 반응하기는 했지만). 나는 **이야기**를 찾으려고 읽었고, 『콘크리트의 섬』에서도 이야기를 찾아냈는데 그 이야기가 내가 아는 것이라는 사실을 깨달았다. 바로 『로빈슨 크루소』였다. 이 책에는 로버트 메이틀랜드라는 남자가 문명 세계와는 동떨어진 섬에 좌초해 식량을 찾고 생존하는 이야기가 있었다. 섬을 떠나야 한다는 망집에 사로잡힌 채, 문명의 땅으로, 아내의 품으로, 같은 부류의 인간들에게로, 정부情婦에게로, 자신의 세계로 돌아가고자 하는 사람의 이야기가 있었다.

나는 은유와 패턴을 판별할 수 있는 연령대에 접어들고 있었다. 나는 이렇게 생각했다. '이 사람은 지금 섬에 있어. 하지만 어떻게 보면, 평생을 섬에 갇혀 있었던 거야.' 일종의 계시와도 같은 경험이었다.

당시 나는 메이틀랜드가 당면한 문제를 해결하는 전반부 몇 장을 읽으면서 전율했고, 다시 읽을 때마다 매번 전율을 느꼈다. 불을 피워 신호를 보내고, 마실 수 있는 물을 찾고, 사람들로 하여금 자신을 보고 멈추도록 만들려는 온갖 시도에서. 그리고 먹다 버린 감자튀김을 보면서 느꼈던 즐거움에서도. 로빈슨 크루소는 빵나무 열매를 비롯해 서식스의 소년에게는 낯설 수밖에 없는 식량으로 배를 채웠다. 그에게는 트럭 운전사가 버린 감자튀김이 없었으니까.

메이틀랜드가 섬에 다른 인간이 존재한다는 것을 깨닫

자, 나는 슬프면서도 전율했다. 크루소는 백사장에서 발자국을 발견하고 프라이데이를 만났다. 메이틀랜드는 상당히 제대로 된 방식으로 그에게 반응하는 두 사람을 만났다. 어쨌든 그때 나는 학생이었고, 가벼운 잔인함은 일상이나 다름없었다. 내게 있어 『파리대왕』이나 「언맨, 위터링 앤드 지고Unman, Wittering and Zigo」는 내 주변의 아이들이 행동하는 방식, 또는 기회만 된다면 취할 행동 방식으로서 꽤 사실적으로 보였을 정도니까.

이제 다시 『콘크리트의 섬』을 손에 들면 결국 어른의 눈으로 읽을 수밖에 없다. 만약 당신이 아직 이 책을 읽지 않았다면, 「해제」는 여기서 그만 읽기를 바란다. 내용을 미리 듣기에는 너무 훌륭한 이야기인 까닭이다.

지금의 나는 산호섬을 고향 땅으로 옮겨 오는 밸러드의 능력에, 또한 교통섬이란 그곳에 갇힌 이에게는 남태평양만큼이나 외진 곳일 수 있다는 점에 착안한 통찰력에 감탄하게 된다. 프라이데이 속에 감춰진 정치적 함의에, 그리고 밸러드가 그 역할을 두 사람으로 쪼갠 다음 전복시킨 방식에 매료된다. 아울러 자신의 섬이라는 왕국의 지배권을 손에 넣기 위해 메이틀랜드가 얼마나 야만적인 존재가 되어야 하는지를 깨닫는다. 크루소보다 섬과 생존술에 대해 훨씬 많은 것을 알고 있는, 크루소가 구출한 야만인 프라이데이는 두 명의 생존자로 변한다. 정신이 온전치 않은 곡예사, 어떤 비극을 겪었는지 제대로 설명되지 않고 암시만 이어지는 젊은 여인이다. 여인은 떠나온 세계에 더 이상 걸맞지 않은 상심한 매춘부로, 계속 섬을 떠났다 돌아오기를 반복한다. 두 사람 모두 평소의 메이틀랜드라면 깔보았을 법한 자들이다. 그러나 메이틀랜드가 살아남기 위해서는 두 사람의 존재가 필수적이다.

나는 이 섬이 가지는 복합적인 서지적 구조에도 찬사를 보낸다. 『콘크리트의 섬』 이곳저곳에서 『로빈슨 크루소』를 찾아볼 수 있듯이, 이 섬에는 고속도로가 등장하기 전의 세계가, 마을이 비쳐 보이기 때문이다.

어린 시절에는 어른이 된 나의 미래를 준비하는 가장 좋은 방법이 J. G. 밸러드의 작품을 읽는 것임을 이해하지 못했다. 승무원들이 대를 이어 가며 조종하는 세대우주선이나 은하제국은 눈속임일 뿐이며, 성인으로서 맞이할 세계를 실제로 쓰는 작가는 밸러드란 것을 어떻게 알 수 있었겠는가. 사실 다이애나 왕세자비가 자동차 사고로 목숨을 잃기 전까지도 이해하지 못하고 있었을 것이다. 바로 그 순간 나는 그 상황을 예전에 경험했음을, 그리고 어느 작가의 작품에서 그런 경험을 했는지를 명확히 인식하게 되었다.

『콘크리트의 섬』은 특정한 시대의 특수성을 가지는 시대의 산물이지만, 지금도 제법 비슷한 작품을 쓸 수 있을 것이다. 휴대전화 문제를 해결해야 하겠지만—최초의 사고 때

파괴해 버리는 식으로―지금도 교통섬에 서 있는 너저분한 남자를 보고 실제로 얼마나 많은 사람이 차를 세워 줄지, 또는 다른 사람들에게 알릴지 궁금해진다. 그리고 지금 조난한다면, 우리 중 얼마나 많은 사람이 그곳을 빠져나올 수 있을지도.

2014년 케임브리지에서
닐 게이먼

　『크래시』(1973)『콘크리트의 섬』(1974)『하이-라이즈』 (1975)는 흔히 「도심 재난 3부작」으로 엮인다.『잔혹 전시 회』(1971) 이전에 집필한 「재난 4부작」과 달리, 이 세 편의 소설은 가상의 재난이 아니라 당대의 현실에서 발생하는 인 재人災를 소재로 삼는다.

　「도심 재난 3부작」 중 두 번째 작품인『콘크리트의 섬』은 일견 다가가기 쉬운 작품으로 느껴진다. 비교적 짧은 분량, 로빈슨 크루소 이래 하나의 장르로 정립된 '무인도 표류'라 는 소재, 비교적 현실적이며 신문 해외 토픽란에 등장해도 조금도 이상하지 않을 고립 상황, 복잡화가 아니라 단순화 를 지향하는 사건의 성격, 손으로 꼽을 만한 수의 이해 가능 한 등장인물까지. (적어도 자동차 사고를 관음하거나, 모든 것이 정상으로 돌아왔다고 단언하며 이웃의 개를 요리하는 등장인물은 없으니까.) 그러나 이런 모든 조건에도 불구하고『콘크리트 의 섬』은 충분히 몽환적이고, 치열하며, 허무하고, 도착적이고, 혐오스럽다. 즉, 다른 두 작품과 마찬가지로 지극히 밸러드적이다.

밸러드의 다른 작품들과 마찬가지로『콘크리트의 섬』에 대해서는 여러 해석이 존재해 왔다. 프랑스 문예지《르 마가진 리테레르》의 편집장 앙투안 그리세의 해석은 그중 특기할 만한데, 그는『콘크리트의 섬』이 궁극적으로 도시 사이의 공간에서 근대의 표류물로 살아가는 '현대의 프라이데이들'에 관한 이야기라고 보았다. 그리고 처음 섬에 도착한 메이틀랜드는 죽음을 맞이했고 보다 강한 새로운 인간으로 거듭났으며, 이러한 주인공의 변용이 독자에게 비슷한 변신을 촉발하기 위한 장치라고 주장했다. 이런 해석의 타당성을 굳이 논할 필요는 없을 것이다. 여기서는 좀 더 보편적인 논점, 다시 말해 작품 내의 장소가 가지는 함의 및 대니얼 디포의『로빈슨 크루소』와의 대조에 대해서만 이야기하고자 한다.

프링글　실제로 고속도로를 방문해서 주변 풍경을 살펴보기도 하셨습니까?

밸러드　아, 물론이죠. 그런 종류의 조사는 상당히 많이 합니다. 이것저것 필요한 것을 사진으로 남기기도 하고.

프링글　『콘크리트의 섬』의 모티브가 된 실제 장소가 있습니까?

밸러드　글쎄요. 셰퍼드부시 근처를 지나가는 웨스트웨이 도로에는 처음 건설된 순간부터 흥미를 가지긴 했습니다. 그게 이 소설의 무대지요. 그 복잡한 교차로를 빙빙 돌다 보면 항상 이런 생각이 드는 겁니다. 누가 길가에 서서 멈춰 달라고 신호를 보낸다면 무슨 일이 벌어질까? 당연히 아무도 멈추지 않겠죠. 멈출 수가 없어요. 그대로 다중 추돌 사고로 이어질 테니까. 멈추려 시도했다가는 목숨을 잃겠죠.

_데이비드 프링글 · 짐 고더드와의 인터뷰
(《월간 사이언스픽션》 1975년 1월 호)에서

『콘크리트의 섬』의 무대는 공간적으로 비교적 명확하다. 메이틀랜드는 런던 중심부의 매릴러번에 있는 사무실에서 출발하며, 웨스트웨이 도로의 한 입체교차로에서 섬으로 추락한다. 밸러드가 인터뷰에서 언급한 대로, 복잡하게 뒤얽힌 교차로는 현대성의 집속점 같은 공간이다. 그곳에서 추락한 메이틀랜드는 외부의 시선으로 그 공간을 주시하게 된다. 런던 공항으로 향하는 차들이 그의 앞을 가로지르며, 높이 솟은 런던의 고층 아파트들이 마지막 순간까지 그를 굽어본다. 프록터 앞에서 날려 보내는 지폐는 피터와 폴, 즉 웨스트민스터 대성당과 세인트폴 성당에 바쳐진다. 메이틀랜드의 섬은 런던이라는 대도시 위에 떠 있는 셈이며, 그 대도시는 메이틀랜드의 변화에 따라 귀환처와 적대적 영역 사이를 오간다.

반면 섬이라는 무대 안의 풍경은 처음부터 명확하지는 않으며, 메이틀랜드가 섬 탐험에 나선 후에야 조금씩 모습을 드러낸다. 폐허가 된 가정집과 교회와 거리가 그를 맞이하고, 방공호는 「종막의 해안」의 에네웨타크*에서처럼 그를 압도한다. 지하 출판물 포스터로 간신히 현대로 가장하고 있던 1940년대의 영화관은, 처음에는 메이틀랜드에 의해, 다음에는 제인에 의해 원래의 모습을 드러낸다. 밸러드의 다른 여러 작품에서 그랬듯이, 이런 과거의 파편은 안식처가 될 수 없다. 메이틀랜드를 이 섬에 몰아넣은 20세기 도시계획의 잔재이자, 자신의 내면과의 소통을 위한 공간일 뿐이다.

그리고 수풀이 있다. 섬의 수풀은 메이틀랜드의 외면과 내면의 경계가 흐려질 때마다 흡사 인간처럼 그와 상호작용한다. 탈출과 소통을 꿈꿀 때는 존재감이 사라지고, 생존과 지배를 원할 때는 발목을 붙들며, 섬에 자신을 투영할 때는 길과 은신처를 제공해 준다. 그러나 메이틀랜드의 종착점이 가장 깊은 심연이기 때문에, 수풀은 구원의 길이 아니라 도리어 죽음으로 이끄는 풍랑 이는 바다에 가까워 보인다.

메이틀랜드의 마지막 안식처는 '문의 움막'이다. 메이틀랜드의 이름과 '구조'라는 단어가 가득 적힌 자동차 파편으로 만든 수풀 속 은신처. 프라이데이이자 동시에 『템페스트』의 에어리얼인 충직한 하인이 그의 지시에 따라 움막을 짓고, 내내 메이틀랜드를 '착취자'로 매도하던 제인은 그를 건축가로 인정한다. 그가 건설한 것은 단순한 움막이 아니다. 섬과 하나가 되어 흩어졌던 자아가, 이제 자신의 이름을 적은 부속을 얼기설기 엮은 모습으로 재등장한 것이다. 섬에 들어오기 이전의 메이틀랜드는 사라지고, 콘크리트와 금속과 풀잎으로 만들어진 새로운 메이틀랜드가 섬의 일부가 되었다고도 할 수 있을 것이다. 그리고 메이틀랜드는 그 안에서 만족감에 사로잡힌다.

구성상 『콘크리트의 섬』은 크게 두 부분으로 나뉜다. 전반부는 메이틀랜드가 섬에 고립된 후의 발버둥을 그리고, 후반부는 섬의 원주민을 만난 뒤 그들과의 관계를 정립하는 과정을 묘사한다.

전반부에서 메이틀랜드는 생존과 탈출이라는, 무인도 생존물에서 가장 중요한 두 가지 목표에 천착한다. 하지만 그의 시도는 로빈슨 크루소의 그것과 평행선을 그리면서도 어딘가 조금씩 뒤틀려 있다. 크루소에게 물자로 가득한 난파선이 있었듯이, 메이틀랜드에게는 주변의 주저앉은 자동차

• 현대문학 세계문학 단편선 『제임스 그레이엄 밸러드』 중 「종말의 해안」
   425~457쪽.

들과 도로에서 떨어진 음식 쓰레기가 있다. 농업 지식이 크루소의 목숨을 구했듯이, 자동차와 건축물에 대한 지식이 메이틀랜드의 목숨을 구한다. 그럼에도 섬을 탈출하고자 하는 그의 시도는 하나같이 어색하고, 충동적이며, 진심이 아닌 것처럼 보인다. 이와는 대조적으로 생존을 위한 작은 시도가 성공할 때면 그는 환희로 가득 차고, 심지어 그런 희열이 탈출 실패로 이어지기도 한다.

후반부에 섬의 두 원주민을 만나면서, 독자는 아쉬움과 함께 살짝 안도하게 된다. 메이틀랜드의 세상에 논리적 정합성이 부분적으로나마 돌아오기 때문이다. 그는 다시 탈출을 목표로 삼고 두 사람과 정상적인 관계를 구축하려 시도한다. 이들이 구원자든 장애물이든, 메이틀랜드에게는 정상성의 세계로 돌아가는 길이 열린 것이다. 그러나 전반부에서 엿보였던 표층과 심층의 상충되는 욕망은 다시 모습을 드러낸다. 새로운 탈출 시도 역시 의도한 듯이 실패로 돌아가고, 메이틀랜드는 두 원주민을 서로 반목하게 만들어 착취하는 것을 새로운 목표로 삼는다. 겉으로는 계속 탈출이 목표라고, 이들의 손에 자신의 탈출 가능성이 달려 있다고 변명하면서. 이 지점에서 크루소-메이틀랜드와 프라이데이-프록터의 관계적 유사성은 완벽하게 뒤틀린 패러디로 변한다. 메이틀랜드를 흥분하게 만들었던 원주민의 발자국은 기실 그의 탈출을 저지하기 위한 것이었다. 메이틀랜드가 프록터에게 가르치는 글자는 문명의 세례가 아니라 기만일 뿐이다. 프라이데이가 크루소 본인의 재문명화를 돕는 것처럼, 프록터는 메이틀랜드라는 자아의 해체와 재구축에 결정적인 역할을 수행한다.

　작품의 전반부는 자신이 섬이라는 선언으로, 후반부는 섬과의 동화同化로 끝을 맺는다. 주인공 메이틀랜드는 마침내 평온을 찾으며, 자신의 내면세계로의 탈출을 마무리하게 된다. 밸러드가 종종 언급하는 '내면세계를 버틸 우주복을 완성하는 행위'로도 볼 수 있을 것이다. 그렇지만 이는 성찰이나 각성 등의 긍정적인 결말이 아니다. 어린 시절부터 혼자만의 삶을 갈구했고, 성장하고 나서는 캐서린과 헬렌과 직장에서의 삶을 각각 완벽하게 분리함으로써 일종의 '성공'에 도달했듯이, 메이틀랜드는 전반부에는 상처 입은 육체의 각 부분을 섬에 대입해 분할함으로써, 후반부에는 그렇게 해체된 자신을 섬의 요소로 재구축함으로써 탈출에 도달하기 때문이다. 새로운 단계로 올라가는 것이 아니라, 아들이 아닌 자신의 어린 시절 사진을 책상 서랍에 간직하던, 자신의 원초적인 내면세계로 침잠하는 것이다. 섬을 떠나는 제인과 마찬가지로 독자들은 메이틀랜드가 결코 섬을 탈출할 수 없음을 확신하게 된다. 이미 그 자신이 섬의 구성 요소로 재구축되었기 때문에.

다양한 장르 작품이 미디어를 점령한 요즘, '문명의 한가운데 고립된 생존자'라는 설정은 그다지 신선하게는 느껴지지 않는다. 소재가 가져다주는 충격도 이미 영화화된 다른 작품,『크래시』나『하이-라이즈』에 비하면 약한 것이 사실이다. 그러나 바로 그 때문에『콘크리트의 섬』은 밸러드적인 요소를 보다 선명하고 부담 없이 받아들일 수 있는 작품이기도 하다. 밸러드를 처음 접하는 분들에게『콘크리트의 섬』이 밸러드스러운 즐거움을 선사할 수 있기를 바란다.

조호근

옮긴이의 말

셰퍼턴의 현자

어마어마한 창의력의 작가이자, 삭막한 건축물과 황량한 고층 빌딩과 죽음의 고속도로와 얼굴 없는 기술이 현대인의 의식에 만들어 낸 균열을 탐구하는 구도자. 그는…… 현대의 삶의 공허하고 박탈당한 공간을 상상의 보이지 않는 도시와 경이로운 세계로 채우는 놀라운 재능을 가졌다.

_1979년 맬컴 브래드버리가 평가한 J. G. 밸러드

제임스 그레이엄 밸러드는 1930년 11월 15일 상하이 종합병원에서 상하이 직물 회사 경영자의 아들로 태어났다. 1941년 일본의 진주만 공습과 중국 침공 이후, 밸러드와 가족은 3년 동안 수용소에 억류되었다. 상하이와 수용소에서 보낸 성격 형성기의 경험은 평단의 찬사를 받은 자전적 소설 『태양의 제국』(1984)의 근간이 되었으며, 밸러드의 상상력의 결과물에 깊은 영향을 끼쳤다. 그의 첫 주요 작품인 『물에 잠긴 세계』(1962)는 범람하여 태고의 늪지대로 변한

런던을 무대로 삼는데, 이는 임박한 환경 파괴로 인한 대재 앙을 설득력 있게 그리는 작품인 동시에 양쯔강에 대한 어린 시절의 기억을 몰아내려는 시도라고 할 수 있다. 마찬가지로 그의 작품에 반복적으로 등장하는 물 빠진 수영장, 폐건물, 황량한 풍경, 부서진 자동차 등의 소재들의 근원도 상하이까지 거슬러 올라간다. 밸러드는 이렇게 말했다. "전쟁 동안의 경험에서 한 가지 배운 게 있다면, 현실은 무대장치에 지나지 않는다는 것이다…… 안락한 일상생활, 학교, 삶을 영위하는 가정이나 다른 모든 것들이…… 하루아침에 해체될 수 있다." 그리고 순식간에 파국을 불러오고 문명이라는 겉치레를 손쉽게 벗어던질 수 있는 인간의 역량이야말로 밸러드가 작가로서 골몰한 주제였다. 『물에 잠긴 세계』에 이어, 밸러드는 연속성은 없지만 '파국 3부작'으로 엮이는 『불타 버린 세계』(1964)와 『크리스털 세계』(1966)를 집필했다.

어떻게 보면 밸러드가 장편소설의 세계로 뛰어든 시기는 상당히 늦었다고 할 수 있다. 처음에 그는 《사이언스 판타지》와 《뉴 월즈》 같은 과학소설 잡지에서 단편소설 작가로 명성을 얻었다. 그의 장편에 등장하는 주제와 강박, 심지어 인물들조차도 이런 단편에서 먼저 모습을 드러냈거나 유사점을 가진다. 그는 2001년에 이렇게 썼다. "내가 쓴 모든 장편소설은 단편소설에서 시작되었다."•

밸러드는 케임브리지 대학교에서 의학을 공부하던 시절

처음으로 소설을 쓰기 시작했다. 그의 초기 단편 중 하나는, 그의 말을 빌리자면 「한낮의 참극」이라는 제목의 헤밍웨이 풍 노력의 성과"로서 1951년에 대학의 연례 문학상 소설 부문에서 공동 수상했다. 덕분에 그는 의학을 버리고 문학으로 옮아가겠다고 결심했으나, 여기서 공부한 해부학은 훗날 밸러드의 창작물 속에서 빼놓을 수 없는 요소가 된다. (그는 "생각건대 소설가는 과학자처럼 시체를 해부할 수 있어야 한다"라고 주장하기도 했다.) 케임브리지를 떠난 밸러드는 런던의 퀸메리 칼리지에 다니고 광고 기획사의 카피라이터와 백과사전 방문판매원으로 일했으며, 잠시 영국 공군에 입대하기도 했다. 짧은 군 생활 동안 그의 작가로서의 방향성에 중대한 전기가 찾아왔는데, 캐나다 서스캐처원주의 무스조 NATO 비행 훈련 기지에 배속되어 읽을거리를 찾아 헤매다가 기지의 카페테리아에 비치된 과학소설 잡지를 꺼내 들게 된 것이다. 당시 장르를 지배하던 장황한 우주여행 이야기가 지겹기는 했지만, 그는 곧바로 과학소설이 품은 역동성과 가능성에 주목했다. 2006년《옵서버》의 로버트 매크럼과 진행한 인터뷰에서 밝혔듯이, 그는 과학소설이 "과거의 전례를 조금도 따르지 않는 현재에 관한 소설…… 광고와 대중매체

- 현대문학 세계문학 단편선 『제임스 그레이엄 밸러드』 중 「제임스 그레이엄 밸러드 후기」 691쪽.

와 텔레비전과 핵전쟁의 위협을 다루는 소설"이라고 생각했다.

그가 처음 시도한 SF 단편인 「프리마 벨라돈나」와 「도주」는 각각 《사이언스 판타지》와 《뉴 월즈》의 1956년 12월 호에 수록되었다. 그리고 그의 말에 따르면, "이후로는 전진할 뿐이었다." 그의 초기 단편 중 많은 수는 전통적인 과학소설의 범주에 들어가지만, 밸러드가 시도한 독특한 장르 형식은 이내 많은 과학소설 추종자들의 저항에 직면했다. 그는 다음과 같이 주장했다. "대부분의 작가들은 나를 침입자로, 과학소설이라는 세포에 침투한 일종의 바이러스로 치부했다." 항상 과학소설을 "진정한 20세기의 문학"이라 칭송하면서도, 밸러드는 스푸트니크 발사 이후 시대의 과학소설은 외우주가 아니라 '내면의' 우주를 다루어야 한다고 주장했다. 그가 이야기하는 무의식의 우주는 현재 또는 근미래의 인간의 존재 조건을 다루기 때문에 훨씬 공포스러워질 수 있는 것이다. "근미래의 가장 큰 발전은 달이나 화성이 아니라 바로 이곳 지구상에서 일어날 것이다." 그는 1962년에 이렇게 주장하고는, 뒤이어 "진정한 외계 행성은 오직 지구뿐이다"라고 덧붙였다.

그 주장으로부터 얼마 전에 밸러드는 첫 장편소설인 『근원 모를 바람』(1961)을 집필했다. 훗날 밸러드 본인은 300파운드의 원고료를 받고 열흘 만에 쓴 이 작품을 부인하며, "돈

벌이로 쓴 잡문일 뿐"이라는 평가를 내렸다. 그러나 이 작품에도 그 나름의 애호가가 존재한다. 소설가 토비 릿은 2007년《옵서버》의 잊힌 보물 같은 소설 목록에 이것을 포함시켰다. 창작자의 눈에 어떤 면이 부족해 보였는지는 몰라도, 이 소설은 도입부의 배경(A4 국도)과 주인공의 이름(메이틀랜드) 등『콘크리트의 섬』(1974)에서 재등장하는 요소들이 포함되어 있다는 점만으로도 대단히 흥미롭다.

밸러드의 친구이자 동시대 작가인 마이클 무어콕은 이 소설을 평하면서 그를 초현실주의 화가에 비유했다. 무어콕은 밸러드의 작품에 대해 "다양한 문학적 의도를 표현해 내기 위해 반복적으로 재사용하고 변용하는 방대한 이미지의 어휘들로써, 인지할 수 있는 도덕성의 문제를 추구한다"라고 말했다. 여기서 밸러드의 도덕성을 강조한 것은 단순한 우연이 아니다. 무어콕은『크래시』의 여파가 한창일 때 이 서평을 썼는데,『크래시』에서 밸러드는 자동차를 몰고 엘리자베스 테일러와 정면충돌하는 일을 궁극의 자동차 에로티시즘으로 여기는 등장인물을 그려 냈고, 이는 오늘날까지 논란을 불러일으키고 있다. 그러나 1956년《뉴 월즈》의 작가 약력에도 시각예술과 특별히 초현실주의가 언급되어 있었다는 점은 아무리 강조해도 지나치지 않을 것이다. 밸러드와 오랜 우정을 나눈 사람들 중에는 예술가인 에두아르도 파올로치도 있었다. 아울러 밸러드 본인은『크래시』에 대해

"하나의 시각적 경험으로서, 시각적인 구조물로 간주해야 이해할 수 있도록 책 속의 여러 요소들을 결합시켰다"라고 이야기한 바 있다.

『크래시』의 전조라 할 수 있는 일군의 단편소설, 또는 '압축된 장편소설'들을 모은 『잔혹 전시회』(1971)가 뒤이어 출간되었다. 1960년대 후반에 집필하여 주로 문예 계간지 《앰빗》이나 당시 무어콕의 관리하에 있던 《뉴 월즈》에 수록된 이 작품들에서는, 밸러드의 방향성이 눈에 띄게 바뀌고 분위기도 극적으로 어두워졌음을 알아볼 수 있다. 이제 밸러드는 섹스와 폭력과 유명 인사에 집착하기 시작하며, 윌리엄 버로스의 실험적인 '컷-업'* 소설에서 영감을 찾았다. (그런 단편 중 하나인 「내가 로널드 레이건을 강간하고 싶은 이유」는 당시 주지사였던 로널드 레이건이 미합중국 대통령이 될 것이라 정확히 예언했으며, 동시에 너무 자극적이라 미국에서 출간된 『잔혹 전시회』 초판을 전량 폐기하는 결과로 이어졌다.)

하지만 이런 관심사의 변화를 직접적으로 촉발한 것은 1964년 아내 메리의 죽음이라는 개인적인 비극과 당대의 요동치는 사회상이었다. 밸러드는 이렇게 말했다. "내 관점에서 보면 1960년대는 1963년에 케네디 대통령이 암살당하면서 시작된 것이다. 그의 죽음과 베트남전이 1960년대 내내 군림하고 있었다. 텔레비전과 대중 통신을 통해 중계된 이 두 사건은 하나의 10년기 전체에 암운을 드리웠다. 마치

제도로 지정된 재난 지역처럼."

『태양의 제국』의 자전적 후속작인 『여인의 친절함』(1991)에서, 그가 내세운 주인공 짐은 밸러드 본인의 의견을 그대로 입에 담는다. "1960년대의 방송 매체 전체가 내 모든 강박을 치료하기 위해 특별히 고안된 실험실이나 다름없었다. 폭력과 포르노그래피가 미리엄의 죽음과 중국에서의 전쟁에서 목숨을 잃은 무수한 희생양들에 의미를 부여할 가능성이 있는 최후의 수단으로 등장했다." (미리엄은 밸러드의 아내를 여러 면에서 본뜬 인물이다.)

『크래시』만큼 극단적인 책은 찾아보기 힘들지만, 그 뒤를 이은 『콘크리트의 섬』과 『하이-라이즈』(1975)도 그와 비슷하게 당대의 도시 모습을 정신적으로 해부하려는 대담한 시도를 이어 간다.

밸러드는 나중에 마틴 에이미스가 '콘크리트와 강철 시대'라고 명명한 이 시기도 벗어나지만, 이후로도 인간 정신의 보다 어두운 내면을 탐구하는 일을 멈추지 않았다. 런던의 교외 지역인 셰퍼턴의 자택에서, 그는 도발적인 문화 분석과 충격적이지만 선견지명이 있는 예측을 융합한 소설을 창작해 냈다. 『코카인의 밤』(1996)에서 겉보기로는 목가적

• 텍스트를 무작위로 잘게 잘라 새로운 텍스트로 다시 만드는, 우연성의 문학 기법 또는 장르.

인 상류층 리조트에서 벌어지는 야만 행위를 기록하기도 하고, 『밀레니엄 피플』(2003)에서 신랄한 위트를 담아 중산층 혁명을 그려 내기도 하면서, 현대 세계에 내재하는 공포와 부조리에 대해 끊임없이 경종을 울렸다. 밸러드는 진정한 선각자이자, 제2차 세계대전 이후 시대의 가장 위대한 작가 중 한 명이라 할 수 있을 것이다.

트래비스 엘버러

작품 목록

■ 장편소설 단행본

1961 근원 모를 바람*The Wind from Nowhere*
1962 물에 잠긴 세계*The Drowned World*[1]
1964 불타 버린 세계*The Burning World*(한발*The Drought*)[2]
1966 크리스털 세계*The Crystal World*
1973 크래시*Crash*
1974 콘크리트의 섬*Concrete Island*
1975 하이-라이즈*High Rise*
1979 무한한 꿈의 회사*The Unlimited Dream Company*
1981 헬로 아메리카*Hello America*
1984 태양의 제국*Empire of the Sun*
1987 창조의 날*The Day of Creation*
1988 러닝 와일드*Running Wild*
1991 여인의 친절함*The Kindness of Women*
1994 낙원으로 돌진*Rushing to Paradise*
1996 코카인의 밤*Cocaine Nights*
2000 슈퍼칸*Super-Cannes*
2003 밀레니엄 피플*Millennium People*
2006 나라가 임하시오며*Kingdom Come*

■ 단편집

1962 시간의 목소리*The Voices of Time and Other Stories*
      빌레니엄*Billennium*

1963	사차원 악몽*The 4-Dimensional Nightmare*
	영원행 여권*Passport to Eternity*
1964	종말의 해안*The Terminal Beach*[3]
1966	불가능 인간*The Impossible Man*
1967	재난지역*The Disaster Area*
	과부하 인간*The Overloaded Man*
	영원의 날*The Day of Forever*
1970	잔혹 전시회*The Atrocity Exhibition*(미국의 수출품, 사랑과 네이팜*Love and Napalm: Export USA*)[4]
1971	버밀리언샌즈*Vermilion Sands*
	크로노폴리스*Chronopolis and Other Stories*
1976	저공비행*Low-Flying Aircraft and Other Stories*
1977	J. G. 밸러드 걸작 과학소설*The Best Science Fiction of J. G. Ballard*
1978	J. G. 밸러드 걸작 단편선*The Best Short Stories of J. G. Ballard*
1980	금성인 사냥꾼*The Venus Hunters*
1982	근미래의 전설*Myths of the Near Future*
1988	우주 시대의 기억*Memories of the Space Age*
1990	전쟁 열병*War Fever*
2001	J. G. 밸러드 단편소설 전집*The Complete Short Stories of J. G. Ballard*
2006	J. G. 밸러드 단편소설 전집(전 2권)*The Complete Short Stories of J. G. Ballard 1·2*
2009	J. G. 밸러드 전집*The Complete Stories of J. G. Ballard*

■ **단편소설**[5]

한낮의 참극 The Violent Noon《바시티》[6] 1951년 5월 26일 자
프리마 벨라돈나 Prima Belladonna
　　《사이언스 판타지》1956년 12월 호(제7권 통권 20호)
도주Escapement《뉴 월즈》1956년 12월 호(제18권 통권 54호)
빌드업Build-Up (**수용소 도시**The Concentration City)[7]
　　《뉴 월즈》1957년 1월 호(제19권 통권 55호)

움직이는 동상Mobile(비너스의 미소Venus Smiles)[8]
　　《사이언스 판타지》1957년 6월 호(제8권 통권 23호)

맨홀 69Manhole 69 《뉴 월즈》1957년 11월 호(제22권 통권 65호)

12번 트랙Track 12 《뉴 월즈》1958년 4월 호(제24권 통권 70호)

기다림의 장소The Waiting Grounds
　　《뉴 월즈》1959년 11월 호(제30권 통권 88호)

마지막 카운트다운Now: Zero
　　《사이언스 판타지》1959년 12월 호(제13권 통권 38호)

소리 청소부The Sound-Sweep
　　《사이언스 판타지》1960년 2월 호(제13권 통권 39호)

공포의 영역Zone of Terror 《뉴 월즈》1960년 3월 호(제31권 통권 92호)

크로노폴리스Chronopolis 《뉴 월즈》1960년 6월 호(제32권 통권 95호)

시간의 목소리The Voices of Time 《뉴 월즈》1960년 10월 호(제33권 통권 99호)

고더드 씨의 마지막 세계The Last World of Mr Goddard
　　《사이언스 판타지》1960년 10월 호(제15권 통권 43호)

스타스가, 5번 스튜디오Studio 5, the Stars
　　《사이언스 판타지》1961년 2월 호(제15권 통권 45호)

마지막 심해Deep End 《뉴 월즈》1961년 5월 호(제36권 통권 106호)

과부하 인간The Overloaded Man 《뉴 월즈》1961년 7월 호(제36권 통권 108호)

F 씨는 F 씨Mr. F is Mr. F 《사이언스 판타지》1961년 8월 호(제16권 통권 48호)

폭풍을 몰고 오는 바람Storm-Wind[9]
　　《뉴 월즈》1961년 9·10월 호(제37권 통권 110·111호)

빌레니엄Billennium 《뉴 월즈》1961년 11월 호(제36권 통권 112호)

상냥한 암살자The Gentle Assassin
　　《뉴 월즈》1961년 12월 호(제38권 통권 113호)

물에 잠긴 세계The Drowned World[10]
　　《사이언스픽션 어드벤처스》1962년 1월 호(제4권 통권 24호)

광인들The Insane Ones[11] 《어메이징 스토리즈》1962년 1월 호(제36권 제1호)

시간의 정원The Garden of Time
　　《판타지 앤드 사이언스픽션》1962년 2월 호(제22권 제2호)

스텔라비스타의 천 가지 꿈The Thousand Dreams of Stellavista
　　《어메이징 스토리즈》1962년 3월 호(제36권 제3호)

켄타우루스자리행 열세 명Thirteen to Centaurus
　　《어메이징 스토리즈》1962년 4월 호(제36권 제4호)

거인의 익사체 The Drowned Giant (**기념품**The Souvenir)[16]

　　단편집 『종막의 해안』 영국판(빅터골랜츠), 1964년 6월

황혼 한낮의 조콘다 The Gioconda of the Twilight Noon

　　단편집 『종막의 해안』 영국판(빅터골랜츠),[17] 1964년 6월

화산이 춤추니 The Volcano Dances

　　단편집 『종막의 해안』 영국판(빅터골랜츠),[18] 1964년 6월

컨페티 로열 Confetti Royale (**해변의 살인**The Beach Murders)[19]

　　《로그》 1966년 2~3월 호(제11권 제1호)

너와 나, 그리고 연속체 You and Me and the Continuum

　　《임펄스》[20] 1966년 3월 호(제1권 통권1호)

너 : 혼수상태 : 메릴린 먼로 You: Coma: Marilyn Monroe 《앰빗》 27호 1966년

암살 무기 The Assassination Weapon 《뉴 월즈》 1966년 4월 호(제50권 통권 161호)

영원의 날 The Day of Forever 단편집 『불가능 인간』 미국판(버클리), 1966년 4월

불가능 인간 The Impossible Man

　　단편집 『불가능 인간』 미국판(버클리),[21] 1966년 4월

폭풍의 새, 폭풍의 꿈 Storm Bird, Storm Dreamer

　　단편집 『불가능 인간』 미국판(버클리), 1966년 4월

잔혹 전시회 The Atrocity Exhibition 《뉴 월즈》 1966년 9월 호(제50권 통권 166호)

내일은 백만 년 Tomorrow is a Million Years

　　《아거시》 1966년 10월 호(제ⅩⅩⅦ권 제10호)

다운힐 자동차 경주로 살펴본 존 피츠제럴드 케네디 암살 사건 The Assassination of J. F. Kennedy Considered as a Downhill Motor Race 《앰빗》 29호 1966년

재클린 케네디 암살 계획 Plan for the Assassination of Jacqueline Kennedy

　　《앰빗》 31호 1967~1968년

죽음 구성 요소 The Death Module (**신경쇠약을 향한 기록**Notes towards a Mental Breakdown)[22] 《뉴 월즈》 1967년 7월 호(제51권 통권 173호)

희망을 외쳐라, 분노를 외쳐라! Cry Hope, Cry Fury!

　　《판타지 앤드 사이언스픽션》 1967년 10월 호(제33권 제4호)

산호 D의 구름 조각가들 The Cloud Sculptors of Coral D

　　《판타지 앤드 사이언스픽션》 1967년 12월 호(제33권 제6호)

서커스The Recognition 앤솔러지 『위험한 상상력』[23] 1967년

내가 로널드 레이건을 강간하고 싶은 이유 Why I Want to Fuck Ronald Reagan

　　1968년 유니콘서점 발행(소책자)

죽은 우주 비행사 The Dead Astronaut
《플레이보이》 1968년 5월 호(제15권 제5호)
미국의 수출품, 사랑과 네이팜 Love and Napalm: Export USA
《서킷》 6호 1968년 6월 호
죽음의 종합대학 The University of Death
《트랜저틀랜틱 리뷰》 29호 1968년 여름 호
위대한 미국 누드 The Great American Nude 《앰빗》 36호 1968년
미국의 계보 The Generations of America 《뉴 월즈》 1968년 10월 호(통권 183호)
통신위성의 가호 아래 The Comsat Angels
《월즈 오브 이프》 1968년 12월 호(제18권 제12호)
여름의 식인종들 The Summer Cannibals 《뉴 월즈》 1969년 1월 호(통권 186호)
크래시! Crash![24] 《ICA 이벤트시트》 1969년 2월 호
처형장 The Killing Ground 《뉴 월즈》 1969년 3월 호(통권 188호)
인간 안면의 충격 내성 Tolerances of the Human Face
《인카운터》 1969년 9월 호(제33권 제3호)
지금 여기서 목숨을 바친다 A Place and a Time to Die
《뉴 월즈》 1969년 9~10월 호(통권 194호)
성교 80 : 1980년식 성행위에 대한 세부 묘사 Coitus 80: A Description of the Sexual
Act in 1980 《뉴 월즈》 1970년 1월 호(통권 197호)
분화구 횡단 여행 Journey across a Crater 《뉴 월즈》 1970년 2월 호(통권 198호)
마거릿 공주의 주름 제거 수술 : 허구와 현실의 교차점 Princess Margaret's Facelift: An
Intersection of Fiction and Reality 《뉴 월즈》 1970년 3월 호(통권 199호)
메이 웨스트의 유방 축소 수술 Mae West's Reduction Mammoplasty
《앰빗》 44호 1970년
바람이여 안녕 Say Goodbye to the Wind
《판타스틱》 1970년 8월 호(제19권 제6호)
오쏘노빈 G의 부작용 The Side Effects of Orthonovin G 《앰빗》 50호 1972년
지상 최대의 텔레비전 쇼 The Greatest Television Show on Earth
《앰빗》 53호 1972~1973년
웨이크 섬으로 날아가는 꿈 My Dream of Flying to Wake Island 《앰빗》 60호 1974년
항공기 참사 The Air Disaster 《버내너즈》 1호 1975년 1~2월 호
어느 절대자의 탄생과 죽음 The Life and Death of God 《앰빗》 66호 1976년
60분짜리 줌 The 60-Minute Zoom 《버내너즈》 5호 1976년 여름 호
미소 The Smile 《버내너즈》 6호 1976년 가을겨울 호

궁극의 도시The Ultimate City 단편집『저공비행』영국판(조너선케이프), 1976년

엘리자베스 여왕의 코 성형술Queen Elizabeth's Rhinoplasty

《트리쿼털리》35호 1976년 겨울 호

불감시간The Dead Time 《버내너즈》7호 1977년 봄 호

색인The Index 《버내너즈》8호 1977년 여름 호

집중 치료실The Intensive Care Unit《앰빗》71호 1977년

전장의 대본Theatre of War 《버내너즈》9호 1977년 겨울 호

근사한 시간을 보내며Having a Wonderful Time 《버내너즈》10호 1978년 봄 호

유타 해변의 어느 오후One Afternoon at Utah Beach 앤솔러지『예측들』[25] 1978년

조디악 2000 Zodiac 2000 《앰빗》75호 1978년

모텔 건축Motel Architecture 《버내너즈》12호 1978년 가을 호

격렬한 환상의 숙주A Host of Furious Fancies 《타임아웃》1980년 12월 19일 자

태양에서 온 소식News From the Sun 《앰빗》87호 1981년

J. G. B******의 비밀 자서전The Secret Autobiography of J. G. B****** (J. G. B.의 자서전
The Autobiography of J. G. B.)[26] 《에투알 메카니크》[27] 1~3호 합본 1981년 7
월~1982년 3월 호

우주 시대의 기억Memories of the Space Age 《인터존》2호 1982년

근미래의 전설Myths of the Near Future

단편집『근미래의 전설』영국판(조너선케이프), 1982년 9월

미확인 우주정거장 조사 보고서Report on an Unidentified Space Station

《시티 리미츠》1982년 12월 10~16일 자(통권 62호)

공격 대상The Object of the Attack 《인터존》9호 1984년

설문지 답변Answers to a Questionnaire 《앰빗》100호 1985년

달 위를 걸었던 남자The Man who Walked on the Moon 《인터존》13호 1985년

제3차 세계대전 비사The Secret History of World War 3 《앰빗》114호 1988년

혹독한 시대의 사랑Love in a Colder Climate

《인터뷰》1989년 1월 호(제XIX권 제1호)

세상에서 가장 큰 테마파크The Largest Theme Park in the World

《가디언》1989년 7월 7일 자

거대한 공간The Enormous Space 《인터존》30호 1989년 7~8월 호

전쟁 열병War Fever

《판타지 앤드 사이언스픽션》1989년 10월 호(제77권 제4호)

제인 폰다의 유방 확대 수술Jane Fonda's Augmentation Mammoplasty

앤솔러지『세미오텍스트 SF』[28] 1989년

꿈 화물Dream Cargoes 《신초》[29] 1990년 9월 호
닐 암스트롱은 기억한다……Neil Armstrong Remembers…
《인터존》 53호 1991년 11월 호
절멸 재구성 안내서A Guide to Virtual Death 《인터존》 56호 1992년 2월 호
화성에서 온 메시지The Message from Mars 《인터존》 58호 1992년 4월 호
어떤 행성에서 온 보고서Report from an Obscure Planet
《레오나르도》[30] 1992년 4월 호
20세기 용어 사전 프로젝트Project for a Glossary of the 20th Century
《인터존》 72호 1993년 6월 호
붕괴의 단말마The Dying Fall 《인터존》 106호 1996년 4월 호
하둔의 미궁The Hardoon Labyrinth 단편집 『버밀리언샌즈』 프랑스판, 2013년[31]

■ 소설 앤솔러지

1961 펭귄 과학소설Penguin Science Fiction / 브라이언 W. 올디스 편집 /
「12번 트랙」 수록
1965 《판타지 앤드 사이언스픽션》 걸작선The Best From Fantasy and Science
Fiction / 에이브럼 데이비슨 편집 / 「빛살 속의 남자」 수록
1967 위험한 상상력Dangerous Visions / 할런 엘리슨 편집 / 「서커스」 수록
SF : 걸작 중의 걸작SF: The Best Of The Best / 주디스 메릴 편집 / 「프
리마 벨라돈나」 「소리 청소부」 수록
1968 미래 시제Future Tense / 리처드 커티스 편집 / 「빌레니엄」 수록
잉글랜드가 SF를 흔들다England Swings SF / 주디스 메릴 편집 / 「너
와 나, 그리고 연속체」 수록
《뉴 월즈》 걸작 단편선 II Best Stories From New Worlds II / 마이클 무
어콕 편집 / 「너 : 혼수상태 : 메릴린 먼로」 수록
1969 내면의 풍경The Inner Landscape / J. G. 밸러드·브라이언 W. 올디스·
머빈 피크 / 「시간의 목소리」 수록
1970 《뉴 월즈》 SF 걸작선 6 Best SF Stories from New Worlds 6 / 마이클 무어
콕 편집 / 「처형장」 수록

1   1963년 빅터골랜츠판이 밸러드 최초의 하드커버 단행본이다.

2   1965년 조너선케이프판 하드커버가 출간될 때 제목을 변경했다.

3   영국판(빅터골랜츠)과 미국판(버클리)의 수록 작품이 다르다.

4   미국의 경우, 1970년 출간된 더블데이판은 초판본을 전량 폐기했고, 이후 제목을 변경하여 1972년 그로브프레스에서 다시 출간되었다. 사실 영미 판본들보다 앞선 진정한 초판은 1969년의 덴마크판이다. 또한 '미국의 수 출품, 사랑과 네이팜'을 제목으로 사용한 것은 1970년의 독일판이 먼저이 다.

5   우선적으로 발표된 지면을 기준으로 삼았다. 소설의 일부를 발췌, 수록한 경우는 따로 넣지 않았다.

6   케임브리지 대학교 잡지.

7   단편집 『재난지역』에 재수록될 때 제목을 변경했다.

8   단편집 『버밀리언샌즈』에 재수록될 때 원고를 다시 쓰고 제목을 변경했 다. 개고 전에는 등장인물의 이름과 소재 묘사 등이 상당히 달랐다.

9   장편소설 『근원 모를 바람』의 초기 원고. 『근원 모를 바람』에서는 빠진 짧 은 후일담이 실려 있다.

10 장편소설 『물에 잠긴 세계』의 단편소설 버전.

11 미국 잡지에 실린 첫 작품이다.

12 단편집 『불가능 인간』에 재수록될 때 제목을 변경했다.

13 단편집 『종말의 해안』 미국판에 재수록될 때 제목을 변경했다.

14 단편 「빛살 속의 남자」를 발전시켜 「평분시」를 썼고, 이를 다시 써서 장편 소설 『크리스털 세계』로 출간했다.

15 잡지에는 실린 적이 없음.

16 《플레이보이》 1965년 5월 호(제12권 제5호)에 재수록될 때 제목을 변경 했다가 이후 단편집들에는 원제목으로 실렸다.

17 잡지에는 실린 적이 없음.

18 잡지에는 실린 적이 없음.

19 《뉴 월즈》 1969년 4월 호(통권 189호)에 재수록될 때 제목을 변경했다.

20 《사이언스 판타지》에서 제호를 변경했다.

21 잡지에는 실린 적이 없음.

22 단편집 『잔혹 전시회』에 재수록될 때 제목을 변경했다.

23 잡지에는 실린 적이 없음.

24 장편소설 『크래시』와는 다른 작품이다.

25 잡지에는 실린 적이 없음.

26 2009년 4월 19일 밸러드 타계 후 추모의 뜻으로 《뉴요커》 2009년 5월 11일 자에 실렸는데, 이때 제목을 바꾸어 게재했다. 내용 소개는 현대문학 세계문학 단편선 『제임스 그레이엄 밸러드』 중 「옮긴이의 말」 710~711쪽 참고.

27 프랑스 잡지에 먼저 발표되었고, 이후 1984년 《앰빗》 96호에 재수록되었다.

28 잡지에는 실린 적이 없음.

29 일본 잡지에 먼저 발표되었고, 이후 《옴니》 1991년 2월 호(제13권 제5호)에 재수록되었다.

30 1992년 세비야 엑스포 때 배포된 일회성 잡지.

31 버밀리언샌즈 연작의 하나로, 1950년대 중반에 쓰인 것으로 추정된다. 영국국립도서관의 밸러드 자료에서 발견되었고, 2013년 프랑스판 『버밀리언샌즈』에 수록되었으나 저작권 문제로 2014년 판본에서는 삭제되었다. 영어로는 정식으로 발표 및 출간된 적이 없다.

32 시, 수필, 평론, 논문 등 잡지에 실린 비소설 원고는 따로 정리하지 않았다.

'21세기 초두,
미합중국이 붕괴되었다-'

20세기 SF에 혁명을 일으킨 거인,
J. G. 밸러드의 강렬한 초전위적 아메리칸드림

헬로
아메리카

H E L L O
A M E R I C A

조호근 옮김 | 404면

* * *

"나는 미국을 방문할 때마다 진짜 '아메리카'는 할리우드와 대
중매체가 빚어낸 가상의 공간에 존재한다는 느낌을 받는다.
'미합중국'은 어쩌면 24시간 내내 방영되는 가상현실 채널의
이름일지도 모른다."

J. G. 밸러드

25 세계문학 단편선

제임스 그레이엄 밸러드

시간의 목소리 외 24편

병리학적인 현대 문명의 예언자
문체와 형식의 우아한 선지자,

J. G. 밸러드 단편 선집

조호근 옮김 | 724면

"내가 쓴 모든 장편소설은 단편소설에서 시작되었다."

J. G. 밸러드

무슨 일이 벌어졌는지 그가 2분 만에 설명해 주었다. 오로라가 그에게 전설을 이야기해 주었고, 그는 반쯤은 동정에서 그리고 반쯤은 놀이 삼아 자신의 역할을 수행하기로 마음먹었다고 한다. 덕분에 그녀는 그가 자신을 희생해 자살할 완벽한 기회를 만들어 냈던 것이다.

"물론 자살이 아니라 살인이었지만 말이야." 나는 그에게 말했다. "내 말 믿게. 눈 속에 살의가 담겨 있었다니까. 정말로 자네를 죽이려 한 거야."

트리스트럼은 어깨를 으쓱했다. "그렇게 놀란 표정 짓지 마요, 폴. 애초에 시를 짓는다는 건 그렇게 위험한 일이잖아요."

– 「스타스 가, 5번 스튜디오」에서

옮긴이 조호근

서울대학교 생명과학부를 졸업했다. 과학서와 SF, 판타지, 호러 등의 장르 소설을 주로 번역했다. 옮긴 책으로 J. G. 밸러드의 『제임스 그레이엄 밸러드』『헬로 아메리카』를 비롯하여, 『화성 연대기』『레이 브래드버리』『도매가로 기억을 팝니다』『마이너리티 리포트』『와일드 시드』『더블 스타』『하인라인 판타지』『아마겟돈』『컴퓨터 커넥션』『타임십』『소용돌이에 다가가지 말 것』『물리는 어떻게 진화했는가』「나인폭스 갬빗 3부작」 등이 있다.

콘크리트의 섬

초판 1쇄 펴낸날 2021년 7월 14일

지은이 J. G. 밸러드
옮긴이 조호근
펴낸이 김영정

펴낸곳 (주)현대문학
등록번호 제1-452호
주소 06532 서울시 서초구 신반포로 321(잠원동, 미래엔)
전화 02-2017-0280
팩스 02-516-5433
홈페이지 www.hdmh.co.kr

ISBN 979-11-90885-86-7 03840

* 책값은 뒤표지에 있습니다.
* 파본은 구입처에서 교환해 드립니다.

밸러드의 소설은 복잡하고 강박적이고 대개 시적이며, 항상 불안을 조장하는 연대기들이다. 이들은 인간에 반기를 든 자연의 연대기, 기계효율의 세계에서의 야만의 존속에 대한 연대기, 엔트로피, 아노미, 붕괴, 파멸의 연대기다. 그의 인물들이 거주하는 폭파된 풍경은 외부 환경뿐만 아니라 마음 상태도 이야기하는 것이다. 《뉴욕 타임스》

대도시는 정글이며 어느 때고 치명적이다. 대실 해밋이나 제임스 M. 케인 같은 누아르 스릴러 작가들은 일찍이 문명이 황무지로 변하는 것에 대해 경고한 바 있다. 하지만 영국 작가 J. G. 밸러드만큼 비관적이지는 않았는데, 그의 디스토피아들은 오늘날 거듭 재발견되고 있다. 우리의 시대와 완전히 맞아떨어지는 까닭이다. 《타게스슈피겔》

『콘크리트의 섬』의 가장 근사한 점은 가설이나 예측이 아니라 다큐멘터리의 꼼꼼함, 요컨대 변화하는 경험의 질감에 대한 밸러드의 강박적인 관심이다. 그 결과, 천편일률적이고 잿빛 일색인 데다 인공 미궁 같은 도시 설계에서 살아남기에 적합한, 험으로 굳어진 스타일이 탄생했다.
로나 세이지(문학비평가)

밸러드는 간결하고 정확한 경제성에 입각해 글을 썼으며, 눈부시도록 독창적인 밸러드표 우화의 교훈은 분명하다. 콘크리트 정글의 틈새가 소외된 이들로 메워져 있고, 언젠가 이 사람들이 바로 우리 자신이 될 수 있다는 것 말이다. 《선데이 타임스》

밸러드에 대해 무언가를 예상하려 했다면 헛수고한 것이다. 밸러드는 반드시 그 예상들을 전복시킨다. 우리가 아는 것이라고는 그가 쓸 소설들을 어느 누구도 쓸 수 없고, 감히 추측조차 할 수 없다는 점이다. 《옵서버》

밸러드의 세계에 발을 들여놓았다면, 당신은 이제 빠져나오기 어려운 교령회에 붙들린 것이나 다름없다. 그의 수법이 그렇게 강력하다.
《타임스》

영국이 배출한 진정한 초현실주의 작가. 섬뜩하면서도 짜릿한 상상력의 소유자이자, 국보國寶다. 《가디언》